까치 한 마리는 기쁨

찰리 길모어 지음
고정아 옮김

두 아버지와
나, 그리고 새

까치 한 마리는 기쁨

Featherhood

에포크

이 책에 대한 찬사

내가 읽은 최고의 책 중 하나다. 몹시 감동적이고, 한 페이지 한 페이지가 다 즐거웠다.
_엘튼 존

멋지다—몇 번이고 강력 추천한다.
_헬렌 맥도널드, 『메이블 이야기_H is for Hawk_』 저자

놀랄 만한 성취다. 아버지와 자식, 마술사와 새, 세대에서 세대로 이어지는 상처, 그 상처를 치유할 수 있는 방법에 대한 이야기까지. 이 책은 까치와 함께, 찰리의 삶과 그의 생부의 삶을 가로지르는 수십 년의 여정으로 우리를 데려간다. 『메이블 이야기』 이후 가장 뛰어난 자연 에세이이자, 내가 지난 몇 년간 읽은 회고록 중 가장 강력한 작품이며, 찰리 길모어의 뛰어난 재능을 세상에 알리는 멋진 데뷔작이다.
_닐 게이먼

작가가 아기 까치를 키우기로 결정했을 때, 그는 이 일이 자신의 폭풍 같은 감정을 진정시키고, 자기를 버린 아버지와 화해하는 데 도움을 줄 거라곤 생각하지 못했다. 깍깍거리고, 물건을 훔치고, 길모어의 머리카락에 고깃점을 숨기는 이 새는 책의 페이지마다 즐거움을 주는 진정한 주인공이다.
_『피플_People_』

눈부신 데뷔작. 상실, 중독적 절망, 사랑의 회복력, 자연 세계에 대한, 그리고 사방에 똥과 깃털을 떨구고 말도 하는 까치에 대한 진실하고도 절절한 이야기. 이 책은 당연히 거실에 맹금을 키우며 슬픔과 새를 함께 길들인 헬렌 맥도널드의 『메이블 이야기』와 비견될 것이다. 하지만 까치를 탐구하는 이 책은 그와 동등하거나 어쩌면 더 뛰어난 책으로, 현대의 성장 회고록 중 최상급의 자리에 놓인다.

_「선데이 타임스The Sunday Times」

첫 만남으로부터 점차 피, 새똥, 눈물, 희망을 담은 복잡하면서도 놀랍고 감동적인 이야기가 시작된다. 자유롭게 풀어주는 것과 무책임하게 버리는 행동의 구분선은 어디인가? 탈출의 과정과 자유의 경험의 차이는 무엇인가? 이 책은 거미줄과 같은 가볍고도 빛나는 언어를 구사하면서도 일순간 가슴이 멎을 정도로 비밀을 솔직하게 풀어내며 독자들에게 충격을 주고 큰 소리로 웃게 만든다.

_「스펙테이터The Spectator」

파괴적인 부자 관계가 일으킨 피해와 고통의 대물림을 막으려는 고투에 대한 예리하고 흥미롭고 간혹 트라우마를 동반하는 탐구.

_「이브닝 스탠더드Evening Standard」

독자를 사로잡을 회고록. 인간과 새의 변화를 다룬 섬세하고 때로는 감동적인 연대기.

_커커스 리뷰Kirkus review

길모어는 까치의 행동에 대한 내밀한 관찰을 놀라운 가족의 역사, 그리고 심리적인 분투와 함께 엮어낸다. 그의 글은 까치의 깃털같이 어두운 빛을 발한다. 자연, 양육, 폭로, 사랑을 다룬, 눈부시게 빛나는 동물과 인간에 관한 책이다.

_북리스트Booklist

감동적이다. 저자의 내면의 이야기는 감상적이지 않으면서도 공감을 불러 일으키며, 시적으로 다루어진 부자 관계의 복잡성은 여운을 남긴다. 회고록 을 읽는 독자들이 원하는 바로 그런 책이다.

_『퍼블리셔스 위클리Publishers Weekly』

슬픔, 해체된 가족, 유전이냐 환경이냐의 논쟁, 그리고 인간은 아버지들의 죄를 반복하는가 하는 문제에 대한 깊은 탐구. 그러면서 또한 양육하는 일과 새 생명을 일구는 일에 대한 뜨거운 찬사.

_『선데이 익스프레스Sunday Express』

길모어의 언어는 정확하고 그의 시선은 거의 과학 수사관 같다. 마술사처럼 펜을 몇 번 휘두르는 것만으로 생생한 인물들을 척척 만들어낸다. 그가 간결 하게 회고하는 어린 시절의 고투는 가슴 저미고, 그가 창조해내는 자연의 보 석 같은 이미지는 눈부시다. 그 이미지들은 독자를 자기 궤도로 끌어들이는 모든 작가가 그렇듯 생명력이 넘친다. 탁월하다.

_『데일리 메일Daily Mail』

아름답고 지혜롭고 따뜻하고 강렬하다. 진실된 영혼에게 노래하는 보기 드 문 매혹의 책.

_이사벨라 트리, 『와일딩Wilding』 저자

놀라운 책! 잔혹함과 환희가 함께 담긴 회고록. 빛이 가득한 이야기에 나는 완전히 매혹되었다. 모든 사람에게 이 책을 이야기하고 싶다.
_캐시 렌첸브링크, 『안녕, 매튜 *The Last Act of Love*』 저자

이 멋진 회고록은 매혹적인 주제만큼 다채롭게 반짝이고, 예측할 수도 잊을 수도 없는 기이한 인물들의 세계로 이끌고 간다. 사납고, 장난기 넘치고, 감동적이고, 숭고하다.
_릭 새머더, 『사랑한다고 말하지 않았다 *I Never Said I Loved You*』 저자

아름다운 책, 섬세하고 강력하다. 책을 읽고 나는 울었다.
_사이먼 앰스텔, 영국 코미디언

즐거운 독서였다. 자연과 성장, 유대와 단절을 아름답게 이야기한다.
_앤드루 오헤이건, 『빛 축제 *The Illuminations*』 저자

보기 드문 가족에 대한 보기 드문 이야기.
_소피 히우드, 『헝오버 게임 *The Hungover Games*』 저자

흥미진진한 스토리, 뛰어난 구성과 문장, 넘치는 열정. 이렇게 매력적인 책은 정말로 오랜만이다.
_크레시다 코널리, 『파티가 끝난 뒤 *After the Party*』 저자

올가에게

차례

제 아비를 비웃고

어미를 깔보는 눈은

골짜기의 까마귀에게 쪼이고

독수리 밥이 되리라.

_잠언 30장 17절

일러두기
1. 본문의 주는 모두 옮긴이의 주이다.
2. 본문 중 고딕체는 원서의 이탤릭체로 강조한 부분이다.

프롤로그

런던 동남부 어딘가에서 날지 못하는 어린 까치가 땅에 떨어진다.

아래에서는 녀석이 어디서 떨어진 건지 정확히 알기 어렵다. 녀석의 둥지는 트럭이 많이 다니는 이 도로변 어느 플라타너스 나무 위에 있었을 수도 있다. 푸른 나뭇잎에 가려진 덤불 같은 오두막집, 아니면 이 일대에 가득한 반半폐업 창고의 물품 더미에 숨겨져 있었을 수도 있다. 골함석과 석면 위에 나뭇가지와 흙으로 만든 정교한 구조물. 까치는 사람들 근처에 집을 짓는다. 눈에는 보이지만 손은 닿지 않는 곳에. 까치 도시는 우리 도시와 중첩되어 있다.

이 새가 떨어져 내린 곳은 황량하고 매우 인간스러운 환경이다. 근처 폐차장에는 보닛이 찌그러지고 앞 유리창이 깨진 자동차들이 해체를 기다리고 있다. 바윗돌만큼 무거운 무단 투기 냉장고와 잡석 자루가 사방에서 길을 가로막고 있다. 봄비로 생겨

15

난 웅덩이들에는 화학 물질이 보라색 광채를 만들고, 머리 위로는 대형 쓰레기 소각장 굴뚝에서 24시간 내내 연기와 수증기가 쿨렁쿨렁 쏟아져 나온다. 탱크로리들이 천둥소리 또는 축구 팬들의 함성 같은 굉음을 내며 지나간다. 내가 거기서 본 동물은 핏불과 쥐뿐이다. 물론 조금 더 멀리 쓰레기장 근처로 가면 갈매기와 비둘기가 있고, 쓰레기 처리 회사들이 새들을 쫓아내는 데 쓰는 전투기만큼 날렵한 맹금들도 있기는 하다.

내 여자친구 야나의 공방이 그 근처, 폐차장 옆의 물 새는 공장 건물에 있다. 그곳은 이 도시의 일부답게 비밀과 놀라운 일이 많지만, 거기에 귀엽고 보송보송한 것은 드물다. 경찰이 창고를 기습하면 어떤 주에는 대마 재배장이 적발되고, 어떤 주에는 훔친 오토바이들이 발견된다. 한 친구가 어느 폐컨테이너에 갔더니 그 안에 제트스키 보트가 가득했다. 내 감방 동기 한 명은 그 근처에 누군가의 팔다리를 버렸다고 자랑했다. 새끼 새처럼 보드랍고 연약한 것이 나타날 거라고는 생각할 수 없는 장소다.

새는 배수로에서 우왕좌왕하며 골목길의 술꾼처럼 도로 경계석을 향해 비틀거린다. 까치는 집을 몹시 일찍, 그러니까 비행 능력과 자기방어 능력을 제대로 갖추기 전에 떠난다. 새끼 까치들은 부화 후 몇 주 동안 먹이와 보호와 교육을 모두 부모에게 의존한다. 하지만 이 새의 부모는 보이지 않는다. 먹이를 가져다주지도 않고, 지켜보지도 않고, 보호하지도 않는다. 대형 최상위 포식자가 강철코 구둣발 소리를 울리며 다가가도 놀란 울음소리가 없다. 그렇다고 새끼의 부모가 근처에 없다는 뜻은 아니다. 어쩌면 이 새가 떨어진 것이 사고가 아닐 수도 있다. 먹이가 부족해지면 공중의 가족을 지탱할 방법은 새끼 한 마리를 버리는 것뿐이라는 냉혹한 계산이 실행된 것일 수도 있다.

새는 어느새 움직임을 멈추었다. 배수로에 웅크린 채 탈수증 때문인지 공포 때문인지 떨고 있다. 자연의 법칙에 맡기면 오늘을 넘기기 힘들 것이다. 저벅저벅 다가온 인간은 나무처럼 거대하게 서서 불안하게 흔들린다. 그러더니 부드러운 소리와 함께 새의 세상이 캄캄해진다.

거기서 서쪽으로 300킬로미터 떨어진, 또한 시간적으로도 30년 떨어진 곳에서, 갈까마귀 새끼 한 마리가 마을 교회 뾰족지붕의 둥지에서 떨어졌다. 암회색 깃털, 노란색 부리, 다쳐서 끌리는 날개. 갈까마귀와 까치는 친척으로, 같은 까마귓과에 속한다. 둘 다 송장 고기를 먹는다. 누군가—그 교회의 목사가 아니었을까—다친 새를 발견하고 상자에 담아 아마추어 동물 치료사인 여성의 집으로 갔다. 거기서 까마귀는 내 부친이 되는 남자의 손으로 넘어갔다. 그리고 까치는 내게로 온다.

솜깃털

Pin Feathers

1

야나는 소중한 것이 담긴 골판지 상자를 침실 바닥에 가볍게 내려놓는다. 아침에 야나의 언니가 그것을 보고 둘이 함께 쓰는 공방으로 가져왔다고 한다. 그들은 망치질을 하고 드릴로 구멍을 뚫는 사이사이에 녀석에게 낚시 가게에서 사온 살아 있는 굼벵이를 먹였다. 굼벵이가 깨물기 때문에 펜치나 손톱 줄로 머리를 살짝 으깨서 주어야 한다고 야나는 무덤덤하게 말한다. 그리고 상자의 뚜껑을 연다.

어린애 주먹만 한 흑백의 솜털 뭉치가 구석에 웅크리고 있다. 죽은 것 같다. 냄새도 죽은 것 같다. 내가 혀를 차자, 녀석이 한쪽 눈을 파르르 뜬다. 청회색 눈이다.

나는 까치에 대해 내가 가진 모든 지식을 떠올려본다. 처음에는 '한 마리는 슬픔'이라는 전래 동요°와 어린 시절 내 시골집에서 어머니가 농장에서 까치와 마주치면 까치들이 불운을 가져오지 않도록 새를 향해 공손하게 절을 한 기억밖에 없다. 나는 불운보다는 민망한 게 낫다는 생각에 거수경례를 하고 상자 속을 내려다본다. 야나는 까치가 깨끗한 종種이고, 까마귓과 새가 다 그렇듯 아주 똑똑하다고 말하지만, 나는 이 새들이 이해하기 힘든 여러 가지 이유로 사람들에게 비호감이 높다는 사실이 떠오른다. 까치가 명금류 새끼를 잡아먹고 악마와 사귄다나 어쩐다나 하는 말들이 있다. 까치들은 훔친 보물을 해적처럼 감춰둔다고도 한다. 결혼반지를 잃어버리면 까치 둥지를 찾아보라고. 나는 경례하는 것 말고 까치를 두고 뭘 어떻게 해야 하는지 전혀 모른다. 나는 애매하게나마 다친 야생 동물을 돌본 경험이 있다. 어쨌건 어린 시절에는 그런 시도를 했다. 고양이가 물고 온 동물, 다친 다람쥐, 창문에 부딪혀 떨어진 새. 그런데 내가 어떻게 하건 결과는 늘 똑같았다. 녀석들은 언제나 신발 상자에 담겨 얕은 무덤으로 들어갔다. 건강한 동물도 내 손에서는 행운을 누리지 못했다. 오래전에 우리 집에 있던 아름다운 흰비둘기들을 생각하면 죄책감이 든다. 할머니와 어머니와 내가 녀석들을 연분홍색으로 염색해서 농장에 풀어놓았는데, 그러자 여우가 솜사탕 베어 물듯 삼켜버렸다. 이 까치를 마주친 게 나였다면, 나는 녀석이 배수로에서 운명을 시험하게 내버려두고 싶은 유혹을 느꼈을지 모른다. 우리가 녀석에게 무엇을 해줄 수 있을까? 어쩌면 고통의 시간만 늘려주지 않을까?

○ 까치를 몇 마리 보느냐가 운세를 말해준다는 내용의 전래 동요. '한 마리는 슬픔, 두 마리는 기쁨' 하는 식이다.

22

나는 새와 야나를 번갈아 바라본다. 그녀는 늘 입는 작업복 차림이다. 페인트가 묻은 감청색 작업복과 무거운 작업화. 핀으로 단단히 고정한 정확하고도 엄격한 스타일의 연갈색 머리 때문에 높고 도드라진 광대뼈가 더욱 날카로워 보인다. 야나는 이미 펜치를 바쁘게 움직인다. 나는 그녀가 꿈틀거리는 노란 굼벵이를 펜치로 잡고 머리를 부수는 모습을 바라본다. 야나는 희멀건 색의 끈끈한 액체가 앞뒤로 흘러나오는 불쌍한 굼벵이를 새끼 까치 위에 들고 유혹적으로 흔든다. 아주 전형적이다. 야나는 망가진 것을 보면 고쳐놓지 않고는 못 배긴다. 그녀 자신이 약간 까치 같은 면이 있다. 도둑은 아니지만 발견한 보물을 저장한다. 항상 스크루드라이버를 가지고 다니고, 길에 버려진 조명 장치나 대리석 판, 템스 강가에서 주워 모은 쓰레기 자루를 우리 집으로 끌고 오기 일쑤다.

우리 집에는 각종 선반, 머그잔, 칼, 우리가 앉는 의자, 내가 입는 바지까지 야나가 만들거나 고친 물건이 가득하다. 야나는 특히 물건을 천장에 매달아놓는 것을 좋아한다. 거실 천장에는 그녀가 날카롭고 길쭉한 유리 조각들로 만든 샹들리에가 큰 차가 지나갈 때마다 딸랑거린다. 우리 침대 위에는 대나무, 끈, 장식 덩굴로 만든 틀이 매달려 있어 방에 정글 같은 분위기를 준다. 야나는 자신의 이런 DIY 성향이 바쁜 이민자 가정의 6남매 속에서 자랐기 때문이라고 말한다. 야나의 가족은 소련의 붕괴가 임박했을 때 약소한 짐을 들고 소련 치하의 우크라이나에서 스웨덴으로 탈출했다. 혼란스런 환경이었고, 옷은 물론 놀잇감도 직접 만드는 능력은 소중했다.

　내가 야나를 처음 만난 것은 2년 전 루이섬의 한 폐세차장에서 열린 파티에서였다. 그녀는 탈색한 금발 머리에 진홍색 눈 화장을 하고 콘크리트 기둥 뒤에서 나와 시선으로 나를 사로잡았다. 나중에 그녀는 나를 자기 집에 데리고 가서 알비노뱀, 난초사마귀, 그리고 자신이 직접 만든 칼들을 보여주었다. 우리는 곧 함께 살기 시작했고 또 약혼도 바로 했다. 모든 일이 너무도 갑작스러웠다. 어쩌다 이렇게 된 건지 나도 잘 모를 지경이다. 때로는 나 역시 그녀가 발견한 물건 같다는 느낌이 든다. 내가 20대에 결혼할 줄은 꿈에도 몰랐다. 얼마 전까지 나는 빡빡머리에 손은 멍투성이고, 모든 게 대책 없었다. 그러던 내가 이제 결혼을 하고 둥지를 만들 거라니.

　가끔은 이 모든 일이 꿈이라서 눈만 뜨면 사라질 것 같다. 하지만 또 그 반대가 사실일 것 같기도 하다. 그러니까 내가 긴 악몽에서 천천히 깨어나고 있다는. 야나가 나에게 이끌린 이유가 결함 있는 것을 꺼리지 않는 성향 때문인지 뭔지 나는 모른다. 어쩐지 그런 것 같지는 않다. 하지만 그녀의 강함, 견실함, 확고함은 분명 내가 그녀에게 이끌린 특징들이다.

　이제 이 불쌍한 새가 왔다. 골판지 상자 구석에서 야나가 내민 죽어가는 벌레를 의심스럽게 바라보는 아련한 것. 이제는 양쪽 눈을 다 떴다. 파란색이다. 나는 새끼 까치의 눈이 파란색인 줄 몰랐다. 전에 본 까치들—나무 위에서 깍깍거리거나, 노변에서 동물 사체를 헤치는—은 모두 성체였을 테고, 그 눈은 반짝이는 검은색이었다. 이 새는 눈을 다 뜬 상태에서도 검고 날카로운 부리는 완강하게 다물고 있다. 야나가 아무리 유혹해도 소용없다. 그녀는 '멍청한 까치' 비슷한 말을 중얼거리다 펜치를 내려놓는다. 이 다친 새를 고치는 일은 그녀의 수리 능력으로도 어려운 모양이다.

"어딜 가야 애를 살릴 수 있지? 동물병원에 가야 하나?" 내가 말한다.

야나는 눈을 살짝 흘긴다. 마치 내가 전구를 가는 데 전기 기술자를 부르자고 한 것처럼. 그런데 나는 솔직히 그런 일을 할 수도 있다. 그러니까 전구를 위해서. 야나가 질서를 대표한다면 나는 혼돈 자체다. 물건들은 내 손에 들어오면 쉽게 망가지고, 이 새는 너무 연약하다.

야나는 비키라고 손짓하고 다시 펜치를 집어 든다. 그리고 새 벌레를 으깨서 다시 까치를 유혹한다. 이번에는 지저귀듯 높은 소리를 내면서 펜치를 찰칵거린다. 야생의 어미 까치가 아마 그렇게 할 거란다. 그러자 새가 갑자기 기운을 내서 부리를 벌리고 끓는 주전자 같은 소리를 낸다. 야나가 녀석의 새빨간 입 안에 벌레를 떨구자, 새는 한입에 꿀꺽 삼킨다. 녀석에게 아직은 약간의 생명이 있다.

야나는 공구 가방 속 플라스틱 상자에서 굼벵이를 꺼내 내게 건네며 말한다. "네 차례야." 굼벵이가 내 손바닥에서 꼬물거린다. 노란색에 털이 약간 난 굼벵이는 잘린 발가락이 꼬물거리는 것 같다. 나는 펜치로 굼벵이 머리를 깨서 까치에게 준다. 새는 뼈

꾸기시계처럼 확실하게 입을 벌린다. 녀석의 연약함이 나를 두렵게 한다. 깃털 달린 도자기 같다. 나는 꼬물거리는 굼벵이를 녀석의 부리에 조심스럽게 넣고 녀석이 먹기를 기다리지만, 새는 비명만 지르고 굼벵이는 굴러 나온다.

"힘을 줘서 밀어 넣어야 돼." 야나가 검지로 허공을 찌르며 말한다.

나는 펜치를 내려놓는다. 이렇게 부드럽고 섬세한 것에 이렇게 단단한 금속 도구를 쓸 수가 없다. 대신 손으로 굼벵이를 잡고 새의 검은 목구멍으로 가져간다. 새의 비명이 더 커지다가 장난꾸러기 요정 같은 '냠냠' 소리가 나고, 연동운동이 시작되어 벌레가 목구멍으로 내려간다. 꿈틀거리는 식도의 근육이 마치 나까지 삼키려는 것 같다. 나는 얼른 손을 뺀다. 새는 짹짹거리다가 고개를 날개에 파묻고 잠이 든다.

"이제 어떻게 해?" 내가 말한다.

"벌레를 더 구해와야지." 야나가 말한다. "20분에 한 번씩 먹여야 될 것 같은데 벌써 얼마 안 남았어."

2

그 뒤로 이틀 동안 나는 최선을 다해 상자 속의 까치를 무시한다. 나는 녀석에게 이른 무덤행이 예정되어 있다고 확신한다. 야나는 녀석의 목구멍에 기생충 비슷한 뭔가가 살고 있는 것을 발견했고 녀석은 규칙적으로 발작을 한다. 녀석이 쓰러져서 고압선에 걸린 개구리처럼 경련하는 모습은 끔찍하고 보기 괴롭다. 나는 이건 야나의 문제라고 생각한다. 발작이 시작되면 그녀는 흐느끼면서 손가락에 물을 묻혔다가 새 부리 안에 떨군다. 그러면 새는 어떻게든 기운을 차리지만 오래지 않아 다시 발작을 일으킨다. 아마 그게 녀석이 애초에 둥지에서 떨어진 원인이 아니었나 싶다. 새들은 자기 새끼가 힘을 쏟을 가치가 있는지 없는지 잘 안다. 나도 녀석에게 희망을 품지 않는다. 스쳐 지나갈 것에 애착을 품을 필요는 없다.

거기다 야나가 나를 까치 아빠로 훈련시키려 한다는 의심이 든다. 당연한 일이다. 야나는 세트 디자이너라서 며칠씩 집에 안

27

들어올 때가 많다. 반대로 나는 반백수 작가에다 최근에는 집 밖을 나가는 일이 드물다. 일종의 도피 생활인데, 그래도 바깥세상은 어떻게 해서든지 이 안으로 비집고 들어오는 것 같다. 새를 살리려면 벌레의 주 공급자는 결국 내가 되어야 할 것이다. 새가 이 고비를 넘긴다고 해도 야생으로 돌려보낼 때까지는 분명 많은 돌봄이 필요해 보인다. 스스로 먹지도 못하는데 비행은 먼 훗날의 꿈 같다. 그걸 배우는 데 시간이 얼마나 걸릴지 알 수 없는 일이다.

야나가 새를 돌볼 때 나는 무관심한 척하지만 거기 빨려들지 않기는 힘들다. 그녀는 새를 먹이는 고된 임무를 수행한다. 수많은 벌레를 죽이고 또 죽이고, 다진 양고기로 까치용 미니 미트볼을 만들고, 개 비스킷을 따뜻한 물에 불려서 새 부리에 밀어 넣는다. 그녀가 어떻게 이런 일들을 할 줄 아는지 모르겠지만 그 방법이 통하는 것 같다. 까치의 목숨은 아직 아슬아슬하지만—녀석은 작은 머리도 들지 못하고 여전히 격심한 경련을 반복한다—야나의 보살핌 속에 차츰 발작의 횟수가 줄어든다. 파란 눈도 점점 더 오래 뜨고 야나와 내가 왔다 갔다 하는 모습을 유심히 관찰한다.

며칠 뒤 우려했던 일이 벌어진다. 야나의 에이전트가 전화해서 당장 시작해야 할 보수 좋은 일이 있다고 말한다. 파리다. 야나는 육즙 묻은 손을 닦고 작업복을 입은 뒤, 눈 깜짝할 사이에 공구 가방을 둘러메고 문을 나선다. 일주일 후에 올게, 그 말을 남기고 그녀는 떠난다.

나는 새를 내려다본다. 새도 나를 바라보며 작고 검은 동공에 나를 제대로 담으려고 고개를 옆으로 위로 움직인다. 이 보석 같은 눈 안쪽에 어떤 지성이 있을 것 같다는 느낌을 떨칠 수가 없다. 그 지성은 내가 녀석을 탐색하는 것만큼 강렬하게 나를 탐색한다. 동물에게 이런 시선을 받아본 것이 처음이다. 이 일은 아무래도 잘될 것 같지 않다. 나는 서툴고 얼뜬 데다 책임 회피의 달인이다. 까치는 빠른 속도로 사탕 가게의 어린애 같은 떼쟁이가 되어가는데, 그러면서도 여전히 솜사탕처럼 연약하다.

새와 둘이 남자, 나는 이런 동물은 어떻게 다루어야 하는지 알아보려고 컴퓨터로 간다. 별 소득은 없다. 여러 가지 실용적인 정보가 있지만, 언뜻 보기에는 모두가 까치를 살리기보다는 죽이는 데 관심이 있는 것 같다. 유해 조수 관리에 대한 블로그도 많고, 까치를 유인해서 총이나 덫으로 잡는 방법을 토론하는 사냥 게시판도 많다. 수렵을 취미 삼은 사람들은 고깃점을 미끼로 새들을 자기 집 마당으로 유인해서 납 탄환으로 머리를 박살낸다. 그들은 사냥 성과를 자랑하는 사진을 올린다. 기름걸레처럼 바닥에 널브러진 까치 성체들, 피에 젖은 금속성 광채의 깃털. 인터넷에서 그런 잔혹함을 마주치자 나는 얼른 까치의 편이 된다.

까치가 그렇게까지 미움받는 이유를 나는 잘 모르겠다. 까치가 명금류를 죽인다고 할 때 사람들은 마치 생태계 파괴가 까치 때문인 것처럼 말한다. 까치가 때로 다른 새의 알이나 새끼도 먹는, 기회주의적인 포식자인 것은 사실인 듯하다. 하지만 그렇다면 왜 황조롱이, 말똥가리, 새매, 올빼미, 고양이, 그리고 무엇보다 인간은 그와 같은 미움과 박해를 받지 않는가? 까치의 범죄라

29

는 것들을 들여다볼수록 말이 안 된다고 느껴진다. 까치는 양의 눈과 혀와 항문을 공격한다고 한다. 혀 밑에 악마의 피를 간직한다고 한다. 모든 새 중에 오직 까치만이 예수의 죽음에 애도하지 않았다고 한다. 까치는 온 세상이 물속에 가라앉을 때, 노아의 방주에서 미친 듯이 깍깍거렸다고 한다. 까치를 나타내는 '매그파이magpie'라는 영어 단어조차 고대의 조롱을 담은 것 같다. 쑥덕거리는 여자에 대한 멸칭인 고대 영어 'mag'에서 왔기 때문이다. 이것은 까치의 소란스런 울음소리 때문인데, 정작 쑥덕거림을 당하는 쪽은 까치인 것 같다. 인간이 까치를 미워하는 원인은 아마도 까치가 가졌다고 여겨지는 초자연적 힘과 관련이 있을 것이다. 까치는 행운이나 불운을 가져올 수 있다, 미래를 예견한다, 죽음과 출생을 알린다 등등. 전래 동요도 있지 않은가. 까치 한 마리는 슬픔을, 두 마리는 기쁨을, 세 마리는 결혼을, 네 마리는 출산을 알리고, 다섯 마리는 은, 여섯 마리는 금을 가져오며, 일곱 마리는 악마를 불러오는데 악마는 바로 까치 자신이다.

이런 속설들이 흥미롭기는 하지만 **이렇다 할** 도움은 되지 않아서 나는 할머니에게 전화를 걸어본다. 내 할머니는 파란만장한 인생의 굽이굽이에서 마오쩌둥의 홍위병, 라디오 베이징°의 아나운서, 중국 국가선전국의 통역사를 거쳐서, 할머니를 아는 사람들에게는 가장 의아한 경력인 데번에 있는 시골 학교의 교

○   Radio Peking, 중국 국영대외방송. 중국국제방송(China Radio International, CRI)의 전신.

장까지 지냈다. 할머니의 남편이 몇 명이었는지는 알 수 없지만, 할머니 인생에서 꾸준했던 한 가지는 동물인 것 같다. 할머니는 거위, 염소, 스태퍼드셔 불테리어를 키웠으며, 사람들 커피에 몰래 오줌을 누던 반려 원숭이도 있었다. 참새를 구한 일도 있는데, 그때는 마오쩌둥이 참새 박멸 운동을 일으키던 시절이라서 개인적으로 보통 위험한 일이 아니었을 것이다. 할머니는 약간 닥터 두리틀의 공산주의자 버전 같았다. 참새 박멸 운동은 참새가 곡식 알갱이를 쪼아 먹으니 박멸해버리자는 어처구니없는 정책이었다. 참새들은 북, 딸랑이, 폭죽 소리에 놀라 하늘로 날아올랐고 허공을 헤매다가 지쳐 떨어졌다. 베이징 거리마다 죽은 참새가 눈 더미처럼 쌓였다. 내 할머니는 이런 참새 중 한 마리를 구해서 몰래 돌보았다. 할머니는 강인한 사람이지만—할머니의 연금을 가로채려는 악당에게는 화가 있으리라—동시에 따뜻한 마음의 소유자다.

"까치?" 할머니가 말한다. "뭐 하러 까치를 살려? 그건 몹쓸 것들이야. 물에 던져버려."

"아." 나는 생각한다. 나도 모르게 내 할머니의 설명할 수 없는 개인적인 혐오 한 가지와 마주쳤다. 생각해보니 할머니의 혐오는 동물에 기반한 경우가 많은 것 같다. 할머니의 자연 세계는 좋고 나쁨에 대한 개인적 논리를 따르는데, 남이 보면 별로 말이 되지 않는다. 할머니의 온실 널빤지 밑을 쑤시고 다니는 뚱뚱한 애꾸 쥐는 큰 기쁨이지만 이웃집 정원의 나뭇가지에서 행복하게 속삭이는 산비둘기는 사악하다. 까치도 마찬가지인 모양이다. 나는 까치 한 쌍이 런던 북부 한적한 곳에 있는 할머니 집 옆 나무에 둥지를 틀고 요란하게 깍깍거려서 성질을 긁는다는 이야기를 가만히 듣는다. 할머니는 까치가 당신의 울새를 잡아먹으려 한다고 나에게 권총을 한 자루 구해다달라고, 소음기가 있으면 더 좋다고 말한다.

나는 다음으로 어머니에게 전화하며, 이번에는 행운이 있기를 바란다. 어머니는 할머니가 키우는 각종 동물들 틈에서 자랐고, 어머니 말에 따르면 그 동물들을 돌보는 책임은 대개 어머니 몫이었던 것 같다. 할머니의 염소 볼드윈이 남의 집 꽃밭에서 포식을 하려고 마을로 달아나면, 가서 데려오는 것은 어머니였다. 사나운 거위들끼리 싸움이 붙으면 어머니가 마당에 나가 소리를 지르며 떼어놓아야 했다. 외딴집에서 교장 선생님이자 할 일 많은 공산주의 저널리스트의 외동딸로 자라는 동안 어머니는 아마 동물들을 좋아했겠지만, 돈을 어느 정도 모으자 아일랜드인 여행자에게 노래를 불러주고 그 대가로 조랑말을 사서는 그 동물들 곁에서 최대한 멀리 그리고 최대한 빨리 달아났다.

내가 할머니에게 들은 조언을 전하자 어머니는 웃는다.

"네가 이 일을 의논할 수 있는 사람은 네 아버지야." 어머니가 말한다. "네 생부 말이야. 그분은 꼭 그런 새를 한 마리 길들였단다. 까치는 아니고 갈까마귀였던 것 같아. 둘이 같은 종류 맞지? 그 새에 대해 시도 썼을걸. 어딘가 사진도 있을 거야."

내가 원하던 대답이 아니고 반가운 정보도 아니다. 하지만 그게 사실이라고 믿기는 어렵지 않다. 어머니의 말은 내게 생명을 주고 달아난 남자에 대한 혼란스럽고 모순된 초상에 환상적인 디테일을 또 하나 더할 뿐이다. 내가 생부에 대해 아는 것은 대부분 간접 정보다. 일부는 어머니에게서, 일부는 인터넷에서 왔다. 나는 그가 차를 어떻게 마시는지, 어떤 음악을 좋아하는지는 몰라도, 그의 인생의 성취들에 대해서는 말해줄 수 있다. 하지만 그것도 위키피디아보다 근소하게 나은 수준이다. 히스코트 윌리엄스(1941년 출생): 무단 점거자, 작가, 배우, 알코올 중독자, 시인, 무정부주의자, 마술사, 혁명가, 그리고 이튼 칼리지 동문. 그는 1960년대 급진적인 언더그라운드 문화의 아이콘으로, 그의 연극과 글에는 환각과 섹스라는 두 줄기 흐름이 있었다. 멀리서 보면 그는 강력한 마법을 지닌 남자, 규칙을 마음대로 파괴할 수 있는 남자로 보였다. 그는 한때 런던 서부°의 한 구역을 장악하고 노숙자들에게 집을 나누어준 뒤 영국으로부터 독립을 선언했는데, 그 전에 스스로를 시장으로 임명했다고 한다. 일종의 '신사 도둑'으로, 한번은 마술 솜씨를 발휘해서 해러즈 백화점에서 칠면조 등 각종 크리스마스 용품들을 훔치기도 했다. 그는 횃불로 저글링을 하고 불도 내뿜었지만, 여자친구 집 앞에서 분신한 이후로는 불장난을 하지 않았다. 동물에 열정적이었던 그는 한번은 자기 손에 똥을 누어서 그 배설물을 살아 있는 거위와 수간하려는 네덜란드 퍼포먼스 아티스트에게 던지고 거위와 함께 달아났다. 그리고 종적을 감추는 일의 달인이라서 내가 태어나고

○　런던의 부촌.

6개월 되었던 때 아무런 예고도 설명도 없이 하룻밤 새 그냥 사라졌다. 그러니 그가 앵무새를 데리고 다니는 해적처럼 어깨에 길든 까마귀를 태우고 다녔다는 이야기는 충분히 믿을 만하다.

나는 어머니에게 히스코트와 갈까마귀의 이야기를 더 해달라고 졸랐지만, 어머니도 별로 아는 것이 없다. 그 새와 함께한 것은 두 분이 만나서 나를 갖기 직전, 그러니까 거의 30년 전이었던 것 같다. 그러면 그 갈까마귀가 적어도 포트엘리엇에는 있었다는 뜻이다. 포트엘리엇은 콘월 지방의 대저택으로, 히스코트는 학교 친구 페레그린 엘리엇 경의 식객으로 그 집에서 10년이 넘게 살았다. 어머니와 나도 거기 잠깐 살았다. 히스코트가 페레그린에게 빌린 숲속 돼지 농부의 오두막에서, 그가 무너지기 전까지는, 행복한 가족이었다.

"그래, 포트엘리엇. 그랬을 거야." 어머니가 말한다. 어머니가 나타나자, 페레그린은 히스코트가 '더러운 새'를 또 한 마리 데려왔다며 불쾌한 농담을 많이 했다고 어머니는 회상한다.

"하지만 실망하지 마." 전화선을 타고 내가 코를 찌푸리는 소리가 들린 듯 어머니가 말한다. "시가 있잖아. 그걸 읽어봐. 아니, 전화를 하는 게 더 좋겠다."

나는 시도 읽지 않고 히스코트에게 전화도 하지 않는다. 이런 우연을 기쁘게 여겼던 시절도 있었다. 그때였다면 나는 이것을 우리 관계의 증거로, 또 우리가 새로운 유대를 맺을 기회로 보았을 것이다. 하지만 나는 그동안 너무도 많은 상처를 받았기에 그런 일을 진지하게 고려할 수 없었다. 내가 히스코트에게 손을 내밀 때마다 그는 연기처럼 사라졌다. 처음은 내가 열두 살 때였고, 그다음은 열일곱 살, 다음은 스무 살 때였는데, 새 상처는 늘 앞선 상처보다 깊고 컸다. 그런 일들을 겪은 후에 나는 다시는 그에게 어리석은 손을 내밀지 않기로 맹세했다. 하지만 내가 그 원칙을 확고하게 지킨다고 말하기 어려울지도 모른다. 최근에 나는 그에게 결혼식 청첩장을 보냈고, 혹시 그가 올지도 모른다는 순진한 희망을 품고 있기 때문이다.

요즘 우리는 이메일을 주고받지만, 우리 관계는 '복잡하다'는 말로는 부족하다. 대화는 하지만 소통은 하지 않는다. 그는 몇 가지 제스처를 한다. 새 시집이 나오면 보내고, 카드 끝에 키스 표시(x)와 함께 '아버지가'라고 쓴다. 마치 그렇게 하면 힘든 사과나 설명 없이도 지난 27년간의 부재를 마술처럼 지울 수 있다는 듯이. 하지만 나는 내 감정을 그에게 표현하는 것이 전혀 불가능하다. 우리는 둘 다 움직이지 못한다. 이로 인해 그가 보는 현실과 내가 보는 현실 사이에는 깊은 간극이 벌어져 있다. 그는 아마도 갈까마귀에게는 완벽한 아버지였겠지만, 내가 그에게 양육의 조언을 구한다는 것은 말도 안 되는 일이다.

나는 대신 까치에게 관심을 돌린다. 녀석은 내가 유용한 정보를 구하지 못했다는 사실을 전혀 신경 쓰지 않는 것 같다. 녀석이 신경 쓰는 것은 벌레뿐이고, 나를 역시 야나와 똑같은 벌레 공급자로서 기꺼이, 그리고 탐욕스럽게 받아들이려는 것 같다. 녀석은 식탐덩어리, 내가 부른 적 없는 아기, 나무에서 내 방으로 떨어진 아기다.

3

까치와 마찬가지로, 어머니와 나도 봄철에 땅에 떨어졌다.
그 일은 밤에 일어났다. 한밤중의 조용한 실종이 우리 둥지를 박
살냈다. 히스코트는 왜 그런 일을 했는지, 그러니까 왜 사라졌는
지, 그런 뒤 왜 그렇게 화를 냈는지 설명하지 않았다. 어머니에 따
르면 그 일은 마른하늘의 날벼락처럼, 핏속에 몰래 숨어 있던 어
떤 것처럼 느닷없이 일어났다. 내가 아는 우리의 이야기는 이렇
다. 대부분 어머니에게서 들은 것이다.

내 어머니 폴리는 스물여섯 살 때 히스코트를 만났다. 어머
니는 열여섯 살에 고향을 떠나 런던에 왔고 대책 없는 연애를 몇
차례 한 뒤에 대형 출판사에 취직했는데, 1980년대에 대학 졸업
장도 연줄도 없던 여자에게 그것은 상당한 성취였다. 어머니의
동료들이 늘 말하는 옥스브리지° 자격은 전혀 중요하지 않았다.

° 옥스퍼드 대학과 케임브리지 대학.

히스코트는 어머니가 담당한 작가들 중 한 명이었다. 1960년대에 그는 소수의 열광적인 팬을 거느린, 유망한 젊은 극작가이자 반문화계의 선두 주자였다. 해럴드 핀터°도 그의 팬이었다. 그런 뒤 오랫동안 사람들 레이더에서 사라졌던 그가 『고래 나라*Whale Nation*』—고래의 아름다움을 찬양하고 그들의 고난을 슬퍼하는 내용을 담은 단행본 분량의 장시—로 세상에 복귀했고, 내 어머니가 그의 홍보 담당자였다.

　직업적 만남은 곧 성격이 바뀌었다. 히스코트는 설탕통에서 은화를 꺼내고, 교묘한 손재주를 보여주고, 어머니에게 저글링을 가르쳐주겠다고 했다. 그들은 함께 긴 산책을 했고, 그는 신기한 마술이 담긴 우편물을 보냈다. 그는 곧 어머니에게 자신이 콘월에서 런던에 올 때마다 그녀가 새벽차에서 내리는 자신을 맞아서 그레이트웨스턴 호텔에서 몇 시간 동안 함께 아침 식사를 해야 한다고 주장했다. 히스코트는 당시 40대 후반으로 어머니와는 나이 차이가 많았지만, 그것은 별로 문제가 되지 않았다. 그는 어린애 같은 매력이 있었다. 장난스럽고 재미있었다. 어머니는 그와 함께하는 시간이 즐거웠고, 그들은 점점 더 많은 시간을 함께했다.

　그들의 길고 불안했던 연애 기간에 한두 번 기이한 순간이 있었다. 그렇게 많은 편지를 주고받고 아침 식사를 함께 하고, 그

○　영국의 극작가. 현대 연극에 기여한 공로로 2005년 노벨문학상을 수상했다.

렇게 많은 대화를 나누면서도 히스코트는 어찌 된 일인지 자신에게 가족이 있다는 것을 알릴 겨를이 없었다. 그는 어머니에게 자신은 은둔자라고 말했다. 그래서 내셔널 시어터에서 열린 『고래 나라』 낭송회에 히스코트의 두 딸 차이나와 릴리, 그리고 그들의 어머니 다이애나가 나타났을 때 어머니는 놀랄 수밖에 없었다. 거기다 히스코트는 그들을 보자 밖으로 달려 나가서 택시를 타고 사라졌다. 그때 그것을 경고 신호로 받아들여야 했을 것이다. 하지만 그때는 두 사람이 사귄다고 할 수 없는 상태였고, 나중에 결국 사귀게 되었을 때 그는 다이애나와는 결별한 지 오래되었다고, 그녀는 옥스퍼드에서 아이들과 함께 살고, 자신은 콘월에서 혼자 산다고 말했다. 그가 은둔자라는 말은 거짓말이 아니었지만, 완전한 진실도 아니었다.

『고래 나라』가 예상치 못한 성공을 거둔 이후, 히스코트는 자신이 '콘월의 다락방'이라고 부르는 곳으로 돌아갔다. 그에게는 탈고를 앞둔 책이 또 한 권 있었다. 『돌고래에 빠지다*Falling for a Dolphin*』로, 그가 아일랜드해에서 몇 주를 함께 보낸 야생 큰돌고래에게 바치는 연애편지다. 그것은 기적 같은 관계였고, 히스코트의 인생에 또 한 가지 마법 같은 일화다. 그가 물속에 걸어 들어가서 바닷물에 얼굴을 담그고 "돌고래야!" 하고 부르면, 몸길이가 3.5미터에 이르는 돌고래가 쏜살같이 나타나서 그를 등에 태우고 인적 없는 해변 구석구석을 다니면서 물고기를 사냥해서 히스코트와 나누어 먹었다. 그 시에는 내 어머니에 대한 감정도 담았다고 그는 나중에 어머니에게 말했고, 1988년 겨울에 그 책의 홍보 투어를 함께 다니면서 그들은 마침내 연인이 되었다. 그리고 다음 해 봄에 어머니는 나를 임신했다.

히스코트에게는 이미 가족이 있고, 어머니는 젊었다. 하지만 히스코트는 매우 드물게도 명백한 입장을 보였다.

"타이밍이 안 좋다고 사람을 죽일 수는 없어." 그가 말했다. "우리는 나중에라도 아이를 가졌을 거야."

어머니가 아이를 낳을 거라는 사실을 알게 되자, 직장 상사는 어머니를 자기 방으로 불렀다.

"축하하려고 불렀어요." 그는 헛짚은 확신을 보이며 말했다. "히스코트는 훌륭한 아버지가 될 거예요."

포트엘리엇이 히스코트가 내 어머니를 위해 만든 은신처는 아니었다. 그는 친구 페레그린이 소유한 12세기 대저택의 한 구역 전체를 실질적으로 통치했고 매일 가정부가 따뜻한 음식을 문 앞까지 배달했다. 히스코트는 책, 신문, 신문 스크랩이 어지럽게 쌓인 미로의 중심에 살면서, 낮이면 치밀한 연구를 바탕으로 한 시를 강박적으로 쓰고, 밤이면 더러운 침대에서 잤다. 화장실에도 갈 수 없을 만큼 바빠서 손에 잡히는 아무것에나 소변을 보았다. 출산이 다가오자, 그는 어머니와 함께 숲속에 있는 돼지 농부의 오두막을 수선했다. 그들은 우물을 파고 호두나무를 심었으며, 그곳을 편안한 둥지로 만들려고 노력했다. 어머니는 가구와 책을 모두 그리 옮겼다. 거기서 오래오래 지낼 거라고 생각했다.

귀족 같은 누추함을 빼면 그때가 황금시대였다. 히스코트는 옆에 있으면 즐거운 사람이었다. 매혹적이고 재미있었다. 『돌고래에 빠지다』의 홍보 투어를 위해 어머니는 전국의 고급 호텔을 예약했다. 그들은 런던에 있는 어머니 아파트에서 저글링 파티를 열었고, 임신 8개월 때 히스코트는 어머니를 아일랜드에 데려가서 그 돌고래와 만나게 했다. 그리고 기네스 맥주와 배스 에일 칵테일에 취해서 어머니에게 청혼했다. 어머니가 취했다고 나무라자 그는 "인 비노 베리타스"°라고 말했다. 그게 진심이었건 아니었건 그들은 어쨌든 결혼에는 이르지 못했다.

내가 태어나고 6개월 동안 히스코트는 예상했던 대로 멋진 아버지 같았다. 내가 아침에 깨어나면 그는 어머니를 계속 자게 하고 자신이 일어나서 나를 달랬다. 유기농 식품이 유행하기 훨씬 전인데도 그는 화학 물질 없는 유아식을 만들기 위해 노력했다. 그 둘은 그런 가운데에도 어떻게든 글을 쓸 시간과 에너지가 있었다. 어머니는 출판계를 떠난 뒤 저널리스트로 일하기 시작했다. 히스코트는 매일 포트엘리엇까지 걸어가서 자신이 만든 종이 미로 안에서 계속 시를 썼다. 때로 그는 수렵인들이 준 꿩을 가지고 돌아왔고, 어머니는 거기서 엽총 탄환을 뽑고서 그걸 다져서 내 음식을 만들었다. 이 모든 일이 얼마나 허약한지를 아는 사람은 아마 히스코트뿐이었을 것이다. 표면적으로는 모든 것이 완벽해 보였다. 한순간 갑작스럽게 허물어지기 전까지는.

그해 어느 봄날의 오후, 그는 어머니와 함께 숲에 앉아 있었고, 나는 그 옆의 블루벨 꽃밭에 누워 있었다. "나한테는 너무 과

○ In vino veritas, '취중진담'이라는 뜻의 라틴어.

분한 복이야." 히스코트가 말했다. 그리고 그 말은 진심이었던 것 같다. 다음 날 그가 사라졌기 때문이다.

아침이 되니 모든 것이 달라져 있었다. 어머니는 내 울음소리에 잠을 깼다. 침대 옆자리는 비어 있고 차가웠지만, 그가 나에게 가 있지도 않았다. 그는 아래층에도 없고 마당에도 없었다. 야반도주였다. 히스코트는 올빼미처럼 말없이 숲속으로 사라졌다. 열린 창문으로 날아간 새처럼 아무런 자취를 남기지 않았다.

실제로 그는 그렇게 멀리 가지 않았다. 그저 숲속에서 1~2킬로미터 떨어진 저택으로 갔다. 하지만 우리는 그가 나무 꼭대기에라도 올라간 것처럼 그에게 가닿을 수 없었다.

"히스코트는 지금 정신이 무너졌고 당신을 만나고 싶어 하지 않습니다." 어머니가 간신히 그를 추적해서 찾아갔을 때 엘리엇 경이 말했다. "그 친구에게서 더 이상 엄마곰, 아빠곰, 아기곰 놀이를 기대하지 마십시오."

블루벨 꽃밭을 지나 오두막과 저택을 여러 차례 오가며 시도한 끝에 어머니는 마침내 그 집에 잠입하는 데 성공했다. 가보니 히스코트는 정말로 정상이 아니었다. 눈은 붉게 충혈되고 머리칼은 그 어느 때보다도 더 엉망이었다.

"난 아파." 그는 그 말만 반복했다. "난 아파. 아프다고. 아파."

어머니는 나를 들어 그에게 보여주며 말했다.

"이 아이가 당신을 고칠 약이에요."

"나는 아파. 아파. 아파. 난 아파." 히스코트가 말했다.

우리는 그 집에서 쫓겨났다. 도대체 무슨 일이 일어난 건지 어머니는 아무런 단서를 잡을 수 없었다. 히스코트는 설명을 해야 한다는 생각 자체가 없었던 것 같다. 그 뒤로 힘겨운 날들이 이어졌다. 어머니는 일단 데번에 있는 부모님 집으로 갔지만 거기 오래 머물 수는 없었고, 결국 포트엘리엇으로 돌아갔다.

그 사이에 히스코트는 저택에서 나왔고, 우리는 다시 오두막에서 가족으로 살았다. 히스코트와 어머니는 어떻게든 제대로 살아보려고 노력했지만, 히스코트라는 사람 자체가 둘로 분열된 것 같았다. 평소에는 사랑이 넘치고 진심으로 미안해하는 모습도 보였다. 하지만 어머니가 일 때문에 런던에 가면 돌변해서 쉴 새 없이 전화를 걸어 폭언을 해댔다.

히스코트는 자신의 인생에 시와 가족을 동시에 품을 공간은 없다고 생각한 것 같았다. 그래서 가족을 밀어내기 시작했다. 그가 자주 쓴 문장이 하나 있다. 작가 시릴 코널리의 유명한 문장이다. "좋은 예술의 가장 큰 적은 복도의 유모차다."

결국 모든 것이 참을 수 있는 선을 넘었다. 어머니는 런던으로 귀환했다. 히스코트는 콘월에 남았다. 어머니는 단란한 가정의 꿈이 망가졌다는 것을 알았지만, 그래도 아이가 부모 양쪽을 모두 알고 자라기를 바랐다.

"언젠가 아이를 만날 거야." 마지막으로 만났을 때 히스코트가 말했다. "언젠가. 내가 괜찮아지면 그렇게 할게."

그날은 당연히 쉽게 오지 않았다. 실제로 10년이 넘게 걸렸다. 결별 이후 히스코트는 종양을 도려내듯 나와 어머니를 인생에서 제거했다. 우리를 찾아오는 일도, 편지나 생일 카드를 보내

는 일도 없었다. 내가 그에 대해 가진 얼마 되지 않는 감각 기억
—누워 있는 나를 내려다보는 갈색 눈동자, 낮은 목소리, 친숙한
피부의 포근한 냄새—은 조용히 사그라들었다.

4

나의 둥지에서는 일주일 동안 새끼 까치가 점점 더 생명을 찾아가고 있다. 새와 단둘이 지내면서 내 일상은 이상한 리듬에 빠진다. 새벽에 새 울음이 시작되면 나는 벌레를 죽인다. 20분 뒤 울음이 다시 시작되면 더 많은 벌레의 머리를 부수고 살을 으깨고 개 사료를 물에 불린다. 그러고 난 뒤 손톱 밑의 기름기를 닦고 글을 쓰려고 컴퓨터 앞에 앉으면 다시 울음이 시작된다. 야나가 없는 동안 나는 까치의 노래에 춤을 추며, 나 역시 점점 새처럼 된다. 공중에서 파리를 잡고, 땅속에서 굼벵이를 캐낸다. 바쁘게 오가면서 거미, 송충이, 쥐며느리를 죽인다. 이런 일이 해가 질 때까지 이어진다. 나는 아무 일도 하지 못하고 외출도 거의 못하는데, 어찌 된 일인지 일주일이 다 지나기도 전에 탈진해버린다.

까치는 금세 상자 근처에 가기만 해도 내가 아빠 새라는 걸 안다는 듯이 총상처럼 생긴 목구멍을 활짝 연다. 심지어 내 목소리만 들려도 반응을 보인다. 매혹되어 바라보는 내 눈길 아래에서 녀석은 수백 마리 작은 생명을 삼켜서 자기 생명으로 만들고, 물컹한 덩어리 같은 몸통에서 차츰 피부, 근육, 뼈, 복잡한 깃털, 갈고리발톱이 생겨난다.

야나의 일주일 출장이 끝나기 한참 전에 이미 상자가 작아진다. 녀석은 상자 옆면을 세차게 긁으면서 이제 우리가 사는 방을 직접 돌아다니며 탐색하고 싶다고 조른다. 몸통과 균형이 맞지 않는 길고 가는 다리로 금세라도 넘어질 듯 비틀거리며 신기한 콘센트와 꼬불꼬불한 전기선을 탐색한다. 그리고 아무데나 똥을 싼다.

까치를 따라다니다보니 야나가 웨딩드레스를 만들면서 바닥에 떨군 핀과 바늘, 야나 협탁 위의 강력접착제, 내 협탁 위의 사냥칼 같은 것들이 새롭게 보인다. 어미 새의 눈으로 보면, 우리 방—사실 이 방이 우리 집 전체다—은 죽음의 덫이다. 야생의 새들은 걱정할 필요가 없는 여러 가지가 있다. 전기, 몸이 끼일 수 있는 문, 물에 빠질 수 있는 변기. 새 부리가 토스터기에 들어가서 안 빠지면 어떻게 하지? 새들은 대체로 연기에 예민한 것 같다. 탄광에 카나리아를 내려보내는 걸 봐도 그렇고, 인터넷을 보면 갖가지 세제들, 에어로졸 캔, 코팅 프라이팬의 연기가 모두 새에게 생명의 위협이 된다고 한다. 내가 별로 조심하지 않고 여기저기 두는 물건들도 치명적일 수 있다고 한다. 특정 화초, 아보카도, 양파, 마늘, 버섯, 말린 콩, 초콜릿이 전부 생명을 위협한다. 적어도 앵무새처럼 흔한 반려 조류들은 그렇다.

까치가 방바닥을 달리는 것을 보며, 나는 다시금 실제로 이

런 새를 키운 경험이 있는 사람에게 조언을 구하고 싶다는 생각
이 든다. 휴대폰에 저장된 전화번호들을 훑으며 전화할 다른 사
람을 찾아보지만, 이 세상에 반려 까치를 키우는 사람이 그렇게
넘쳐나는 것은 아니다. 내게 떠오르는 사람은 히스코트뿐인데
그것조차 의심스럽다. 까치와 보내는 시간이 길어질수록 히스코
트의 갈까마귀 이야기를 믿기가 어려워진다. 이 생명체를 키우
는 건 보통 일이 아니다. 새는 엄청나게 어지럽히고 엄청나게 시
끄럽다. 쉴 새 없이 먹이를 주어야 한다. 갈까마귀도 비슷할 것이
다. 까치와 갈까마귀는 똑같은 까마귓과다. 히스코트는 자기 자
식들도 돌보지 못했다. 그런 사람이 어떻게 새를 돌보았다는 건
지 이해할 수 없다. 갈까마귀는 수수께끼다. 하지만 어쩌면 그것
이 단서일 수도 있다.

　　나는 내키지 않는 걸음으로 히스코트의 책들이 꽂힌 서가로
간다. 그의 첫 책 『발언자들 *The Speakers*』이 있다. 그가 스무 살을 갓
넘겼을 때 쓴 책으로, 그는 이미 하이드파크 자유발언대에서 활
동하는 연설자들의 파란만장한 삶에 깊이 물들어 있었다. 르포
르타주 작품인 그 책은 조지 오웰과 장 주네의 색채가 섞여 있고,
마약, 정신질환, 노숙, 섹스를 거침없이 표현한다. 1964년에 처
음 출간되었을 때는 비평가들에게 호평을 받았지만—앤서니 버
지스, 윌리엄 버로스, 해럴드 핀터의 칭찬이 표지에 실렸다—히
스코트의 작품이 대부분 그렇고, 히스코트 자신 또한 그렇듯 그
후로 차츰 잊혔다. 나는 손끝으로 그 책을 지나고, 단행본 분량의
자연시 세 권—『고래 나라』, 『돌고래에 빠지다』, 『신성한 코끼

46

리*Sacred Elephant*』──도 지나갔다. 그 책들은 내가 태어날 무렵 그에게 또 한 차례 예상 밖의 성공을 안겨준 작품들이었다. 그 세 권은 내가 기억하는 한 내가 살았던 모든 집의 서가에 있었다. 그중에 적어도 한 권은 히스코트가 선물로 준 것이다. 『돌고래에 빠지다』의 속표지에 비스듬히 적힌 그의 손글씨는 나를 임신하고 있던 어머니를 바다로 데려가서 돌고래와 함께 헤엄치게 해준 사연, 돌고래가 초음파로 어머니의 배를 스캔했고, 그래서 그 돌고래가 나를 본 첫 번째 동물이라는 이야기를 전한다. 과거의 그 편지는 언제나 나를 불편하게 했다. 그토록 확실하던 행복이 어떻게 그렇게 사라질 수 있지?

다음으로 히스코트의 후기 작품들이 있다. 나는 이 작품들이 힘들다. 이 책들은 대부분 우리가 연락을 재개하고 1년 정도 지났을 때 히스코트가 보낸 것이다. 우편함에 도착하는 얇은 시집들과 소책자들은 도저히 읽을 수가 없다. 시도해보아도 눈이 책장에서 미끄러져서 진척이 되지 않기에 지금껏 갈까마귀에 대한 시를 본 적이 없었다. 히스코트가 보내는 시들에 왜 이런 알레르기 반응이 이는지 나도 모른다. 아마 내가 원하는 언어가 아니기 때문일 것이다. 물론 아주 좋은 작품 같지 않다는 것도 하나의 이유일지 모른다. 이런 평가는 나만의 것이 아니다. 오늘날의 평론가들은 히스코트가 자비 출간한 시노페의 디오게네스에 대한 장광설에 그다지 열광하지 않는다.

갈까마귀에 대한 시는 파란색 표지의 얇은 책에 실려 있고, 책 제목은 『금단의 열매: 과학, 기술, 자연사에 대한 명상*Forbidden*

Fruit: Meditations on Science, Technology, and Natural History』이다. 사실 내가 이 책을 펼친 것은 이때가 처음이다. 그 시 「갈까마귀에 붙들려Being Kept by a Jackdaw」는 꿀벌과 자본주의, 말벌 꿀과 포클랜드 전쟁, 앨런 튜링의 자살과 중국 컴퓨터 공장 노동자들이 받는 학대를 다룬 시들 사이에 놓여 있다. 이번에는 눈이 책장 위를 미끄러지지 않는다. 갈까마귀 시는 풍성하고 감각적이고 예기치 못하게 부드럽다. 시는 히스코트가 시골 장에 갔다가 화로에 쑥국화 팬케이크를 굽는 달콤한 냄새에 이끌려 어느 천막으로 들어가는 데서 시작한다. 안에는 새들이 있다. 층층이 쌓인 나무 새장에 다친 새들이 한 마리씩 들어 있다. 오브리라는 이름의 까마귀가 강렬한 시선으로 그를 매혹하고, 갈까마귀와 친구가 되고 싶었던 그의 어린 시절의 꿈이 불현듯 되살아난다. 그리고 그 천막에서 그 꿈이 실현된다. 나는 시를 서너 차례 읽은 뒤에야 그것을 제대로 받아들일 수 있게 된다. 나는 바닥에 주저앉아서 까치를 옆에 두고 책에 담긴 늙은 남자의 세계를 탐구한다.

5

까마귀가 횟대에서 움직이자, 깃털이 탄소강 비늘처럼 서로 겹쳐진 채 미끄러진다. 까마귀가 시야에 새롭게 들어오는 물체를 포착하는 모습은 어딘가 뱀과 비슷하다. 코브라나 곰치가 사냥감에게 최면을 거는 것 같다. 까마귀는 고개를 아주 조금씩 움직여 히스코트를 살피면서, 너덜거리는 구두끈에서 팔꿈치의 가죽 패치, 손톱 밑의 때, 덥수룩한 머리까지 모든 디테일을 빨아들인다. 아니 그 너머, 인간이 모르는 주파수와 각도로도 그를 본다. 히스코트의 얇은 입술은 조용한 경외로 벌어진다. 그 새는 무결하고 존엄한 존재, 생명을 입은 검은 성상聖像이다.

둘 사이에는 화로의 연기가 피어오르고, 여행자 부부 데이브와 다이가 부산스럽게 움직이며 차를 준비하고 주철 팬에 쑥국화 팬케이크를 굽는다. "오브리가 손님을 매혹했네요." 다이가 달콤한 잉글리시 티를 약간 더러운 파란색 머그잔에 담아 히스코트에게 내놓으며 말한다.

까마귀는 자기 이름을 알아들었는지 아니면 이 낯선 자에 대한 판단을 마무리했는지 검은 부리를 벌리고 까악까악거린다. 날카롭고, 거의 외계의 소리 같은 그 울음에 히스코트는 배 속이 가려워진다. 그는 눈을 깜박이고, 찻잔을 들고, 눈앞에 있는 사람에게 눈길을 돌린다. 다이는 오브리를 키우게 된 과정을 설명한다. 천막 안의 다른 새들과 마찬가지로 데이브와 그녀가 다친 새를 데려다 간호해서 건강을 되찾아주었다고. 거기다 새장 문이 항상 열려 있어도, 또 오늘처럼 떠들썩한 초여름 콘월 시골 장터에서도 오브리는 달아나지 않는다고.

히스코트의 눈이 기쁨으로 커진다. 그의 눈은 까마귀의 눈처럼 그냥 보면 딱정벌레 같은 검은색이지만, 지금처럼 햇빛이 비스듬히 비치면 니스 칠을 한 마호가니처럼 반짝인다. 그는 어린 시절의 환상이 떠오른다. **오브리의 섬뜩한 모습을 보니 해적처럼 어깨에 갈까마귀를 얹고 다니고 싶었던 어린 시절의 꿈이 되살아났다. 이 갈까마귀는 내 귀에 비밀을 속삭이고 오직 나만이 이해할 수 있는 언어로 말할 것이다.** 그와 대화하고, 그를 지켜주는 마법의 친구.

데이브는 오브리의 저녁을 준비한다. 껍데기를 깨지 않은 날 오리알과 피에 적신 비스킷, 눈에서 피가 흐르는 부화 1일 차 병아리, 이 모든 것이 낡은 주석 그릇에 담겨 있다. 오브리는 다시 까악 울어서 진홍색 목구멍과 길고 얇은 혀를 보인다. 그런 뒤 크렘브륄레의 표면을 깨듯 질척한 바사삭 소리를 내면서 단숨에 알껍데기를 깨고, 끈끈한 껍데기 조각을 흩뿌리면서 허겁지겁 알을 빨아먹는다. 나는 히스코트가 코를 찌푸리는 모습을 떠올려본다. 그의 어린 시절 환상 속에 새가 이토록 섬뜩한 식사를 하는 장면은 없었을 것이다. 하지만 해가 차츰 내려오고 다이가 오브리의 새장에 천을 덮자, 그는 이 기회를 놓칠 수 없다고 느낀다.

"어릴 때부터 소원이었습니다…" 그들의 표정은 여전히 알쏭달쏭했다.

"갈까마귀를 키우는 거요." 그는 불쑥 말한다. 말 못할 비밀을 털어놓듯 부끄러운 얼굴로.

데이브 넬스트럽은 심드렁하게 말했다. "아, 한 마리 있어요. 아직 새끼예요. 상태가 안 좋아서 여기 못 데려왔어요. 커피 드리퍼로 먹이를 주고 있죠. 브랜디를 타서요. 종탑의 둥지에서 떨어졌어요." 그는 다이에게 눈으로 물어보고, 그녀는 고개를 끄덕인다. 그들은 다음번에 올 때 그 새를 데려오기로 약속한다.

일주일 뒤 새벽, 히스코트는 입술 사이에 단단하고 날카로운 것이 박히는 느낌에 잠을 깬다. 그가 뒤척이고 신음하자 그 물체는 빠져나간다. 침침한 눈을 뜨자, 10여 센티미터 앞에 완벽하게 동그란 하늘색 눈 하나가 그를 지독하게 빤히 응시하고 있다. 잭도Jack Daw—그가 새에게 붙인 이름—는° 히스코트의 입 안으로 부리를 다시 밀어 넣고, 의사가 검경檢鏡을 쓰듯 입을 비집어 연다. 피곤해서 저항할 기력이 없는 히스코트는 더러운 침구 속에 누워서 **어젯밤 식사의 잔여물을 찾는** 새로운 친구가 그의 송곳니

○ 갈까마귀(jackdaw)라는 보통명사를 고유명사화한 것.

틈에서 전날 저녁의 비프웰링턴을 빼내게 한다.

새에게 필요한 것은 약간의 휴식뿐이라고 넬스트럽 부부는 말했지만, 정작 갈까마귀에게는 그 사실을 알려주지 않은 것 같았다. 녀석은 지칠 줄 모르고 **돌진하는 에너지와 식탐의 혜성**이라고 히스코트는 지친 머리로 생각한다. 그는 녀석이 그토록 활기찰 거라고는 미처 예상하지 못했다. **좁은 공간에서 녀석의 야성적 행동을 지배하는 것은 강렬한 호기심이었다. 대체 이 녀석의 정체는 무엇인가? 평생을 종탑에 살다가 떨어진 새, 특이한 머리 깃털 때문에 두건 쓴 수도사처럼 보이는 이 새는?**

새는 히스코트의 궤짝에서 뛰어내려 땀자국과 찻물을 흘린 자국이 보물 지도처럼 얼룩덜룩한 그의 침구를 쑤신다. 히스코트는 꼭두새벽에 깨었는데도 새가 이불 주름을 뒤집고 고랑을 파고 여기저기 부리를 밀어 넣는 모습에 감탄한다. 녀석은 열렬히 기도하는 사람처럼 고개를 위아래로 까딱이다가 멈춘다. 부드럽고 털이 가득 난 분홍색 물체를 발견한다. 녀석이 그것을 확 물자 히스코트는 비명을 지른다. 그것은 녀석이 찾던 게 아닌 모양이다. 히스코트의 머리로 돌아가서 비명으로 응답을 하기 때문이다.

히스코트는 투덜거리며, 생명을 얻은 마리오네트처럼 길고 가는 수족을 취합해서 일어난다. 그는 알몸이다. 가려진 데는 갈까마귀가 앉은 어깨뿐이다. 그는 원형 침실의 벽에 난 커다란 곡선 창문에 자신의 모습을 비추어 보고 미소를 짓는다. 인생은 그가 40여 년 전에 꿈꾸던 그대로 되지는 않았지만, 그래도 거기 꽤

근접했다. 그는 고개도 숙이지 않고 방광을 열어서 입구 넓은 꽃병에 황금빛 오줌 줄기를 쏟는다. 이미 4분의 3쯤 차 있는 꽃병에 새로이 내용물이 더해지자 그 불결한 액체는 거의 꼭대기까지 차오른다. 바닥에는 그런 그릇들이 사방에 널브러져 있다. 냄비, 맥주잔, 와인 디캔터, 그리고 18세기의 요강—그것이 가장 먼저 채워졌다—까지. 거기에 새의 배설물이 더해지니 이제 이 방에서는 더 이상 지내기 어려워질 거라고 히스코트는 우울하게 생각한다.

그는 창밖을 내다본다. 이곳의 전망은 두고두고 그리울 것이다. 그림엽서처럼 완벽하다. 그의 시선은 부드러운 계곡을 내려가서 타마강에 닿는다. 강의 넓은 하구가 이미 새벽빛에 반짝이고, 갯벌에는 새들이 먹이 사냥을 하고 있다. 그 위로는 고가 철도가 높이 지나간다. 하지만 방이 이렇게 계속 더러워지니 다른 해결책이 없을 것 같다. 이 집의 이 구역에 다른 사람들이 살지 않는 것은 행운이다. 앞으로 몇 년 동안 그는 계속 옆방으로 옮기면서 살 수 있다.

그는 자신이 이곳의 식객이라고 생각한다. 사람들에게도 그렇게 말한다. 하지만 지금은 그저 호의를 남용하고 있을 뿐이다. 페레그린이 히스코트에게 자기 집에 와서 한동안 지내라고 했을 때, 그가 5년이 넘도록 거기 살면서 명나라 꽃병들에 인간 오물을 채울 거라고는 생각하지 않았을 것이다. 그리고 물론 히스코트의 두 딸과 그들의 어머니도 마찬가지였을 것이다.

히스코트는 옷을 입고 책상에 앉는다. '작업'은 가장 중요한 일이다. 그가 여기 온 이유가 그것이다. '가족의 압박'—그의 표현—에서 벗어나서 자유롭게 창작할 수 있는 평화로운 장소가 필요했다.

책상 위에는 고약하게 낙서한 마거릿 대처 총리의 사진이 놓여 있다. 그가 펜을 들고 거기다 새로운 낙서를 더하려고 할 때, 갈까마귀가 이번에는 그의 귀에 대고 다시 한번 비명을 지른다. 그는 녀석의 존재를 잠깐 잊었다. 분홍색 목구멍이 그의 얼굴 바로 앞에 드러나자 녀석의 텅 빈 배 속까지 들여다보일 것 같다. **나는 즉시 새의 포로가 되었다. 오직 녀석을 돌보기 위해서만 존재한다. 내가 인질범을 사랑하게 되는 스톡홀름 증후군에 걸린 건가 싶다.**

거저리와 우유, 이것들이 넬스트럽 부부가 말해준 녀석의 먹이다. 히스코트는 새의 아침 식사 거리를 찾아보며, 갈까마귀들은 자연에서 어떻게 새끼들에게 우유를 찾아줄까 생각한다. 어쩌면 어선을 따라다니는 갈매기처럼 우유 배달차를 습격할지도 모른다. 아니면 젖소의 유방에 뛰어올라서 목구멍이 찰 때까지 검은 빨래집게처럼 거기 매달려 있을지도 모른다. 갈까마귀가 실제로 우유를 먹는 건 아닐지도 모른다는 생각이 들지만, 그래도 그는 유일하게 깨끗한 냄비에 우유를 따라서 휴대용 스토브에 올린다.

새는 거저리에 달려들어 사방으로 흩뜨리며 게걸스럽게 먹는다. 넬스트럽 부부가 이별 선물로 준 그 벌레들은 천천히 마룻널 틈새로 사라진다. 갈까마귀는 따뜻한 우유가 담긴 그릇에 검은 얼굴을 첨벙첨벙 담근다.

히스코트는 어깨를 으쓱하고 혼란스런 책상으로 돌아간다. 대처의 사진을 옆으로 치우고, 스웨터나 양말을 보내면 수선해주겠다는 어머니의 편지를 죄책감 속에 다시 묻어두고, 몰스킨 노트를 앞으로 당긴다. 그리고 글을 쓰기 시작한다. 한동안 열중해 있는 아이디어가 모양을 잡기 시작한다. 고래에 대한 서사시다. 주문 같은 리듬과 힘을 지닌 시, 그가 고래들을 보호하기 위해 외울 주문 같은 시. 모든 것이 사라지고 이제 존재하는 것은 진주빛 종이에 장식적인 필체를 새겨나가는 그의 펜뿐이다.

갈까마귀는 그러건 말건 상관없이 **제멋대로인 영화배우처럼, 밤낮없이 모든 관심을 자신에게 기울이기를 요구한다.** 너석은 바닥에서 무릎으로, 무릎에서 책상으로 뛰어오른 뒤 강력한 잭해머처럼 그의 펜을 타격해서 검은 잉크를 노트 곳곳에 핏물처럼 흩뿌린다. 히스코트는 갈까마귀의 검은 발에 밟힌 종잇장을 보자 약간 우울해진다. 자신이 다시 포로가 되었다는 것을 깨닫는다.

6

동틀 녘에 갈까마귀의 메아리가 나를 깨운다. '어떻게 이런 일이?' 나는 딱딱하고 날카로운 것이 내 얼굴을 탐색하는 것을 느끼며 기운 없이 생각한다. 히스코트가 뭐라고 했더라? 새벽녘에 **내 이빨을 쑤시는 앙상한 드릴.** 눈을 떠보니 가해자는 내 심장 위쪽 가슴뼈에 당당하게 서서 연청색 외눈으로 나를 날카롭게 살피고 있다. 새는 상자에서 나와 우리의 침대로 올라오는 법을 익혔는데, 지금은 아침밥이 간절하거나 어쩌면 나를 아침밥으로 생각하는 것 같다. 새가 내 아랫입술을 고무 조각처럼 잡아당길 때 나는 움찔거리지 않으려고 한다. 이런 행동은 나쁜 의미가 아니라는 게 내 판단이다. 새가 정말로 내 살을 찢고 싶다면 그럴 수 있을 것이다. 그 부리를 곡괭이처럼 사용하면 어떤 피해를 입힐 수 있는지에 대한 증거는 사방에 널려 있다.

나는 이제 히스코트의 갈까마귀 이야기를 믿는다. 그의 시는 몹시 세밀한 관찰에 토대해 있어서 허구이기 어렵고, 또 인터넷에 사진 증거도 있다. 사진은 작고 화질도 안 좋고 흐릿한 기억처럼 초점도 맞지 않는다. 사진에는 한 남자가 널찍한 방의 커다란 테이블 앞에 카메라를 등지고 앉아 있다. 부스스한 검은 머리가 히스코트가 분명하다. 검은 정장 재킷의 어깨 양쪽에 흰 얼룩이 있고, 그의 왼쪽에 놓인 의자 등받이에 암회색 갈까마귀가 앉아서 그와 마주보고 있다.

나는 베개 밑의 휴대폰을 꺼내서 내 가슴에 당당하게 서 있는 새를 찍는다. 어쩌면 이것을 히스코트에게 이메일로 보낼지도 모른다.

우리 곁에서 이주일을 지내면서 까치는 꽤 멋진 새가 되었다. 너석이 검은 실크와 흰담비 털 망토를 두르고 침대 위를 돌아다니는 모습은 어딘가 기품 있어 보인다. 조금씩 자라기 시작한 날개깃은 보석처럼 반짝인다. 야나도 나도 까치를 수컷이라고 여긴다. 근거는 전혀 없다. 까치는 까마귓과의 새들이 대부분 그렇듯이 겉으로는 성별을 구별할 수가 없다. 눈에 보이는 외부 생식기가 없고, 덩치나 깃털 모양도 딱히 다르지 않기 때문이다. 하지만 새는 암컷 아니면 수컷일 테니 맞을 확률이 50퍼센트는 된다.

새는 부리를 반짝이며 다시 한번 나의 코를 향해 돌진한다. 이번에는 내가 이불 속으로 피한다. 너석이 이불을 밟고 다닐 때 나는 거인이 된 것 같다. 갈고리발톱이 새끼 고양이 발처럼 가볍게 느껴진다.

까치의 첫 끼니를 준비하러 일어나면서 나는 다시 히스코트와 그의 새를 생각한다. 오늘 아침 같은 순간—메아리처럼 세대에서 세대로 전달되어 반복되는 듯한 순간—은 불안함을 안겨준다. 내가 히스코트의 발걸음을 따라가는 듯한 조짐이 보이면 내 마음속에 경보가 울린다. 마지막으로 그의 그림자를 따라갔을 때 나 또한 정신 붕괴를 겪었고, 요즘은 그런 일이 반복될까 두렵다. 온전한 정신은 보호막이 얇아서 너무도 쉽게 다시 무너질 수 있는 것 같다. 나는 겁먹을 일은 아무것도 없다고 마음을 다져야 한다. 굉장히 특이하기는 하지만 문제될 것 없는 우연의 일치일 뿐이라고. 그리고 나는 마음이 바뀌기 전에 히스코트에게 이메일을 쓰고, 까치가 내 가슴에 당당하게 서 있는 사진—30년 전의 잭 도와 그처럼—을 첨부한다.

야나가 파리에서 일을 마치고 며칠 전 돌아왔을 때 까치와 나는 대책 없이 서로에게 휘말려 있었다. 내가 녀석의 나무라도 된 것처럼 녀석은 호시탐탐 내 팔에 매달리거나 어깨 또는 머리에 올라온다. 그리고 녀석이 내게 똥을 싸고 팔다리를 쪼고 귓구멍에 비명을 질러도, 나는 녀석이 나를 우러러본다고, 내 가르침을 기다린다고 느낀다.

나와 함께 집 안을 돌아다니면서 녀석이 어떤 삶의 가르침을 얻는지는 모른다. 사냥법은 아닐 것이다—냉장고를 뒤지는 것도 사냥이라면 모를까. 대부분의 시간 동안 녀석은 내 책상 구석에 앉아 있다. 내가 연필을 깎으면 고개를 옆으로 기울이고, 나무 부스러기가 휴지통으로 떨어지는 것을 바라본다. 키보드를 두드리는 내 손가락을 유심히 살펴보다가 자기도 와서 자판을 찍는다. 그리고 호시탐탐 내 손목이나 손등에 올라와서 잠을 자려고 한다. 내가 계속 키보드를 치려고 하면 그 깃털 더미는 나직한 깍 소리로 나를 나무란다.

기생충은 녀석의 목구멍에서 사라진 것 같고, 비록 녀석이 돌아온 야나를 환영하듯 또 한 차례 발작을 하기는 했지만, 전체적인 방향은 좋아지는 쪽인 것 같다. 잘 버티고 있다.

먹이를 주는 사이사이, 나는 까치에 대한 자료를 열심히 찾아보았다. 히스코트의 시뿐 아니라 까마귓과의 새를 만난 사람들이나 조류학자들의 책을 탐독했다. 그렇게 해서 알게 된 사실들은 놀랍다. 까치는 동물 세계에서 드물게도 거울에 비친 자기 모습을 알아본다. 그러니까 자의식이 있다는 뜻이다. 까치들은 놀이를 한다. 속임수를 연습한다. 모방의 대가다. 읽을수록 까마귓과 새의 두뇌는 작은 기적이라 할 만하다. 까마귓과는 동물계에서 두뇌-신체 비율이 가장 높다. 그리고 두뇌의 주름이 아주 촘촘해서 두뇌 무게를 훨씬 넘는 수준의 지력을 지녔다. 새대가리라는 욕은 잘못된 것 같다.

까치의 지능은 대략 한두 살 아이와 비슷한 수준이고, 까마귓과의 다른 새들은 훨씬 더 똑똑하다고 한다. 예를 들어 뉴칼레도니아까마귀는 일곱 살 아이와 동등한 추론 능력을 보여주었다. 하지만 놀랍기는 해도 사람 지능과 비교하는 일은 잘못된 것 같다. 이렇게 사방팔방 쪼아대며 돌아다니는 동물이 새의 몸에 갇힌 덜 자란 인간이라고 할 수는 없다. 녀석은 온전한 자기 자신이며, 우리 눈앞에 있는 것은 전혀 다른 종류의 지능이다.

나는 어느새 꽤 들뜬다. 어쩌면 이 일이 어떤 대단한 것의 단초가 될지도 모른다고 나는 야나에게 말한다. 그러니까 조류 지능과 인간 지능의 만남 같은 것. 우리가 새를 세상에 다시 풀어주면, 녀석은 다른 새들에게 인간의 돌봄을 받은 이야기를 들려줄지 모른다. 내가 나무 아래 서서 팔을 뻗고 있으면, 야생 까막까치들이 인사하러 몰려와서 내 팔을 무겁게 하지 않을까? 야나는 이 말에 눈썹을 추켜세우지만 어쨌건 우리는 새와 새로운 방식의 교류를 시작한다. 녀석도 우리가 좋아하는 것을 좋아할까? 우리가 반응하는 것에 반응할까?

이제 우리에게 이 일은 단순한 동물 구조를 넘어선다. 유대 관계가 시작된다. 야나는 새를 손목에 얹고 거울에 비추어 보인다. 녀석은 파란 눈에 까만 부리를 지닌 자신의 멋진 모습 바라보다가 만족스러운 듯 나직한 쩍 소리를 낸다. 나는 앞마당에서 늦은 봄꽃을 따다가 다리미판 위의 수건들 틈에 앉아 있는 녀석에게 가져다준다. 녀석은 꽃들—작은 물망초, 그리고 제 머리의 두 배만 한 양귀비 꽃잎—을 하나하나 부리에 물고 그 아름다움을 감상하는 듯 빼액거린다. 가게에 갔다 와보니 야나와 까치가 함께 앉아 있다. 야나는 침대에 책상다리로 앉고, 새는 그녀의 맨 어깨에 털을 부풀린 채 앉아 있다. 다리는 프릴 같은 흑백 깃털 치마에 가려져 보이지 않는다. 그들은 함께 클래식 음악, 아름다운 오르간 음악을 듣고 있다. 야나가 음악에 맞추어 휘파람을 불자, 새도 곁에서 자기 멋대로 쩍쩍 삐약거린다.

새가 방을 쑤시고 다니며 갈수록 튼튼해지는 부리로 온갖 물건—내 노트북 충전기, 선인장, 선글라스—을 탐색할 때면, 어떻게 이 나이가 되도록 이 동물의 개성을 알아보지 못했는지 의아해진다. 과거의 내가 까치에 대해 무슨 생각을 했다 해도, 그저 어떤 장식, 이따금 하늘을 멋지게 날아가는 흑백의 깃털로만 여겼을 것이다. 정신적 변화가 거의 마법 같을 지경이다. 마치 마당에 나갔다가 화단의 꽃들이 대화에 몰두해 있는 모습을 본 것 같다.

녀석은 아직 스스로 먹지도 마시지도 못하고, 잠도 오래 자지만, 낮잠과 식사 사이사이에 점점 제 모양을 갖추어간다. 대리석 같은 알에서 처음 나왔던 때의 엉성한 형태가 이제는 구석구석 디테일을 갖춘 정교한 형태가 되어간다. 맨살이 있던 곳에 단단한 밀랍질의 튜브 같은 것이 나오기 시작했다. 이른바 솜깃털이다. 새가 그것을 긁고 문지르고 쪼아서 떨어뜨리면, 그 자리에 새 깃털이 드러난다. 녀석이 앉는 곳마다 이 깃털 배달 튜브가 남긴 부서진 비듬 같은 것이 소복이 쌓인다. 녀석은 처음으로 날개를 펼친다. 날기 위해서가 아니라 두루마리처럼 단단하게 말린 솜깃털을 더 잘 꺼내기 위해서다. 이 날개깃의 색깔은 새의 눈 색깔처럼 완전히 예상 밖이다. 그것은 햇빛이 비치면 아주 새파란 색으로 반짝인다. 수족관에서 보는 이국적인 물고기의 지느러미와도 비슷한 그 색은 내가 지금껏 영국 토종 새에게서는 한 번도 보지 못한 색이다.

7

까치는 아름답고 똘똘하고 신비롭지만 야나와 나에게는 휴식이 필요하다. 두 주 동안 나는 청결함과 휴식을 느껴본 적이 없다. 잠이 부족해 눈이 무겁고 부었다. 셔츠에는 육즙이 묻고, 머리에도 새의 오물이 가득하다. 우리는 여유 시간에 결혼식 준비를 할 예정이었지만—이제 몇 달 앞으로 다가와 있다—난데없이 새와 함께 엄마 아빠 놀이를 하고 있다.

내가 씻는 동안 야나는 까치를 배 터지게 먹이고, 그런 뒤 우리는 점심을 먹으러 나간다. 우리가 새를 혼자 두고 나간 것은 이때가 처음이다. 바깥에 나가도 야생 새들에게 전보다 훨씬 더 큰 관심이 간다. 야생 새들이 갑자기 각자의 사연과 취향이 있는 개별적인 존재로 보인다. 비둘기들은 고개를 까딱이며 기름 뜬 배수로의 물을 홀짝인다. 목이 보라색과 녹색으로 반짝인다. 검은 송장까마귀 한 마리가 쓰레기통에 올라앉아서 일회용 커피컵과 빈 패스트푸드 상자들을 길에 던지다가 개똥 봉지 같은 것을 물고 날아간다. 그리고 어른 까치가 우리 머리 위의 창턱을 종종 달리며 타다다당 기관총 소리로 운다.

히스코트는 아직 내 이메일에 답이 없지만, 우리 청첩장에 대한 답장은 우편함에 도착했다. 갈색 포장지 안에 카드 묶음이 담겨 있는 소포였다. 그는 단순한 질문에 수수께끼 같은 답을 했다. 그가 온다는 건지 안 온다는 건지 알 수가 없었다. 나는 그에게 야나를 소개하고 싶다. 어쨌건 그녀가 나보다 암호 해독을 잘하기를 바란다.

함께 카페에 갔을 때 나는 그녀에게 히스코트의 소포를 보여주려고 테이블에 풀어놓는다. 그녀는 첫 번째 카드를 집어 들어서 읽는다.

찰리에게,
초대 고맙다. 다른 방식으로 응답하마.

아버지가 xx

"이해가 안 돼." 야나가 말한다. "다른 방식으로 응답한다는 게 무슨 뜻이야?"

그녀는 인상을 쓰고 실마리를 찾아 카드를 뒤집어본다. 앞면에는 초현실주의적인 올빼미 그림이 있다. 올빼미가 부리에 밧줄을 물고 별빛 가득한 하늘을 날고 있다. 줄무늬 잠옷 차림의 남자가 손에 잠자리채를 들고 올빼미를 잡으려고 밧줄을 올라가고 있다. 만약 남자가 그 일에 성공하면 남자와 올빼미는 둘 다 추락해서 죽을 것이다.

"이 그림이 대답일 수도 있어." 내가 의견을 낸다. "자신이 올빼미라는 뜻 아닐까? 우리 결혼이 잠자리채고?"

"이 그림에서 너는 어디 있는데?" 야나가 묻는다. "촌스런 잠옷을 입은 뚱뚱한 남자?"

그녀는 실마리를 찾아서 소포의 다른 내용물을 훑어본다. 히스코트는 엽서와 함께 전 런던 시장 켄 리빙스턴의 사진도 보냈다. 켄이 히스코트의 시집을 들고 미소 짓고 있다. 야나는 머리를 긁는다.

"이 사람이 우리 결혼식이랑 무슨 상관이야?" 그녀가 말하고 다음 번 엽서를 본다. 그것은 히스코트가 그린 그림으로 찌그러진 코카콜라 캔이 가득한 들판이다. 다음 번 카드는 고릴라가 무례하게 중지를 든 그림 위에 히스코트의 시가 적힌 것이다. 마지막 카드도 중지를 치켜든 예수의 그림에 똑같은 시가 적힌 것이다. 시 자체는 짧고 결혼식과 별다른 관련이 없다.

무정부주의는 오직
괴롭히지 말라는 뜻! 단순하다.
괴롭히는 자는 모두 꺼져라!

"오겠다는 뜻은 없는 것 같아." 야나가 말한다. "하지만 아니라는 확정도 없어. 키스 표시가 두 개 있잖아. 그냥 당일이 되어야 알 것 같아."

내가 무슨 생각으로 히스코트를 결혼식에 초대한 건지 나도 모른다. 그때도 그것이 화를 자초하는 실수라는 것을 알았다. 초대의 이유 하나는 히스코트가 경험한 현실과 내가 경험한 현실의 간극을 보여주고 그가 그것을 메울 기회를 주고 싶은 마음인 것 같다. 그가 정말로 두 개의 키스를 보내는 아버지일까? 그렇다면 올 것이다.

야나는 카드 더미를 옆으로 치운다. 그녀는 심리 게임에 관심이 없고 의논할 것은 그것 말고도 많다. 정신적 문제뿐 아니라 현실적 문제들도 해결해야 한다. 그녀의 가족이 온 유럽에서 밀려올 것이다. 야나의 어머니 아버지와 두 분 각자의 배우자, 네 명의 여자 형제와 세 명의 남자 형제, 그들이 모두 어디에서 지낼 것인가. 할머니 한 분은 우크라이나에서 비자 문제와 관절염으로 씨름하고 있다. 우리는 아직 반지도 안 맞추고 서약도 안 하고 심지어 주례도 구하지 않았다. 결정된 것은 결혼식 장소뿐이다. 내 시골집 농장에 있는 수련과 버드나무와 터리풀이 가득한 강둑.

커피가 나오기 한참 전부터 우리의 대화는 다시 까치로 흘러간다. 야나는 녀석이 언제 스스로 먹을 수 있게 될까, 나는 것은 언제 배울까, 어떻게 해야 녀석이 그 모든 것을 빨리 배워서 본래의 터전인 나무 위로 돌려보낼 수 있을까 하고 묻는다. 그 말은 나에게 어떤 통증을 준다. 물론 나도 녀석이 언젠가 떠나야 한다는 걸 알지만 내 마음이 그 일을 원하는지 어쩐지 알 수 없다. 애착이 형성된 것이다. 녀석은 녀석 자체로도 매혹적이지만, 내 머릿속에서는 거기 더해서 히스코트, 갈까마귀, 그의 말 없는 실종, 냉혹한 무신경의 세월과 얽혀버렸다. 내 마음 한구석은 까치가 그 답을 알지만 아직 말해주지 않았다고 생각한다.

야나가 카푸치노 거품을 핥자 나는 테이블을 두드리며 몸을 꼼지락거린다. 나는 둥지로 돌아가야 하는 동물이다. 너무 오래 나와 있었고, 내 부재가 길어질수록 불운한 일이 일어날 가능성이 높아진다. 머릿속에서 어미 까치의 느낌 같은 어떤 경보가 울린다. 야나는 무슨 일인지 감지하고 커피에 더 악착같이 매달린다. 바깥에 나와 있다가 갑작스럽고 긴급하게 집으로 돌아가려고 하는 이 어처구니없는 충동은 딱히 새로운 현상이 아니다. 내 투쟁/도피 반응은 한동안 고장 나 있었다. 그러다 이제 처음으로 내 바깥의 무언가에 초점을 맞추었다. 골판지 상자 안에 든 작은 새. 내가 계속 괴로운 표정을 짓자 야나는 결국 커피를 내려놓고 일어나서는 투덜대면서 집으로 향한다.

처음으로 내 걱정이 옳았다. 우리가 집에 없을 때 새는 즐거이 집을 망쳐놓았다. 화분의 흙이 바닥에 흩뿌려지고, 연필꽂이가 뒤집히고, 야나의 바느질 상자의 내용물이 밖에 널브러져 있다. 실패에서 풀린 검은 실이 우리 방을 끝에서 끝까지 가로세로 누비고 있다. 마치 거대한 거미가 검은색 거미줄을 치려고 시도한 것 같다. 실 끝에서는 까치가 자신이 만든 작품의 그물에 걸려 꼼짝 못하고 있다. 자신을 그 지경으로 만든 결정을 후회하는 기색이다. 우리가 없는 동안 실을 물고 테이블 다리를 빙글빙글 감싸 돌며 혼자 메이폴 댄스를 추다가 어느새 제 몸을 단단한 매듭

안에 묶어버린 모양이다.

새는 우리를 올려다보며 불쌍한 소리로 운다. 야나는 웃음과 한탄의 중간쯤 되는 소리를 내며 달려가서는 손톱가위로 조심조심 실을 자르고, 새는 계속 깍깍거리며 칭얼댄다. 내 마음의 냉혹한 한구석은 녀석이 자신의 무력함과 의존성을 보여주는 한편 어쩌면 자신을 버리고 간 우리—녀석의 수양부모인—를 벌주려고 일부러 그랬다는 생각이 든다. 그렇다면 녀석의 계획은 성공했다. 야나의 눈이 반짝인다. 그녀도 새에게 묶어버린 게 틀림없다. 풀려난 새는 야나의 손등에 올라가서 그녀를 인질로 잡고, 깊고 천진한 잠에 빠져든다.

8

까치 사회에서 부모에게 버림받은 새끼가 항상 고난에 처하는 것은 아니다. 까치들은 나름의 안전망이 있다. 이런저런 이유로 수컷 까치가 없는 둥지에는 연고 없는 까치가 찾아와서 암컷에게 구애를 하거나 심지어 새끼를 자기 소산처럼 돌보기도 한다. 이것은 내가 이해하는 이기적인 유전자 이론과 어색하게 병존하는 현상이다. 수컷 까치는 경쟁 유전자의 혈통을 끊기 위해 새끼를 땅바닥에 내던져야 하지 않는가? 하지만 녀석들은 새끼를 돌본다. 까치는 때로 즉각적인 생물학적 이해와 무관한 행동을 하는 것 같다. 심지어 친절하다고까지 말할 수 있다.

새로운 아버지가 생겼을 때 내가 세상을 본 방식은 그렇지 않았다. 나는 히스코트가 떠난 뒤 어머니와 단둘이 살던 시절에 대해 기억이 별로 없다. 두 살짜리가 뭘 기억하겠는가? 우리가 살던 런던 북부 1층 아파트의 정원에서 그곳을 드나드는 검은 고양이를 잡으려고 달린 일, 그 집에서 쓴 식기들의 색—소용돌이무

늬가 박힌 짙은 녹색, 어머니의 낡은 미니 자동차를 타고 나갔을 때 시트에서 나던 퀴퀴한 냄새, 카시트의 불편함, 내 입으로 올라오던 고약한 냄새와 뜨거운 구토물, 어머니가 티슈를 잔뜩 들고 운전석에서 내게 손을 뻗은 일. 얼마 안 되는 그 시절의 홈비디오 장면들을 보면 어머니가 힘들게 사는 모습이 역력하다. 지치고 여윈 얼굴에 눈물 자국이 있다. 어머니가 받은 압박감은 상당했다. 저널리스트로 일하고, 나에게 어머니와 아버지 역할을 다하고, 히스코트가 무너진 충격파에 휘청거리는 가운데, 어머니 자신도 건강이 좋지 않아서 며칠씩 누워서 지내곤 했다. 그것은 정신적 붕괴가 아니라 스트레스성 만성 선열이었지만 힘겹기는 마찬가지였고, 우리 둘 모두에게 공포스러웠다.

어린 나는 내가 할 수 있는 일을 했다. 어머니가 잠에서 깨어나면 베개 옆에 식사―어쨌건 두 살배기가 식사라고 생각하는 것―가 놓여 있었다고 한다. 요거트, 포도, 치즈 등 내가 냉장고에서 꺼내 올 수 있는 것들이었다. 로절리라는 이름의 친절했던 내 어린이집 선생님은 아파트까지 나를 데리러 오고, 하원할 때도 집에 직접 데려다주었다. 때로 어머니가 몸이 안 좋으면 로절리 선생님이 밥을 사주기도 했다. 나는 보도블록의 금을 밟지 않으려고 했다. 금을 밟으면 어머니 허리가 부러진다고 생각했다.

데이비드는 이 시절의 홈비디오에 처음 등장한다. 조용하고 침착한 태도, 바짝 자른 머리와 파란 눈동자. 데이비드도 히스코트처럼 어머니와 나이 차이가 꽤 났고 자녀들도 있었다. 초혼에서 딸 셋과 아들 하나를 얻고 몇 년 전에 이혼한 상태였다. 하지만 히스코트와 달리 데이비드는 그 사실을 감추지 않았다. 또한 히스코트와 달리 데이비드는 견실하고 믿음직했다. 변덕과 회피의 반대였다. 그는 어머니를 돌보면서 나도 아들처럼 챙겼다. 내 기억은 풍성해진다. 이 남자가 반숙 계란과 토스트 스틱으로 아침 식사를 만들어준 일, 나를 어린이집에 태워다준 일, 나를 데리고 동물원에 간 일, 내가 그의 둥근 배 위에서 뛰어논 일, 그가 내 팔과 다리를 잡고 공중에 휘둘러서 나에게 하늘을 날지만 안전하다는 느낌을 준 일. 그는 히스코트가 떨군 오염을 치웠고, 그와 어머니의 독려로 나는 차츰 그를 아버지로 생각하기 시작했다.

우리가 그때껏 살던 집을 떠나서 런던 서부 운하 변에 있는 그의 큰 집으로 이사한 뒤에야 나는 생각이 달라지기 시작했다. 그 이사는 까치가 나무에서 떨어져 내 방으로 들어온 것 이상으로 큰 환경의 변화였다. 그 시절의 나는 몰랐지만 새아버지는 성공한 뮤지션이었다.° 내가 알았던 것은 아버지가 생기면서 형과 누나 네 명도 함께 생겼다는 것이었다. 그들은 나와 기질이 달랐고 또 부모님의 힘들었던 이혼으로 상처를 받았을 것이다. 나는 나 혼자 노는 게 좋았다. 때로는 이웃의 고양이하고도 놀았다. 전형적인 외동의 행동이다. 나는 비밀스럽고 불안해하는 아이였다. 책과 플래시를 들고 옷장 꼭대기 선반에 숨을 때가 가장 행복했다. 의붓형제들은 형제자매가 흔히 그러듯 말다툼하고 싸우고 소란을 피우고 리모컨으로 머리를 때리고 팔을 비틀고, 그리

○ 영국의 유명 록밴드 핑크플로이드의 기타리스트 데이비드 길모어.

고 당연히 아버지에게 질투와 소유욕을 보였다. 어머니와 내가 공식적으로 그 집에 이사한 날, 그들 중 한 명이 꼭대기 창문에서 내 장난감을 던졌고, 나중에는 두 명이 나를 구석에 몰아넣고 쿡 쿡 찌르면서 내 아버지가 누구냐고 물어서 나는 결국 대답했다. 히스코트라고. 히스코트가 내 아버지라고. 나도 나름대로 반항했다. 데이비드의 신발과 양말에 탤컴파우더를 넣고, 계단에 똥을 바르고, 나중에는 녹색 포스터물감을 들고 다니면서 내 손에 들어오는 모든 사진에서 데이비드의 얼굴을 지웠다.

　어린아이들은 아픈 곳을 잘 포착하고 그곳을 쑤시는 놀라운 재능이 있다. 너는 아빠가 누구야? 그리고 그 연장으로, 넌 누구야? 어머니는 내가 다섯 살 때 데이비드와 결혼했고, 얼마 지나지 않아 데이비드는 나를 법적으로도 자신의 아들로 만들고 싶다고 했다. 히스코트에게 나의 입양에 대한 동의를 구하는 일은 불가능했다. 우리는 가능한 모든 주소로 편지를 보냈지만 그는 응답하지 않았다. 아마 관심이 없었을 것이다. 아니면 그런 일에 대처할 수 없었는지도 모른다. 결국 법률 당국은 그의 침묵을 동의로 해석했다.

　내가 한 아버지를 떠나 다른 아버지를 얻은 순간을 나는 정확히 기억한다. 그날 처음으로 법원에 출석했는데, 안타깝게도 그게 마지막은 아니었다. 나는 어머니와 아버지 후보자를 양옆에 놓고 딱딱한 나무 의자에 앉아 니스 칠 한 표면 위에서 몸을 꼼지락거렸다. 판사가 나에게 이 일이 기쁘냐고 물을 때, 나는 앞 좌석 등받이 때문에 판사의 얼굴이 보이지도 않았다. 어머니가

나를 쿡 찔렀다. "그렇다고 말해, 찰리." 판결봉 소리와 함께 그 일
은 끝났다. 나는 윌리엄스라는 성을 버리고, 법적으로 길모어가
家의 일원이 되었다. 당시 나는 정말로 기뻤다. 물론 그 뒤로 그때
를 생각하면서 부끄러움을 느끼는 순간들이 있었다. 나는 그토
록 기꺼이 동의하는 게 옳았는지 여러 차례 의문을 품었다. 그게
우리를 버린 히스코트에 대한 최초의 진정한 배신이 아니었나
하는 생각도. 그것은 이후에 벌어진 여러 사건들의 의미를 설명
해줄 범죄였다.

9

우리가 점심 외식에 실패한 뒤 새는 첫 목욕을 한다. 늦봄이 뜨거운 초여름에 밀려가고, 밝은 오후 햇살이 얇은 접시 테두리로 뛰어오르는 까치의 깃털을 눈부시게 비춘다. 길고 마디진 발가락 끝의 검고 가는 갈고리발톱이 사기그릇을 탁탁 두드린다. 녀석은 호기심 어린 눈으로 물을 들여다보고 흥분 또는 기대 속에 이제 막 자라나기 시작한 꽁지깃을 까딱인다. 그리고 가느다란 다리로 물가를 빙빙 돌며 모든 각도에서 물을 살펴본다. 시간이 약간 지나자 녀석은 부리를 물에 담근다. 처음에는 조심스럽지만 곧 열렬해진다. 물이 그릇 밖으로 튀고, 새 부리는 찻잔 속에서 스푼이 달그락거리는 것 같은 소리를 낸다.

그런 뒤에도 시간이 조금 더 지나서야 녀석은 용기를 내서 물에 뛰어든다. 헤엄을 못 치는 새들은 확신 없이는 새로운 시도를 하지 않는 것 같다. 마침내 물에 들어가자 녀석은 잠시 발목까지 담그고 서 있는다. 발이 확대되고 뒤틀려 보인다. 녀석은 발을 옮겨가며 총총 걸어 다니다가 몸을 물에 담그더니 흔들고 흔들고 또 흔든다. 물방울이 공중에 튀고 바닥에 쏟아진다. 녀석은 자맥질하는 아이처럼 신이 나서 물속을 드나들다가 마침내 야나의 손목에 뛰어오르고, 거기서 다시 한번 몸을 털어서 우리 두 사람에게 퀴퀴한 물방울 세례를 안긴다.

야나는 새를 내려다본다. 불쌍한 모습이다. 젖은 고양이만큼 볼품없다. 그리고 아주 작다. 젖은 깃털이 몸에 달라붙자 정말로 작다. 쪼그라들지 않은 것이 눈과 부리뿐이다보니 그것들이 기이할 만큼 커 보인다. 먼 옛날 역병 의사들이 쓰던 마스크 같다. 새는 야나의 소매에 젖은 뺨을 닦고, 꼬리에서도 물을 짜낸다. 야나는 헤어드라이어를 가져와서 새를 머리에 얹은 다음 부드럽고 따뜻한 바람을 쐬어준다. 이 새가 금세 자연으로 돌아갈 수 있을 것 같지가 않다.

몸을 말리자 새는 이전의 영광을 되찾는다. 날개깃은 파란색으로 반짝이고, 새로 돋은 꽁지는 햇빛의 각도에 따라 금색에서 보라색까지 온갖 색채를 보이며 무지갯빛으로 아른거린다. 야나의 말대로, 녀석이 발견된 고철 하치장의 화학 물질 둥둥 뜬 웅덩이 같은 색으로 반짝인다.

"이름을 그걸로 지어주면 어떨까? '벤젠'이라고 말야." 그녀가 말한다.

나는 얼마 전부터 새의 이름을 어떻게 할지 생각해보고 있었지만 딱히 마음에 드는 것이 없었다. 히스코트의 갈까마귀는 단순하게 '잭 도'였고, 처음 만날 때부터 그 이름이었던 것 같다. '매

그 파이Mag Pie'라는 이름°은 그만큼 느낌이 살지 않는다. 셰익스피어는 까치를 매것 파이Maggot Pie라 불렀는데, 거기 근거해서 '매것 파이'라고 하는 건 더 나쁘다.°° 나는 까치가 도둑질을 잘한다는 명성이 있으니 유명 도둑의 이름을 붙일까 하는 생각도 했다. 장 주네, 로빈, 래플스, 미스터 빅 같은. 까마귓과 새의 이름을 짓는 관행이 무엇인지, 그런 게 있기는 한지 나는 모른다. 녀석들이 사람의 손에 들어오는 일이 몹시 드물기 때문이다. 런던탑에 살면서 관광객들을 맞는 길든 까마귀들은 종종 이름이 꽤나 거창하다. 토르, 휴긴, 무닌, 코랙스, 찰스 등. 하지만 아무리 위엄 있는 태도를 보인다고 해도 거창함과는 거리가 먼 까치에게 그런 이름은 맞지 않아 보인다.

물론 이름을 지어주는 것은 놓아주는 것과 반대 방향의 행동이다. 이름을 짓는 것은 소유권을 설정하는 일이다. 하지만 벤젠이라는 이름은 휘발성을 암시하기 때문에 달아난다는 개념을 담은 것 같다. 벤젠. 자연물인 동시에 인공물. 반짝반짝 아른거리며 공중으로 휘발하는 물질. 새는 제 이름을 찾았다.

°   까치는 영어로 매그파이(magpie)다.
°°   매것(maggot)은 구더기라는 뜻이다.

날개깃

Flight Feathers

10

6월이 다가오자, 인근의 다른 까치들은 모두 비행을 시작한 것 같다. 집 근처 공원에는 반짝이 의상을 입은 곡예사처럼 나무에서 떨어져 내리는 부산스런 어린 까치가 가득하다. 녀석들은 부모를 열심히 쫓아다니지만 부모들은 점점 새끼의 요구에 반응을 하지 않는다. 호기심 많은 어린 까치 한 마리는 심지어 며칠 전에 우리 집 창밖을 서성거리며, 실내에서 응석받이로 사는 희한한 새와 대화를 나누기도 했다.

벤젠에게는 이런 야생의 부름이 들리지 않는 것 같다. 인정하지 않을 수 없다. 우리는 이 까치를 자연스럽게 키우고 있지 않다. 음악, 꽃, 반짝이 장난감과 고기가 충만한 녀석의 삶은 새라기보다 중세 군주의 삶과 더 비슷해 보인다. 나는 아마 녀석에게 온갖 생존 기술을 가르치며 야생의 삶을 준비시켜야 할 것이다. 물론 현대 문명에 의존해서 사는 내가 어떤 야생의 기술을 가르칠 수 있을는지는 모르지만. 다행히 본능이 녀석에게 스스로 찾아오는 모양이다. 녀석의 유전자 암호에 담긴 조상들의 교훈이 우리 앞에 천천히 펼쳐지고 있다. 까마귓과는 자연계에서 손꼽히는 저장 동물로, 언제나 배고플 때를 대비해서 음식을 감추어두고, 어디를 가든 비상 저장소를 만든다. 그들의 머릿속에는 먹이를 감춘 장소 수백 군데에서 때로 수천 군데에 X 표시를 해둔 보물 지도가 있다. 벤젠은 우리 방에서 생고깃점들로 이런 놀라운 능력을 선보이고 있다. 녀석은 마침내 혼자 먹을 수 있게 되었는데, 당장 먹지 않을 먹이는 어딘가 보이지 않는 곳에 살그머니 감추어둔다. 모든 틈새가 저장소가 된다. 내 노트북 컴퓨터의 USB 포트, 야나 작업화의 끈 구멍, 버려진 양말의 주름, 그 밖에도 우리가 너무 늦게야 알게 되는 수십 군데의 장소가 있다.

하지만 비행은 다른 문제다. 이름에 담긴 가벼운 느낌에도 불구하고, 벤젠은 공중에 오르기를 꺼린다. 녀석은 날개를 쓰지 않고도 아주 높이 그리고 멀리 뛰어오를 수 있는데, 그걸로 충분하다고 여기는 것 같다. 내가 아는 한 녀석의 가장 큰 삶의 목적은 나와 야나에게 달려들어서 우리가 내려가라고 할 때까지 매달려 있는 것, 가마를 타듯 우리 어깨에 올라앉아서 집 안을 돌아다니는 것이다. 내가 부엌에 갈 때면 까치가 정수리에 앉아 치즈, 사과, 살라미를 달라고 외치는 소리가 사운드트랙이 된다. 녀석을 보면 악어 코에 매달려서 악어 이빨 사이의 음식 찌꺼기를 먹고 사는 새가 생각난다. 하지만 나는 악어와 달리 이런 공생에서 얻는 명백한 이점이 없다. 내가 얻는 것은 사실 머리카락 속의 먹이 부스러기뿐이다. 까치가 아끼는 먹이를 나중에 먹으려고 거기 숨겨두기 때문이다.

　나는 독립심을 조금 키워주어도 좋을 거라고 생각하고 어느 날 아침 녀석을 손에 얹고 침대 옆에 선다. 녀석의 검고 가는 갈고리발톱이 내 검지의 관절을 철사처럼 꽉 감싼다. 나는 녀석을 떨어내려고 날개를 퍼덕이듯 팔을 올렸다 내렸다 한다. 새는 더 바짝 매달린다. 그 악착같은 모습은 폭풍 치는 바다에서 돛대의 밧줄을 잡은 선원 같다. 팔을 더 빨리 움직이자 바람에 새의 깃털이 부드럽게 나부낀다. 나는 이 일이 필요하다고 생각한다. 한참 미친 듯이 자료를 찾을 때, 까마귓과 새는 새끼에게 비행을 시키기 위해 강압적인 수단도 쓴다는 내용을 읽었다. 먹이를 먼 곳에 두기도 하고 심지어 살짝 밀기도 한다고. 그러지 않으면 게으른 새끼 새들은 즐거이 둥지를 벗어나지 않고 푸아그라를 얻기 위한 거위처럼 살이 찔 것이다. 내가 지금 이 까치를 가르치지 않으면 녀석의 운명이 그렇게 될까?

　벤젠이 비틀거린다. 그토록 편안하게 타고 다니던 손이 폭풍을 만난 나뭇가지처럼 흔들려서 중심을 잡지 못한다. 녀석의 날개는 몇 초 동안 완강히 등에 접혀 있지만, 곧 문양이 박힌 실크 부채처럼 사르락 펼쳐진다. 날개에 부딪힌 공기가 내 뺨을 때린다. 본능의 속삭임에 새는 회오리바람을 일으킨다. 녀석은 폭풍의 어둡고 고동치는 심장이 되어 갈고리발톱을 풀고 날아오른다. 하지만 0.1초 후에 중력을 이기지 못하고 아래쪽의 매트리스에 도도새처럼 떨어진다.

　녀석의 초기 단독 비행들은 우아하기가 헛간 지붕에서 던진

병아리와 같다. 책장에서, 테이블에서, 어설프고 요란하고 둔탁하게 굴러떨어진다. 하지만 며칠 지나지 않아 녀석은 하강뿐 아니라 상승에도 숙달하게 된다. 우리 방 창턱까지 즐거이 날아가서 오후 햇빛에 일광욕을 하고 금파리들에 입질을 한다. 거실 책장 제일 위 칸에 올라가서 양장본 책의 헐렁한 표지 안에 고깃점을 숨긴다. 욕실 세면대 테두리에도 올라와서 갈고리발톱을 달그락거리며 내가 샤워하거나 이를 닦거나 오줌을 누는 모습을 흥미롭게 바라본다. 육식을 하는 새가 내 페니스를 유심히 바라볼 때면 아주 당혹스런 느낌이 든다.

새가 비행 능력을 얻으면서 우리 일상에는 긴장이 더해진다. 이제 녀석의 파괴적 호기심을 피할 수 있는 것은 아무것도 없다. 갑작스런 바람과 함께 갈고리발톱이 두피를 파고들지 모른다고 걱정하지 않아도 되는 평온한 순간은 없다. 녀석은 우리가 들고 있는 어떤 물건도 만만하게 여기고 책장 꼭대기에서 날아 내려와서 커피, 차, 레드와인, 수프에 부리를 담근다. 녀석은 신화와 전설 속 트릭스터 까치들처럼 속임수에도 능하다. 내가 녀석의 공중 공격을 피하는 데 성공하면 기습 공격을 시도한다. 관심 없는 척하면서 내가 녀석의 고약한 의도를 잊을 때까지 기다린다. 그리고 내가 그다지 조류 친화적이지 않은 물체—맥주잔이나 위스키잔—를 무심코 놓아두면, 녀석은 마른하늘의 날벼락처럼 내리꽂혀서 부리를 콱 박는다. 이런 일이 일어날 때마다—사실 꽤 자주 있다—나는 항상 짜증보다 놀라움이 더 크다. 새가 이렇게 음흉할 줄 누가 알았을까?

녀석이 비행도 섭식도 스스로 할 수 있게 되었기에, 이제 우리는 언제, 어떻게, 어디에 녀석을 풀어주어야 하는지를 진지하게 생각해야 한다. 녀석을 발견한 폐차장, 우리 집 마당, 부모님의 시골집? 하지만 이 정신 사납고 호기심 많은 말썽꾸러기 새가 내 삶에서 없어진다고 생각하면 나는 약간 이상의 슬픔이 느껴진다. 그래서 야나가 그 이야기를 꺼내자 그렇게 서두를 필요는 없지 않을까 하고 말한다. 곁에 조금 더 두는 게 무슨 큰 문제가 되겠어?

새는 우리 집에 자신만의 작은 야생을 만드는 일이 즐거워 보인다. 해 질 녘이면 새로 익힌 비행 능력으로 내 어깨에서 창턱으로, 침대 위에서 균형을 유지하고 있는 큰 화분으로 날아간다. 우리 방 벽에는 무화과나무가 옆으로 자라고, 야나는 교묘한 장치로 그 가지들을 고정해서 우리 방을 숲처럼 만들어놓았다. 새는 그 나무의 가느다란 갈색 가지 하나를 천천히 오르며 편안한 지점을 찾는다. 그리고 밤 동안 깃털을 부풀리고 날개에 고개를 댄다. 침대에서 불을 켜고 책을 읽는 일은 불가능하다. 나는 대신 천장의 그림자들을 읽으며 그중에 좀더 길고 예리하고 견실한 것을 찾는다. 그리고 까치가 잠들고 어쩌면 꿈까지 꾸는 모습을 지켜본다.

11

아침에 까치가 나에게 진드기처럼 툭 떨어지더니 나를 쪼고 찌르고 당기면서 이불 밖으로 나오라고 들볶는다. 녀석이 잠을 자는 곳 밑에 있는, 침대의 야나 쪽 자리에 흰색 얼룩들이 생겼다. 야나는 대수롭지 않은 듯 따뜻한 물을 가져와 새똥을 닦아낸다. 그 사이에 나는 호들갑을 떨며 새를 먹인다. 하지만 그날 저녁 녀석이 다시 우리 침대 위쪽에 자리를 잡고, 우리가 새벽에 다시 한번 새똥에 잠이 깨서 내가 방수포를 쳐야겠다고 하자 그녀는 확고한 조치를 취한다.

그 주 주말에 야나는 작업장에서 거대한 두루마리 비닐과 나뭇가지, 우산꽂이 등을 가지고 온다. 새에게 임시로 미니 자연을 만들어주는 것이다—하지만 우리 방 대신 빈 방에. 우리 집과 야생의 중간 기착지 정도가 될 이 공간은 꽤나 변태적이다. 이곳은 한때 어린 소녀의 방이었다. 문틀에는 아직도 색이 바래고 가장자리가 벗겨진 반짝이 요정 스티커가 붙어 있다. 우리가 여기 이

사했을 때, 이 방은 집 없는 친구들과 흩어진 야나 가족들의 피난처였다. 그런데 이제 새, 그것도 송장 고기를 먹는 사납고 작은 새의 거처가 되었다.

공원의 분별 있는 어미 까치들처럼 야나는 이 새끼 까치를 천천히 밀어내고 있다. 반면에 나는 녀석을 점점 가까이 당기고, 보이지 않는 끈으로 나와 녀석을 묶고 있다. 새에게 날아가는 법을 가르치면서 돌아오는 법도 가르친다. 고깃점으로 유혹하고, 녀석이 내 팔로 날아오면 휘파람을 분다. 그 일은 며칠밖에 걸리지 않았다. 이제 내가 집 어디에 있건, 혀를 차고 휘파람을 불면 까치는 십중팔구 나타난다.

이제 나는 녀석이 우리 방 창턱에서 날아오르고 계단 꼭대기를 지나 복도를 날아가는 소리가 들리면 녀석을 부른다. 녀석은 잠시 내 팔 위쪽을 선회하고, 그 날갯짓에 바닥의 얇은 비닐 시트가 팔랑거린다. 녀석이 손목에 내려오면 나는 내가 방금 공중 질주라도 한 것처럼 기쁨의 물결에 사로잡힌다. 나무 위의 새들을 불러 내리는 꿈도 이제 그렇게 허무맹랑한 것 같지 않다. 사람과 까치의 쌍방향 커뮤니케이션은 가능하다.

벤젠은 가는 다리로 서서 기대와 질문을 담은 눈으로 나를 올려다본다. 눈은 아기 때의 파란색에서 이제 성숙한 까치의 갈색으로 변하고 있다. 나는 우리가 만든 이 이상한 실내 숲의 가지 하나에 녀석을 내려놓는다. 그 공간은 기이하다. 디오라마° 속에

○ 어떤 공간이나 장면의 축소 모형.

들어온 것도 같고, 빅토리아 시대의 박제 전시장에 온 것도 같지만, 이곳은 표본이 생생하게 살아 있다는 점이 다르다. 까치는 가지 위를 깡충깡충 뛰어다니며 이끼를 쪼고, 건조한 목재에 까만 부리를 대고 간다.

창문 밖, 까치의 눈에 아주 잘 보이는 곳에 집집의 뒷마당 정원들로 이루어진 풍성한 녹색 지대가 있다. 주택들의 높은 지붕과 주변 아파트 건물들 사이에 자리한 일종의 녹색 계곡이다. 그곳은 생명이 가득하다. 까마귀, 까치, 야생 초록앵무, 살찐 청설모, 고리무늬목비둘기, 산비둘기, 울새, 굴뚝새, 박새, 검은지빠귀, 오색방울새, 이따금 어치까지 사나운 눈으로 고양이 같은 비명을 지르며 날아가고, 꽁지가 붉은 딱따구리는 최선을 다해 인근 공사장 소음과 경쟁하며, 새매는 사방의 새 모이대에서 미처 떠나지 못한 명금들의 생명을 끊기 위해 번개처럼 무시무시하게 내려온다. 도시 한복판 치고는 특이할 만큼 생물 다양성이 높다. 대부분이 거의 야생 상태다. 우리 집 작은 마당을 둘러싼 나무 울타리 너머에는 오래도록 돌보지 않은 땅이 있고, 그곳에는 가시나무와 연약한 가지의 엘더베리 덤불이 작은 숲을 이루고 있다. 좀더 신경 써서 가꾼 정원도 자연이 만들어놓은 꿀단지 같다. 옆집의 성숙한 벚나무는 이제 열매가 빨갛게 익어가고, 거기 앵무새와 산비둘기 들이 모이는 걸 보면, 그 나무의 버찌는 인간의 입까지 도달할 운명이 아닌 것 같다.

이 모든 것 위로 단풍버즘나무들이 높이 솟아 있다. 이 큰 나무들은 도시의 새들이 일일 드라마를 찍는 주요 무대고, 그중 까마깃과는 당연히 주연이다. 까마귀, 까치, 어치 들은 나무에서 서로를 쫓아다니며 깍깍 쿠륵쿠륵거리고, 때로는 힘을 합쳐서 그곳에 침입하는 고양이들에게 고함을 지른다.

실내에서 사는 우리 새는 처음에는 이 모든 거칠고 재미난 행동에 별로 관심을 보이지 않는다. 녀석은 자신의 디오라마에서 날벌레를 사냥하고 고깃점을 삼키는 데 만족하는 것 같다. 하지만 문을 닫고 혼자 두면, 녀석은 곧 자신이 앉아 있는 황량한 가지들과 생명으로 떠들썩한 바깥 세계의 차이를 감지한다. 나는 녀석이 창턱을 달리며 밖으로 나갈 길을 찾는 모습에 안타까워하지 않으려고 애쓴다. 대신 그 방의 가지들을 다시 정돈해주고, 새 장난감을 사주고, 방 안에 곤충을 풀어주지만 그런 일들만으로는 충분하지 않다.

"이제 까치를 풀어주어야 할 거 같지 않아?" 어느 날 마침내 야나가 말한다.

나는 그 말이 맞다는 걸 안다. 야나도 나도 계속 이렇게 살 수 없다. 녀석을 집 안에 풀어놓으면 장난을 구경하는 재미는 있지만 평화는 사라진다. 모든 생각과 대화의 시도가 보라색 깃털에 의해 방해받는다. 이런 소음과 난장판을 자주 허락하기는 힘들다. 하지만 녀석을 작은 방에 가두어둔다고 문제가 해결되지는 않는다. 그러면 녀석은 쉬지 않고 고함과 비명을 질러서 새가 아니라 미친 친척이라도 가둔 듯한 죄의식과 갈등을 일으킨다. 친구들은 재미있어하는 한편으로 걱정도 했다. "너하고 그 새의 관계는 건강하지 않아." 한 친구는 심각하게 말한다.

까치가 우리와 함께한 지 이제 한 달 반이다. 녀석은 비행할 수 있다. 혼자서 먹을 수도 있다. 아프다고 핑계를 댈 수도 없다. 새에게 자유를 주어야 한다는 걸 알지만 녀석을 떠나보내기 싫은 마음이 너무 강하다. 녀석이 영원히 사라진다는 생각을 감당할 수가 없다.

이런 상반되는 충동이 머릿속에서 줄다리기를 하는 가운데 나는 나도 모르는 새 까치를 손목에 얹고 뒷문을 향해 걸어간다.

"그래, 그러면 밖에 데리고 나가자." 내가 말한다.

불안해하는 야나를 뒤에 달고 나는 문을 열고 마당으로 나간다. 새가 둥지에서 떨어진 뒤 처음으로 야외로 나가는 것이고, 비행 능력을 얻은 뒤 처음으로 야외로 나가는 것이다. 하늘에는 잿빛 구름이 낮게 내려와 있다. 뜨거운 공기는 여름 폭우를 예고한다. 단풍버즘나무 가지에 앉아 있던 까마귀 두 마리가 이 기이한 삼인조를 보고 못마땅하다는 소리를 낸다. 까치는 겁을 먹고 내 팔에 찰싹 달라붙는다. 야나를 보니 눈에 눈물이 가득하다.

"이런 식은 아냐. 다시 데리고 들어가자." 그녀가 급히 속삭인다.

12

나는 옛날부터 떠나보내는 일을 잘하지 못했던 것 같다. 데이비드에게 입양되었다고 히스코트와의 관계가 끝난 게 아니었다. 오히려 반대였다. 입양된 무렵부터 그는 새로운 생명을 얻었다. 나는 숲속 오두막 시절의 기억은 없었지만, 그것에 대한 궁금증까지 버릴 수는 없었다. 그것은 마치 평행 선로의 기차처럼 내옆을 나란히 달리는 현실이 되었다. 그리고 내가 외로울 때, 소외감이나 분노를 느낄 때면 내가 있어야 할 곳은 그곳 같았다. 그곳은 나만의 은밀하고도 환상적인 도피 공간이었다.

평상시의 나는 활기찬 어린이로, 새로 생긴 형제들과 열심히 어울렸고, 새아버지는 끈기 있게 내 마음을 얻어갔다. 그가 조용히 액자의 녹색 물감을 지우고, 신발의 탤컴파우더를 털어내자, 나는 다시는―적어도 한동안은―그런 일을 하지 않았다. 어느날 데이비드가 형과 누나들이 양배추와 양상추를 구별하지 못한다는 걸 알게 되자, 온 식구가 주말이면 시골에 가기 시작했고, 그러다 결국 서식스의 농장으로 완전히 이사를 했다. 지금도 부모님은 계속 거기 사신다. 형제가 더 생겨났다. 남동생 두 명과 여동생 한 명은 작은 무리를 이루어 농장을 뛰어놀았다. 꿈같은 어린 시절이었다. 애정 어린 돌봄이 있고, 모닥불과 개가 있었다. 우리는 마침내 고난을 벗어났다. 나는 감사해야 하고, 감사한다.

하지만 인간 심리의 변태성은 헤아릴 길이 없다. 혀가 아픈 이를 가만두지 못하는 것처럼, 내 마음은 이 완벽한 그림에서 계속 미세한 실금을 찾았다. 히스코트는 완전한 부재 속에서도 너무도 생생하게 존재했다. 내가 기억하는 한, 그는 항상 아주 가까운 거리, 그러니까 내 책장 맨 아래 칸에 있었다. 입양된 이후 나는 그를 꺼내보기 시작했다. 꼭대기 층의 내 방에 혼자 앉아서 책장에서 그의 책을 꺼내 카펫에 펼쳐놓았다. 고래 책. 돌고래 책. 겉표지 안에 엽서 한 장이 들어 있다. **찰리에게, 사랑을 담아 아버지가.** 그럴 때면 내게는 이상한 슬픔이 밀려들었다. 상실감과 갈망, 기억에도 없는 집에 대한 향수에 사로잡히고, 두 세계 사이에 갇혀 있다는 느낌을 받았다. 의자에 앉아서 창밖을 내다보며 아래로 떨어져버릴까, 내가 떨어져 죽어도 세상은 계속 굴러갈까 하고 생각하던 기억이 아직도 또렷하다.

누가 나의 아빠인가? 나는 데이비드를 정말로 아빠라고 부를 권리가 나에게 있는지 알 수 없었다. 하지만 또 한 명의 아빠, 동물들과 마술적인 교류를 나누는 듯한 이 특이한 남자는 어디 있는가? 그는 왜 떠났는가? 언젠가 돌아오기는 할까? 사실 아버지가 많다는 것은 사치스러운 고민이었다. 어머니는 아버지의 역할을 둘로 나누어서 나에게 이 문제를 이해시켜주려고 했다. 히스코트는 나의 생부고, 데이비드는 아버지라고. 한 사람은 나를 태어나게 했고, 한 사람은 나를 키운다고. 어머니는 히스코트의 존재를 감추려고 하지 않았고, 내 질문에 항상 최선을 다해 대답했다. 그리고 그가 저지른 모든 일에도 불구하고 여전히 그를 존경했다. 그는 천재라고 했다. 슬프고 혼란스러운 천재라고. 어머니는 그에 대해 생생한 이야기를 여럿 해주었지만, 아버지 앞에서는 하지 않았다. 그것은 우리 둘 사이의 비밀 같았다. 그가 떠난 이유에 대한 답은 명확하지 않았다. 그분은 겁쟁이였어. 그냥 미쳤어. 써야 할 시가 있었어. 어머니 역시 답을 제대로 알지는 못했을 것이다. 어머니는 항상 내가 착한 아기였다고, 우는 일이 없었다고 강조하며, 내가 그 원인이 아니었다고 안심시키려 했지만 나는 그 말을 믿지 않았다. 아기가 생겼다고 남자가 견디지 못하고 집을 나가서 여러 해가 지나도록 돌아보지 않는다면, 아기란 끔찍한 거라고 생각했다.

내 어린 마음에 히스코트는 이상적인 아버지 같았다. 손수건 훔치는 법을 가르치고 술도 허락하는 『올리버 트위스트』의 페긴 같은 사람. 일부러 규칙을 깨는 사람, 횃불을 돌리고 삼킬 수도 있는 사람. 데이비드는 아주 엄격한 편은 아니었지만, 자는 시간, 학교 가는 시간, 숙제하는 시간 같은 기본 규칙은 강제했다. 도둑질도 금지고, 지붕 위를 뛰어다니는 것도, 불장난도, 물총에 오줌을 넣어서 손님에게 쏘는 것도 금지였으며, 고기 요리에 몰래 지렁이를 넣는 것도, 냉장고에 말벌을 넣는 것도 금지였다. 나는 이 규칙을 모두 지키지는 않았다. 한번은 어머니가 내가 규칙을 깼다고 꾸짖으면서 "아버지가 시키는 대로 해" 하고 타일렀을 때 혼자 나직이 말하기도 했다. "어떤 아버지요?" 히스코트가 내 아버지인 다른 인생에서는 혼란이 유일한 법령 같았다. 이런 생각을 말로 표현한 것은 아니다. 어머니가 듣지 못한 그 속삭임이 내가 두 체제 속에 살고 있다는 것을 표현한 유일한 경우였다. 이런 충성 갈등은 아버지와 나 사이의 보이지 않는 장벽이었다. 아무도 말하지 않지만 분명히 존재한 그 장벽은 때로는 정말로 물리적인 것처럼 느껴졌다. 아버지는 아직도 내가 자발적으로 포옹한 경우들을 기억한다. 그런 일이 워낙 드물었기 때문이다.

런던 나들이를 갈 때면 나는 히스코트에게로 달아나는 꿈을 꾸었다. 그를 찾으려고 눈을 크게 뜨고 소망과 두려움이 뒤섞인 감정으로 거리에서 마주치는 사람들의 얼굴을 올려다보았다. 익숙한 듯한 실루엣이나 부스스한 검은 머리의 그를 보았다고 생각한 것도 여러 번이었다. 하지만 열심히 찾아볼수록, 나는 내가 찾는 사람에 대해 아는 게 별로 없다는 것을 절감했다. 나는 거리 공연자들의 얼굴에서, 흰머리가 난 거친 행색의 남자에게서, 집 앞에서 구걸하는 술 취한 노숙자에게서 히스코트를 찾아보았지만, 그가 그들 중 어떤 사람과 더 비슷한지 알지 못했다.

나는 이런 갈망을 마음속에만 품고 있었다. 그토록 큰 상처를 입은 어머니와 나를 친자식처럼 키워주는 아버지를 배신하는 것 같았기 때문이다. 그러던 중 내가 열두 살 때 어머니가 여동생을 낳았다. 그 전에 이미 금발 머리에 파란 눈을 한 남동생 두 명이 태어났고, 아기들의 요란한 울음은 아기는 고약한 존재라는 내 가설을 확정지었다. 하지만 이 아기는 달랐다. 너무도 연약했다. 꼭 안고 보호하고 사랑해주어야 할 것 같았다. 아기가 나와 엄마처럼 갈색 머리에 코끝이 둥글다는 사실도 영향을 주었을 것이다. 나는 아기에게서 나를 보았고, 그런 느낌은 처음이었다. 어느 날 나는 어머니가 흔들의자에서 아기를 안고 천천히 몸을 흔드는 모습을 보다가 갑자기 격렬한 감정에 휩싸였다. 이 사랑스런 장면의 무언가가 내 안에 감추어진 열망을 표면으로 끌어올렸다. 그 일은 너무도 순식간에 일어나서 내가 감출 방도가 없었다. 어머니가 고개를 들었다가 내가 눈물을 줄줄 흘리는 것을 보았다. 그 일은 어머니에게도 나만큼이나 충격이었다. 나는 운 적이 없었고, 감정을 드러내는 일 자체가 드물었다. 어머니는 왜 그러는지 부드럽게 묻고, 자신이 할 수 있는 일을 알아보겠다고 했다.

정작 히스코트를 만나는 일은 상당히 쉬웠다. 나는 그가 대합조개처럼 완강하게 자신의 고독 속에 갇혀 있을 줄 알았다. 하지만 어머니가 그의 친구를 통해 연락을 넣자, 그는 기차를 타고 패딩턴 역으로 왔고, 우리는 역 구내의 '요! 스시' 분점에서 만났다. 아버지가 나를 거기 데려다주었다. 아버지는 쇼핑몰의 사람들 틈을 헤치고 나를 그 초밥 바에 데리고 갔고, 거기에는 히스코트가 높은 금속 의자에 앉아서 기다리고 있었다. 그는 추레한 모습으로, 팔꿈치 패치와 가죽 단추가 달린 트위드 재킷을 입고 있었다. 아버지가 손을 내밀자, 히스코트는 기이하게 움찔거리며 재미있다는 듯 자기 손을 내려다보았다. 소매 속에 감춘 강력 자석 때문에 그 손은 금속으로 된 바 카운터에서 움직이지 않았다. 두 남자는 가벼운 대화를 몇 마디 주고받았고, 아버지는 내 어깨를 꽉 잡았다 놓은 뒤 떠났다.

히스코트는 자신이 어디 살았는지, 우리가 내 어린 시절 이후로 왜 이제 와서야 다시 만나는 건지 설명하지 않았고, 자신이 떠난 이유를 변명하지도 않았다. 나 역시 묻지 않았다. 그는 내가 자신을 보고 싶어 할지 모른다는 생각 자체를 한 적이 없는 것 같았다. 나는 그와 만난 것이 마냥 기뻐서 녹차를 끊임없이 리필해 마시면서 우리 앞을 지나가는 회전 초밥 접시들을 바라보았다. 그는 내가 몇 주 동안 식초에 들어가 있으면 그렇게 될 것 같은 생김이었다. 뾰족한 턱, 장난기 넘치는 밤색 눈동자는 고블린 같은 느낌을 주었다. 그는 마술을 선보였다. 소매 안에 고무줄로 묶어놓은 자석—그걸로는 동전을 사라지게 했다—만이 아니었다. 그의 주머니에도 신기한 것이 가득했다. 가짜 엄지손가락, 녹아서 손바닥에 스며드는 동전, 물건이 공중에 떠 있는 것처럼 보이게 하는 거미줄 같은 투명 실.

지금 생각하면 그는 나에게 어떻게든 깊은 인상을 주고 싶었던 것 같다. 아니면 그냥 겁을 먹었던 건지도 모른다. 그가 나에게 해준 이야기 하나—사실 내가 기억하는 단 하나—는 터키로 휴가를 간 이야기였다. 거기서 그는 아주 날카로운 면도칼로 전통적인 습식 면도를 하는 이발사를 만났다. 수건을 턱 밑에 두르고 앉았는데 그 길쭉한 면도날이 목에 닿자, 갑자기 이 수상한 턱수염을 한 이발사가 면도칼로 목을 긋고 지갑을 훔칠지 모른다는 공포심에 사로잡혔다. 그는 얼른 주머니에서 동전을 꺼내서 이발사에게 마술을 해 보였다. 그러면 그 사람의 사악한 마음을 누그러뜨릴 수 있을 거라 믿었다고 했다. 그때 나는 바보 같은 소리라고 생각했다. 이발사가 밝은 대낮에 여행자 수표 몇 장을 훔치겠다고 손님을 죽일 것 같지는 않았다. 하지만 어떤 이유에서인지 이 이야기는 내 기억에 남았고, 그 뒤로 나는 그가 무의식적으로 그날 나를 만나는 자신의 자세에 대해 고백을 한 것이 아닌가 하는 생각이 자주 들었다. 자신이 마음을 터놓게 될까 두려워 마술을 투우사의 망토처럼 활용해서 이야기를 다른 데로 돌리고 내 접근을 막은 것은 아닐까. 그는 헤어지기 전에 나에게 그때 자신의 목숨을 구해주었다고 믿는 마술을 가르쳐주었다. 한 손에 동전을 꽉 쥐고 있다가 휘릭 사라지게 만드는 단순한 기술이었다.

나중에 어머니가 나에게 만남이 어땠느냐고 물었다. 나는 좋았다고 생각했지만 어머니가 무슨 이야기를 했느냐고 묻자 기억나는 게 별로 없었다. 마치 아무 이야기도 하지 않은 것 같았다.

나는 그다음 주에 히스코트를 다시 만났다. 장소는 그의 마술사 친구의 집이었다. 마술사는 우리를 유화 그림 뒤에 숨겨진 문으로 데리고 들어가서 비밀 계단을 통해 지붕까지 올라갔다. 우리 셋은 굴뚝 옆으로 바깥을 빼꼼 내다보았다. 우리는 세상의 규칙을 깨는 한 팀 같았다. 『올리버 트위스트』의 환상이 이루어지고 있었다. 그런 뒤 히스코트가 다시 종적을 감추었다. 그 일은 덜 즐거웠다. 아무런 말도 신호도 없었다. 이제 우리가 잘 지내고, 친근한 관계를 이룰 수 있다고 생각했는데—나는 그가 내 인생에서 큰아버지 같은 역할을 할 수 있다고 여겼다—그는 다시 사라졌다. 그는 이메일에 답하지 않았고, 우리를 연결해준 분은 그가 어디 있냐는 내 질문에 멋쩍어했다. "히스코트가 원래 그렇잖아…" 그것은 조용한 파괴를 일으켰고, 어린 나는 나 자신을 탓했다. 내가 재미가 없었어. 아니면 똑똑하지 못했어. 아니면 그가 관심이 갈 만큼 반항적이지 않았어. 내가 그를 몰아내고, 사라지게 했다고.

그러고 얼마 지나지 않아 나는 중독의 맛을 알게 되었다. 내가 열세 살 때 의붓형이 대마초를 주었다. 내 마음속 소음 위에 두꺼운 담요가 덮이는 것 같았다. 그 빛은 따뜻하고 포근했고 나는 매혹되었다. 내게는 방종의 취향이 있었고, 그 취향은 채워줄수록 커졌다. 나는 아침 일곱 시에, 훔친 술을 몰래 마시고 학교에 갔다. 자동차 배기가스를 흡입했다. 두뇌로 가는 혈류를 차단해서 기절을 하려고 두 손으로 경동맥을 눌렀다. 수치스런 기억이 눈앞에 아른거려서 잠을 자기 어려운 밤이면 특히 그랬다. 나 자신을 내 바깥으로 이탈시켜주는 마약의 힘은 마술처럼 나를 사로잡았다.

당연히 히스코트의 절도, 방화, 장난에 대한 경의는 계속되었다. 그를 찾는 일도 계속했다. 그의 집 주소와 전화번호를 추적해서 방의 벽에 붙여놓고 전화할 용기가 날 때까지 몇 달 동안 바라보았다. 그러다 마침내 용기를 냈을 때, 나는 그에게 깊은 인상을 주고 싶은 절박함에 횡설수설했다. 그는 전화를 끊고 다시는 응답하지 않았다. 가끔은 다이애나—이복누이인 차이나와 릴리의 엄마—가 전화를 받아서 히스코트는 바쁘다고 차갑게 말했다. 틈새가 조금 더 벌어졌다. **내 잘못이야. 내 탓이야.** 하지만 10대 후반에 이르자 어린 시절의 철없는 마약 놀이는 차츰 문제가 되었다. 나는 교훈을 얻지 못하고, 반복해 유리창에 부딪히는 새처럼 계속 히스코트를 찾았다. 내가 그에게 손을 뻗을 때마다 틈새는 점점 더 벌어졌고, 마침내 나는 그 속으로 떨어져버렸다.

13

히스코트의 갈까마귀가 어떤 운명을 맞았는지는 분명하지 않다. 우연의 일치로 내 인생에도 까마귓과 새가 찾아왔다는 소식을 전한 내 이메일에 그는 처음에는 꽤 열광적으로 반응한다. 까치의 아름다움을 칭찬하고, 자신은 그 까마귀를 다이아몬드 도둑으로 키우고 싶었다고 말한다. 하지만 내가 더 자세한 이야기를 부탁하려 하자 그는 입을 닫고 그 시를 읽으라고 한다. "거기 덧붙일 게 없으니까." 나의 조심스런 탐색에 그런 답장이 온다. 편지에 키스를 보내던 이전의 아버지와는 다른 행동이다.

그 시는 이미 많이 읽었지만, 나는 그것이 반면교사인지 성공담인지도 알 수가 없다. 마음 한구석에 히스코트가 무슨 일을 했건 나는 그 반대로 가야 할 거라는 생각이 든다. 나의 새와 그의 새는 30년의 간격을 두고 함께 달린다. 봄이 날개를 펴고 여름이 되면서, 그 역시 똑같은 문제들에 부딪혔을 것이고, 어쩌면 똑같은 갈등을 겪었을 것이다. 그러니 그 갈까마귀가 어떻게 되었을까? 나는 이제 수도 없이 읽은 그 시집을 책상 위에서 집어 든다. 책등은 갈라지고 까치가 먹이를 숨긴 자리마다 갈색으로 얼룩이 져 있다. 이제는 시행들이 너무 익숙해서 암송도 할 수 있을 것 같다. 이번에는 행간을 들여다본다. 그 빈 공간이 과거를 보는 창문이라도 되는 것처럼.

◇

내 눈앞에 떠오른 히스코트는 그 저택 근처—하지만 저택에서 내다볼 수는 없는 거리—의 어느 잔디밭에 앉아 있다. 그는 놀이터의 아이처럼 행복하다. **의기양양함에 가득한 오랜 날들이 있었다. 땅을 파고…** 그는 모종삽을 땅에 박고 투두둑 뜯겨 나오는 잔디에 웃음을 짓는다. 그의 머리에 풍향계처럼 서 있던 갈까마귀가 갑자기 살아나서 흙덩어리를 보러, **금속 탐지 기술을 보여주려고** 내려온다. 이 순간 잭 도는 질서의 현신 같다. 녀석은 날개를 등에 접은 채 돌아다니며, 부리 너머로 노란 잔디 뿌리, 벌레 구멍, 셰일 조각을 본다. 빳빳한 코털로 이루어진 콧수염은 말끔하게 정돈되어서 한 올도 튀어나와 있지 않다. 흙을 살펴보는 모습은 위대한 예술 작품을 감정하는 경매인 같고, 군대를 시찰하는 대령 같고, 절개 시작 지점을 탐색하는 외과의사 같다. 녀석이 한낱 인간의 눈을 한 히스코트는 보지 못하는 무언가를 발견하고 부리를 흙 속에 박더니 은박지 조각을 꺼내서 당당하게 내보인다. 그렇게 **지난날의 소풍의 흔적을 불러온다.** 잭 도는 작은 것들

99

을 아주 중요해 보이게 만든다.

히스코트는 어느새 잭 도의 매력에 푹 빠졌다. 날마다 집 앞의 이곳에 나와 시간을 보내고, 어깨 또는 머리에 얹힌 새의 무게에 편안함을 느낀다. 새가 그 익숙한 휴식처로 날아올 때 그는 이제 자신이 잭 도의 교회 탑이라고 생각한다. 그리고 새는 그의 가고일°이다. 새가 높은 소리로 **까악까악** 울자 히스코트는 그것을 더 하라는 요구로 해석하고 기꺼이 그 뜻에 따라 새가 해부할 잔디를 한 덩어리 더 뜯어낸다.

잭이 날아올랐다가 우아한 스킵 동작으로 풀밭에 내려앉을 때 그는 경쾌함을 느낀다. 인체의 대부분이 물이라면 새는 공기로 이루어졌을 것이다. 구멍이 숭숭 뚫린 뼈, 깃털, 바람으로. 가고일보다는 요정에 더 가깝다고 히스코트는 생각한다.

불운한 벌레—집게벌레인지 노래기인지 쥐며느리인지 파악할 시간은 없다—한 마리가 잭의 눈길을 끌자, 녀석은 뱀처럼 빠르게 벌레를 타격한다. 와드득, 찍, 꿀꺽. 그리고 아무 일 없던 것처럼 탐색을 계속한다. 히스코트는 새가 계속 보물을 끌어내는 모습을 지켜본다. 은박지 또 한 조각, 병뚜껑, 담배꽁초. 바로 얼마 전에 이곳에서 열렸던 장터의 흔적이다. 새는 고고학자처럼 과거의 환락을 발굴한다. 딸깍 소리가 나면서 잭이 좀더 단단한 것을 발견한다. 검은 흙에서 작은 은화가 나온다. 잭은 그것을 뒤집고 전당포 업자가 등급을 알아보려고 금화를 깨물 듯 부리

○ 고딕 건축물에서 괴물 형상으로 만든 빗물 홈통.

에 물고 시험한다. 그러더니 그 가치를 확신한 듯 히스코트에게 당당하게 걸어가서 그의 더러운 정장 재킷 소매에 넣는다.

히스코트는 잠시 동전을 그냥 두고, 새가 다시 흙더미로 돌아가서 발굴을 재개하는 것을 지켜본다. 어린 시절의 환상이 떠오른다. 그것은 이 새를 키우는 현실과는 여러 면에서 크게 다르다. 그런 한편 진실과 그렇게 멀지 않은 면도 많다. 새는 그에게 비밀 언어로 말을 한다. 깃털을 곤두세우고, 눈을 번쩍이고, 소리를 지른다. 녀석만의 이상하고 격렬하고 아름다운 방식으로 다른 이들은 모르는 것을 그에게 가르쳐준다. 그리고 이제 파산한 그에게 보물을 가져다준다.

그는 소매에 든 동전을 떨구어서 손에 받아 든다. 그리고 뒤집어서 흙을 닦아낸다. 반짝이는 6펜스 은화, 멋진 물건이다. 그는 동전을 이 손에서 저 손으로 옮기며 나타났다 사라졌다 해 보이고, 그것이 녹아서 액상 수은처럼 손바닥을 흐르게도 하고, 그것을 귀 뒤에서 꺼내면서 자신과 새 둘만을 위한 간단한 마술 공연을 한다.

그날 밤 그는 하늘을 나는 꿈을 꾼다. **발꿈치에 깃털이 싹트고** 어깨뼈에 날개가 돋는다. 잭도 하늘을 나는 꿈을 꿀 것 같다. 날마다 둘이 외출을 하면 잭은 그의 머리에서 조금 더 멀리, 야생 떼까마귀와 갈까마귀 무리가 갯벌에서 먹이를 사냥하는 타마강 하구 쪽으로 조금 더 대담하게 나간다. 하지만 언제나 해가 지기 전에 히스코트 침대 발치의 횟대로 돌아오고, 거기서 히스코트의 잠든 정신 속으로 자기 생각을 쏘아 보내는 것 같다.

히스코트는 어느 날 저녁 술집에 가서 갈까마귀가 발굴한 동전을 다른 손님에게 자랑한다. **브리스톨의 밀렵꾼 버니 스쿠스가 말했다. "우리가 예전에 한 일을 알려주지, 친구. 동전 가장자리를 날카롭게 갈아서 녀석의 혀 밑에 넣어. 그러면 힘줄이 끊어지고 녀석이 말을 할 거야."** 히스코트는 기겁한다. 그는 새에게 고통을 주어서 영어를 말하게 할 생각이 없다. 잭은 지금 그대로 완벽하다. 야성적이고, 용맹하고, 자신이 최고가 되는 법을 잘 안다. 그는 잭의 이런 확신이, 자신이 세상에서 차지하고 있는 자리에 대한 신념이 부럽다. 그것은 소중하다. 그는 새에게 자기 뜻을 강요할 생각이 없다. 새가 자기 충동에 따라 살기를 원한다. 그리고 녀석은 그렇게 한다. 날마다 비행 반경은 점점 더 커지고, 이제 새가 사라질 날을 기다리는 잔디밭의 인간에게서 점점 더 멀어진다.

나는 시집을 책상에 내려놓는다. 인정하기 싫지만, 이것은 내가 까치에게 원하는 것과 그리 다르지 않다. 녀석이 떠나는 것이 아니라 선택할 자유를 갖는 것, 녀석이 자유롭게 날고 본능에 따를 수 있는 능력을 갖는 것. 야나도 기꺼이 동의한다. 늘 그렇게 말하고 있다. 하지만 뒷마당은 아니다. 거기는 고양이가 너무 많고 길이 들다 만 까치가 머리에 내려앉거나 집에 들어오는 것을 좋아하지 않을 사람도 너무 많다. 나는 인도에서 사온 귀고리가 귀 전체에서 짤랑거리는 옆집의 요가 강사를 생각한다. 오후 내내 자기 집 문 앞에서 고약한 냄새를 풍기며 담배를 피우는 옆옆집 남자도 있고, 맑은 주말이면 스테이크 바비큐—벤젠이 가장 좋아하는 것—를 하고, 종종 아기를 마당 구석에 재우는 인근의 가족도 있다. 우리의 까치는 그중 누구와도 잘 지낼 수 없다.

"시골집에 결혼식 준비하러 갈 때 벤젠을 데리고 가자." 야나가 말한다. "거기다 풀어주는 거야."

나는 맛있는 메뚜기가 가득하고, 부드러운 이끼가 수백 년 된 참나무를 뒤덮고, 닭장에 갓 낳은 계란이 굴러다니고, 과수원에는 자두와 사과가 가득한 시골집을 생각한다. 거기 고양이라고는 여동생이 키우는 뚱뚱한 브리티시 블루 종인 노먼뿐이다. 노먼은 민첩하기가 털 묻은 돼지비계와 비슷한 수준이고, 새가 녀석의 입으로 날아들지 않는 한 새를 잡을 가능성이라곤 전혀 없다. 까치가 살기 좋은 곳 같다. 벤젠은 그렇게 멀리 날아가고 싶지 않을지도 모른다. 영원히 떠나지 않을지도 모른다. 나는 약간 망설였지만 결국 시골집이 새를 풀어줄 최선의 장소라는 것을 인정한다. 녀석을 발견한 폐차장보다, 그리고 여기보다도 더 좋다는 것을.

14

벤젠이 곧 우리 곁을 떠날 수 있다고 생각하자, 너석과 함께 하는 남은 시간이 더욱 소중하게 느껴진다. 야나는 새가 집 안의 화초를 죽인 일을 용서하고, 나는 일요일이 새똥 닦는 날이 된 것도 상관하지 않는다. 그런 일요일이 얼마 남지 않았기 때문이다. 8월 첫 주말로 예정된 우리 결혼식은 이제 몇 주 앞으로 다가왔고, 우리는 미리 서식스에 가서 준비를 할 것이다. 야나는 결혼식에 필요한 모든 물품을 직접 만들기로 결심하고, 요즘 들어 미친 듯이 바느질, 톱질, 망치질을 하고 있다. 테이블, 벤치, 녹색 롱 쿠션, 예쁘게 염색한 테이블보가 모두 그녀의 작업장에서 만들어졌다. 무대, 돔 천막, 웨딩 케이크, 꽃 장식 같은 것은 '현장'—야나가 우리 시골집을 가리키는 말—에서 만들어야 한다. 우리는 그때 새를 데리고 가기로 했다. 그것은 어쩌면 상징이 되는 것 같다. 하나의 유대가 형성될 때, 다른 하나의 유대가 깨어진다는. 야생을 돌려보낸 자리에 들어서는 가정. 이런 이중의 절벽 앞에서 어지럼증이 인다. 맞이할 신부와 떠나보낼 까치, 두 가지 다 내가 2년 전에는 상상도 못했던 것이다.

까치는 당연히 자신의 운명이 우리 결혼식과 엮여 있다는 것을 모른다. 하지만 우리의 결혼 준비에 적극적으로 참여한다. 야나의 재봉틀에 부리를 들이밀고, 포목이나 반짝이는 장신구를 가지고 찾아온 손님들을 마치 녀석에게 경의를 표하러 온 사람을 대하듯 대접한다. 벤젠은 인간 세상도 나무 위 세상만큼 흥미로워하는 것 같다.

최고의 인기 손님은 단연 보석상 친구 루퍼트다. 그는 어느 맑은 날 오후에 귀금속이 가득 든 여행 가방을 끌고 우리 집에 찾아온다. 우리가 소파에 앉아 결혼식 예물을 고를 때 벤젠은 꼼짝 않고 그를 바라본다. 루퍼트가 움직일 때마다 짤그랑 소리가 나고 빛이 반짝이는 장면에 벤젠은 매혹된다. 그는 온몸 구석구석에 있는 대로 장식을 두르고 있다. 목과 손목에는 두꺼운 금사슬과 은사슬 들이 자리를 다투고, 모든 손가락에는 최대한 많은 반지가 끼워져 있다. 귓불에는 다이아몬드가 반짝이고, 말할 때마다 혀에서 은구슬이 춤을 춘다. 벤젠은 최면에 걸린 듯 천천히 루퍼트의 손등에 올라간다. 날개깃의 다양한 파란 색조들과 꽁지깃의 초록-금색은 루퍼트가 가방에서 꺼내는 어떤 것보다 더 아름답다. 다이아몬드조차 견줄 수 없다. 그래서 우리는 무언가를 고르기가 아주 어렵다.

벤젠은 천천히 최면 상태에서 깨어난다. 그리고 루퍼트가 손가락에 낀 반지의 큼직한 보라색 보석을 부리로 물고 당긴다. 그 모습을 보니 조금 전까지 녀석이 최면에 걸렸다기보다 결정을 못하고 있었던 것 같다.

"안 돼, 친구, 그건 못 줘." 루퍼트가 말한다. "비잔틴 보석이거든. 네 둥지를 팔아도 못 사."

벤젠은 이 손가락 저 손가락으로 옮겨가며 헐거워진 고정 부분 혹은 약한 고리를 찾는다. 이 행동이 재미있는 것은 도시 전설과 딱 들어맞기 때문이다. 까치들은 반짝이는 물체를 모은다는 평판이 있다. 하지만 이 이야기가 틀렸다는 것을 2년 전에 엑서터 대학의 연구가 밝혀냈다. 실제로 과학자들에 따르면, 까치는 반짝이는 낯선 물체에 자주 두려움을 보이고, 그것을 집어 드는 일조차 거의 하지 않는다고 한다.

그런데 벤젠은 왜 그렇게 결연하게 루퍼트의 팔에 올라가서 그의 귓불에 매달린 이슬방울 같은 다이아몬드를 향해 걸어가는가? 인간의 손에 자란 탓인지 녀석은 인간이 생각하는 까치의 모습을 구현하고 있다. 아니면 녀석이 우리의 욕망을 읽을 줄 아는 건지도 모른다. 그래서 녀석은 값비싼 보석뿐 아니라 담배, 5파운드 지폐, 자전거 자물쇠도 좋아한다.

루퍼트는 까치가 얼굴 곳곳의 귀금속을 잡아당겨도 미소로 답한다. 이 복잡한 도시에서 대부분의 행인은 그만한 참을성이 없을 것이다. 녀석을 자유롭게 풀어준다면 녀석이 가야 할 곳은 분명 시골 농장이다.

새가 코 피어싱을 세게 당기자 루퍼트는 짧은 비명을 지르고 얼른 녀석에게 해골이 새겨진 싸구려 합금 반지를 내민다. 우리는 모두 까치의 장난에 정신이 팔려서 어쩌다보니 그날 반지를 얻은 것은 녀석뿐이다. 녀석은 반지를 부리에 넣고 달그락달그락 뒤집어보더니 반짝이는 것들을 모아두는 집 꼭대기로 날아간다.

15

까치는 보통 얼마나 빠른 속도로 이동할까? 시속 30킬로미터? 50킬로미터? 벤젠만큼 빠르지는 않을 것이다. 벤젠은 지금 시속 100킬로미터로 편안히 이동하고 있다. 내가 트럭을 추월하려고 추월 차선으로 들어서는 순간은 110킬로미터다. 나는 어머니의 낡은 차인 아보카도색의 피아트 물티플라를 몰고 시골집으로 가는 중이다. 이 차는 여러 가지 면으로 독특하다. 나는 이 차가 어디나 기쁨을 가져다주는 차라고 생각하지만, 사람들은 뭉툭한 외관과 진한 색깔을 비웃을 때가 많다. 하지만 앞 열과 뒤 열에 좌석이 각각 세 개씩 있는 이 차는 등하교용으로 좋았고, 지금처럼 사람 아닌 식구를 태우고 가족 나들이를 가는 데도 좋다. 적어도 이런 방식으로 여행한 까치는 없었다.

벤젠은 야나와 나 사이의 보조 좌석에 묶인 여행용 새장에 앉아 빠르게 지나가는 도로와 하늘을 바라본다. 녀석은 우리가 시골집으로 가는 이 길처럼 놀라운 풍경을 본 적이 없다. 송전탑,

넓은 들판, 양, 소, 전차. 나는 이따금 핸들에서 손을 떼고 살아 있는 거저리를 창살 틈으로 밀어 넣은 뒤, 녀석이 즐겁게 짹짹거리며 그것을 삼키는 소리를 듣는다.

까마귓과 새들이 퍼레이드의 구경꾼처럼 노변에 진을 치고 우리를 바라본다. 야생 까치들은 긴 꼬리를 하고 갓길에 서서 쓰레기나 로드킬을 기다린다. 떼까마귀들은 검은 바지를 입은 베네치아 귀족 같은 모습으로 휴게소 주변을 돌아다니다 칼 같은 부리로 버려진 감자칩을 찌른다. 송장까마귀 한 마리가 과속 단속 카메라에 올라앉아서 충돌을 기원하고 있다. 옆자리의 까치 때문에 사방에 까마귓과 새들이 눈에 들어오다보니, 우리가 어디를 가든 그들이 우리를 바라보며 우리의 습관과 약점과 낭비벽을 관찰한다는 것을 깨닫는다. 그들은 이 관찰을 통해 지상에서 가장 강하고 파괴적인 생태 집단인 인간에게 적응했다. 그리고 그렇게 해서 생존을 뛰어넘어 번성하고 있다.

이런 지능, 다른 종을 읽는 이 놀라운 능력 때문에 우리는 출발이 늦어졌다. '악마의 시간'—어린아이의 부모는 외출 준비에 남들보다 한 시간이 더 걸린다는 뜻—이라는 말이 있지만, '까치 시간'이라는 말도 있어야 할 것 같다. 신기하게도 벤젠은 평생 새장을 본 적이 없는데도 내가 지하실에서 전에 쓰던 고양이 이동장을 가지고 올라왔을 때 자신에게 닥친 일을 정확히 아는 것 같았다. 결국 나는 보석 장신구로 녀석을 꾀어서 천장에서 내렸다. 인간 세상에서 값나가는 것들에 대한 벤젠의 관심이 녀석의 발목을 잡은 셈인데, 어쨌건 새장 문이 닫힐 때 인조 다이아몬드 티

아라는 녀석에게 작은 위안이 되었다.

　나는 이제 이 명랑하고 호기심 많고 장난기 넘치는 생명체를 두 달 동안 알고 지냈지만 호두만 한 두개골 속의 그 작은 두뇌에 그런 상상력의 공간이 있다는 게 신기하기만 하다. 아마도 녀석은 욕망뿐 아니라 의도도 읽을 수 있는 것 같다. 아니 어쩌면 본능적으로 새로운 것이 두려운 건지도 모른다. 나는 아직도 까치의 지능에 대해 얼마만큼 믿어야 하는지 모른다.

　벤젠은 다시 불안해진다. 새장 옆면에 뛰어올라서 애원하는 듯한 소리를 낸다. 길고 마디진 발가락이 손가락처럼 새장의 창살을 감싸 쥔 모습은 참기 힘들다. 나는 자동차 속도를 줄이지 않고, 새장에 천을 덮어서 새를 평온한 어둠 속에 빠뜨린다.

　히스코트는 시골집에 가는 내내 내 앞에 구름처럼 드리워져 있다. 나는 출발 직전 그에게 다시 한번 이메일을 보냈다. 그의 옛 친구 페레그린 엘리엇이 죽었다. 나는 그 일에 조의를 표하고, 히스코트가 괜찮은지 묻고, 그가 결혼식에 올 마음이 나지 않더라도 이해한다고 말한다. 그런 한편으로 약간의 거래도 시도한다. 결혼식 다음 날 브라이턴의 등기소에서 약식 결혼식이 있다고, 당신이 기차를 타고 와서 거기서 얼굴을 보여줄 수 있다고. "그러면 그림이 완전해질" 거라고, 하지만 "압박하는 것은 아니"라고 나는 쓴다. 유리창에 부딪히는 새처럼.

　큰 도로를 벗어나 작은 길로 접어들 때 나는 창문을 내리고 새장의 천을 벗겨서 녀석에게 앞으로 새 집이 될 수도 있는 곳을 처음으로 보여준다. 산비둘기들이 주차장 길 벚나무 가지에 잔뜩 앉아 있다. 장끼 한 마리가 긴 풀들 틈에서 매끈한 갈색 깃털을 흔든다. 청딱따구리는 나무들 쪽으로 사인 곡선을 그리며 날아간다. 까치는 그 모든 것을 남김없이 관찰한다.

자동차가 집 옆의 자갈 깔린 주차장에 서자, 야나와 나는 차에서 내려 팔다리를 편다. 공중에는 낮은 담장에 붙어서 자라는 로즈메리 덤불, 벌들이 윙윙거리는 라벤더 꽃밭, 석회 칠 한 별채의 담벼락을 기어오르는 덩굴에서 졸린 듯 고개를 늘어뜨린 윤기 흐르는 붉은 장미의 냄새가 가득하다.

어머니는 이미 우리를 향해 성큼성큼 걸어오고, 밤색 잡종개가 그 뒤를 따라온다. 사람들은 때로 어머니와 나를 남매로 착각하고, 그럴 때마다 어머니는 기뻐한다. 어머니는 나처럼 갈색 머리에 갈색 눈동자지만, 피부는 나보다 살짝 어둡다. 어머니는 우리 둘을 모두 끌어안고 차 안을 들여다본다.

"어디 내 첫 손주를 좀 볼까." 어머니가 말한다.

나는 그 말에 내가 받는 느낌이 뭔지 잘 모르겠다. 결혼 계획을 발표한 뒤 어떤 압박이 생겨났다. 이제 나는 시골집에 갈 때마다 아기 사진들을 필수적으로 보는 것 같다. 시골집에 실제 아기들이 있으면 나는 늘 아기를 건네받고 참 잘 어울린다는 소리를 듣는다. 그리고 스웨덴에서 온 야나의 아버지 미샤가 걸쭉한 목소리로 "아기들에게" 하고 비밀스레 건배를 하는 소리도 들었다.

까치에게도 임신 출산과 관련된 속설이 있다. 한 번에 세 마리를 보면 딸을 낳고, 네 마리를 보면 아들을 낳는다는 것이다. 까치 한 마리는 슬픔을 의미한다고 나는 어머니에게 말한다.

"벤젠은 아니야." 어머니가 어이없을 만큼 확고하게 말한다. "얘 방을 마련해놨어."

우리는 벤젠을 계단 중간의 작은 방에 둔다. 내 부탁에 따라 우리는 녀석을 결혼식 이후에 풀어주기로 한다. 나는 놓아주는 일을 그리 잘하지 못한다. 그 방은 까치가 올 것에 대비해서 방수포로 꼼꼼히 덮여 있고 아기 장난감이 가득하다.

"네가 결혼 준비로 바쁠 때 벤젠도 할 일이 있어야 하잖아." 어머니가 장난스러운 눈빛으로 말한다. 그리고 플라스틱 오리에 달린 끈을 당기고 까치를 향해 흔들자, 오리는 꽥꽥거리며 '아름답고 푸른 도나우강'을 노래한다.

그런 뒤 우리는 식탁에 둘러앉아서 하객 명단을 살펴보며 방을 마련해주어야 할 손님이 누구누구인지 의논한다. 결혼식 일주일 전에 출산할 예정인 야나의 친구는 천막에서 잘 수 없을 것이다. 고령의 이모할머니도 마찬가지다.

"히스코트는 어때?" 어머니가 묻는다.

나는 어머니에게 그의 알쏭달쏭한 답장을 보여주었다. 우리는 잠시 잠옷 차림으로 올빼미를 쫓는 남자의 의미를 생각해보았지만, 그런 일은 남의 꿈을 해몽하는 것만큼 어렵고 의미 없다는 결론을 내렸다. 하지만 다른 것도 있다. 내가 함구하고 있던 것.

"제가 그분한테 방을 마련해드린다고 했어요." 내가 말한다. "하지만 오실지는 모르겠어요."

나는 그에게 여기까지 왕복시켜줄 자동차를 비롯해서 모든 편의를 도모해주겠다고 약속했다. 그를 마지막으로 만났을 때

한 약속이다. 까치가 우리 집에 오기 전의 겨울이었고, 런던에서 그의 시와 관련해 열린 한 초라한 행사에서였다. 나는 초대받지 않았지만, 그가 거기 올 거라는 말을 듣고 그냥 갔다. 그리고 그의 건강이 몹시 쇠약한 데 충격을 받았다. 그는 부축을 받아야 계단을 올라갈 수 있었고, 행사장에 들어가서도 30분 동안 소파에 앉아 숨을 씨근덕거려야 했다. 약혼녀를 소개하고 결혼식에 초대하기에 적절한 순간은 아니었을 것이다. 하지만 그때가 아니면 언제? 나는 그에게 여름에 시골집 강변이 얼마나 아름다운지 말하고, 그가 존경하는 아나키스트 교수도 온다고 전했다. 그에게 말은 하지 않았지만 그 교수를 초대한 것은 히스코트에게 일행을 만들어주기 위해서였다. 원한다면 한두 시간 정도만 머물러도 괜찮다고도 했다.

"내가 왜 록스타의 시골집에서 열리는 결혼식에 가야 한단 말이냐?" 히스코트는 냉랭하게 쏘아붙였다.

"글쎄." 어머니는 그의 이름을 툭 치면서 말한다. "그분을 위해 따로 방을 잡아두지는 않을 거야. 만약 온다 해도 아무 데서나 잘 수 있어."

구석의 안락의자에 조용히 앉아 있는 아버지가 고개를 젓는다. 재미있기도 하고 화도 나는 것 같다. 그는 히스코트와 비슷한 나이고, 비슷한 환경에서 자랐다. 전쟁기에 태어나서 유년 시절부터 사랑보다 규율이 우선인 기숙학교에서 생활했다. 두 사람 모두 몇 가지 똑같은 정신적 상처가 있지만 유사점은 거기서 끝난다. 내 인생에 한정해 본다면 데이비드는 히스코트의 정반대였다. 유능하고 믿음직스러우며 늘 곁에 있었다. 조용하고 겸손한 성품의 그는 물론 음악으로도 자신을 표현하지만, 그보다 더 두드러지는 것은 그의 따뜻한 행동이다. 나는 거기 제대로 보답해주지 못했다. 그가 내 머릿속에 사는 환상의 부친과 경쟁하는 일은 쉽지 않았을 것이다. 엉덩이를 긁고 코를 후비고 학교에 태워다주고 리모컨을 붙들고 있는 인간이 어떻게 상상 속의 '천재-마법사-시인'과 겨룰 수 있겠는가? 유일한 방법은 후자가 부재할 때 곁을 지켜주는 것뿐이었다. 그는 아마 현실의 히스코트가 경멸스러운 행동을 할 때마다 은근한 기쁨을 느낄 것이다.

"한심한 인간." 아버지가 말한다.

맞는 말이다. 히스코트는 한심하고 경멸스러운 인간이다. 하지만 그래도 나는 그가 오기를 바란다.

의논을 시작하고 얼마 지나지 않아 성난 달그락 소리가 공중을 채운다. 벤젠이 오리 인형의 음악 레퍼토리를 전부 섭렵하고, 이제 자신의 노래를 부르고 있다.

"안에 있어서 답답한가봐요. 가서 데려올까요?" 내가 말한다.

여동생은 거대한 고양이를 데리고 다른 방으로 들어가고, 할머니는 신문을 접어서 새만 한 파리채로 만든다. 중국에서는 까치가 길조다. '까치의 날', 즉 칠석날은 중국판 밸런타인데이다. 하지만 상하이 태생인 내 할머니에게 그런 풍습은—식탁에 뼈를 뱉고 일본을 욕하는 습관과 달리—별다른 영향을 미치지 않은 것 같다.

벤젠은 이런 모든 일을 모르고 평화롭게 내 손등에 앉아 부엌으로 들어오며 사방으로 고개를 바쁘게 돌린다. 새는 우리처럼 눈이 따로 움직이지 않기 때문에 무언가를 보려면 머리를 움직여야 한다. 벤젠은 호기심으로 부산하다.

방을 다 살펴보자 녀석은 식탁으로 뛰어내려서 식구들에게 자기를 소개한다. 고개를 까딱이고, 날개를 파닥이고, 까악 소리를 낸다. 그리고 더없이 자연스럽게 식탁을 활보한다. 내 접시의 완두콩 몇 개를 밖으로 튕겨내고, 어머니 결혼반지의 보석을 쿡 찔러본다. 아버지의 미지근한 차에 부리를 담근다. 식구들은 이 모습에 열광한다. 또 한 명의 괴짜 손님일 뿐이다.

잡종 개 도리스는 새를 점잖게 무시하는데, 도리스가 예전에 닭구이, 파이, 생일 케이크를 무시한 전력으로 보건대 몰래 벤젠을 잡아먹을 생각을 하는 것 같다. 벤젠이 식탁 모서리 너머 도리스를 내려다보자, 도리스는 생각을 들킨 듯 시선을 피한다. 어머니는 혀를 차면서 도리스 주둥이에 입마개를 씌운다.

새는 할머니가 앉아 있는 식탁 반대편 끝으로 간다. 할머니는 불만스런 표정으로 음식을 집어 든다. 할머니 입을 막을 수는 없다. 벤젠이 까악 소리를 내며 고개를 숙이자 꽁지가 지휘자의 지휘봉처럼 공중에 까딱인다.

"이런 숭악한 것!" 할머니가 말한다.

벤젠은 이 말을 다정한 부름으로 알아듣고 할머니 손목에 오른다. 그리고 발밑으로 플란넬 셔츠의 폭신함을 느끼자 그 주름 속에 고개를 박고, 엄청난 기쁨을 느낀 듯 비명을 지른다. 할머니는 입꼬리가 뒤틀리더니 자기도 모르게 웃는다. 그리고 벤젠은

'다른 까치들'하고는 다르다고 말한다.

   그 일은 그렇게 간단하다. 황금빛 번득임 한 번, 장난스런 몸짓 한 번으로 똘똘한 까치 벤젠은 뻐꾸기처럼 자연스럽게 이 새롭고 호화로운 둥지에 자리를 잡았다. 결혼식이 끝나면 녀석을 풀어줄 예정이지만 어쨌건 지금 녀석은 우리 식구다.

16

결혼식 날은 다른 날과 비슷하게 시작한다. 해가 뜨자마자 까치가 깍깍 울어서 나를 깨운다. 나는 녀석이 아침밥을 달라고 꽥꽥거리는 소리를 들으며 까치발로 허둥지둥 복도를 지나간다. 그리고 이제 사람이 가득한 이 집에서 까치의 소음에 잠을 깬 사람이 나뿐이기를 바란다. 나는 녀석의 그릇에 벌레를 담고, 소고기를 자르고, 계란을 대충 스크램블하고, 거기에 식빵 테두리, 포도, 당근 한 조각을 넣는다. 그런 뒤 희미한 새벽빛 속에 잠시 녀석과 함께 앉아 있는다. 햇빛은 집 옆에 있는 늙은 참나무 가지 사이를 비집고 들어온다. 작은 명금들이 지지배배거리면서 나무 껍질 속에서 먹이를 후벼낸다. 하늘 높은 데서 송장까마귀 한 마리가 다섯 번 운다. 벤젠은 벌레를 머리부터 삼킨다.

나는 그 옆에서 녀석과 격의 없이 대화를 한다. 오늘 결혼식이 있다고, 안타깝게도 그 때문에 너는 오늘 하루 동안 갇혀 있어야 한다고, 하지만 이제 곧 지붕 위로, 나무 사이로 날아가게 될 테니 괜찮을 거라고.

벤젠은 내 머리 위로 날아올라서 부리로 두피를 콕콕 찌르며 머리카락 틈에 고깃점을 숨긴다. 나는 녀석이 왜 이런 일을 하는지 모른다. 숨긴 먹이를 찾는 일이 거의 없으니 보관 목적은 아닐 것이다. 나는 이게 나에 대한 감사의 표시라고 생각하고 싶지만, 내가 그런 보물을 없애는 모습에 녀석이 분노하는 걸 보면 그건 아닌 것 같다. 내가 방수포 위에 머리를 흔들면, 벤젠은 분노의 고함을 꽥꽥 지르고 다니며 떨어진 고깃점을 줍는다.

나는 방에서 나와 문을 닫는다. 오늘은 까치가 주인공이 아니고 아직도 할 일이 많다. 야나는 케이크를 마무리하고, 신부 들러리들의 드레스를 준비하고, 머리 장식을 꿰매고 붙이고 해야 한다. 나는 머리를 빗어 까치가 남긴 식사를 머리에서 털어내고 신랑 들러리를 연습시켜야 한다. 아침 식사가 끝난 뒤 야나의 자매 중 세 명이 꽃을 실은 밴을 타고 온다. 우리는 옛 마구간 마당에 긴 탁자를 놓고, 그것을 생산라인 삼아 오르는 기온 속에서 꽃다발과 화관을 만든다.

야나는 부엌에서 한 손으로는 케이크에 아이싱을 입히고 다른 손으로는 글루건을 휘두른다. 손님들이 하나둘 도착하고, 내 두 남동생이 그들을 강변으로 인도한다. 까치가 좋아하는 보석상 루퍼트는 우리가 반지 대신 선택한 금목걸이에 작은 루비들을 달아주려고 금세공용 펜치를 가지고 온다. 아나키스트 교수는 무슨 일인지 두 팔을 퍼덕이며 들어오지만, 아직 완성되지 않은 카나페에 손을 못 대도록 쫓겨난다.

예식이 시작되기 전에 야나는 옷을 갈아입으러 간다. 그리고 낯설고 아름다운 모습으로 돌아온다. 검은색 드레스에는 히에로니무스 보슈의 그림 같은 무늬가 가득하다. 그림자 속에서 온갖 사물들이 음흉한 눈길을 던진다. 발목에서 네크라인까지 붉은 산호뱀들이 통통한 여름 꽃들과 자리를 다툰다. 옆구리에 떠오르는 달은 해골 형상이다. 그녀의 머리에는 진짜 잠자리들이 반짝거린다. 강변으로 가는 햇빛 가득한 오솔길에 올라설 때, 그녀의 녹색 눈동자에서 금빛 조각들이 반짝인다.

갈까마귀들 근처를 지나가자 녀석들이 까악거리며 하늘로 날아오른다. 까치 두 마리가 가시칠엽수 가지들 사이로 미끄럼틀을 탄다. 까마귀 한 마리는 날개를 내린다. 오솔길에서 더운 열기가 물결쳐 올라와 공기가 흐려지고, 한순간 아찔하게도 모든 것이 비현실적으로 느껴진다. 우리 뒤를 따라오는 들러리들과 우리 앞에서 기다리는 가족 친지들이 모두 연기처럼 나풀거린다. 세상은 곧 걷힐 커튼처럼 연약해 보이고, 마침내 커튼이 걷히면 이 들판에 나 혼자 남을 것이다. 나는 눈을 감고 야나의 손을 잡는다. 잠시 후 눈을 다시 뜨자 세상은 단단해져 있다.

우리는 완만하게 비탈지고 버드나무 가지가 늘어진 강둑에 선다. 한쪽에는 어두운 물이 있고, 다른 한쪽에는 따가운 햇살 아래 허약한 벤치에 앉은 하객들이 있으며, 발밑에는 튼튼한 땅이 있다. 주례를 선 여동생의 축복 속에 우리는 목걸이와 서약을 주고받는다. 그리고 옷을 벗어던진 뒤 팔짱을 끼고 강물에 뛰어들고 고령의 이모할머니를 뺀 나머지 전부가 우리 뒤를 따른다. 물속을 첨벙거리는 우리의 피부 위로 물이 미끄러져 내린다. 수중 식물의 가는 덩굴손이 우리 배를 간질인다. 수련 잎이 까딱거리고 갈대밭이 흔들린다. 개구리밥은 구름처럼 쉽게 자리를 비켜 준다. 야나는 물 위에 누워서 하늘을 바라보고 나도 똑같이 한다. 내가 해본 가장 비행에 가까운 행동이다.

다시 옷을 입고 식탁에 앉을 때—피부는 노래하고 머리는 뜨겁다—나는 처음으로 빈자리를 알아차린다. 아나키스트 교수는 팔꿈치 공간의 여유가 싫지 않은 것 같다. 나는 그가 구운 새우를 접시에 잔뜩 담아와 먹으면서 옆자리 사람에게 자본주의를 끝내야 한다고 열변을 토하는 것을 잠시 바라본다.

곧 축하 연설이 시작된다. 야나의 아버지는 스웨덴어, 러시아어, 영어를 넘나들면서 야나가 학교에서 모든 아이들을 겁준 복잡한 이야기를 한다. 야나의 어머니는 야나 세 자매를 키우는 일이 머리 셋 달린 용과 함께 사는 것 같았다고 말한다. 남편을 잃은 할머니는 모두를 울린다. 어머니가 농담으로 분위기를 돌려놓는다. 얼마 후 아버지가 기타로 흘러간 사랑 노래를 연주한다. 내 곁에 필요한 사람들은 이 사람들뿐이라고 나는 생각한다.

하지만 다음 날 브라이턴의 등기소에서 나는 다시 거기 없는 사람을 찾는다. 히스코트는 나타나지 않는다. 그림자도 없다. 나는 이미 그럴 것을 알았다고 생각하고, 다른 희망을 품었던 것을 자책한다. 해변에서 차창 밖으로 모두에게 인사를 하며 떠날 때, 나는 영원히 그 일을 떨쳐버리려고 한다. 적어도 이제 히스코트가 할 수 없는 일이 무엇인지 확인했다—나에게 그런 확인이 필요하기라도 했던 것처럼. 두 개의 키스를 보내는 진짜 아버지는 보도 위에서 미소 띤 얼굴로 우리에게 손을 흔들고 있다. 히스코트는 그런 사람이 될 수 없다.

우리는 아무런 표시 없는 좁은 길로 숲속을 달려서 해가 진 뒤에 뉴포레스트에 도착한다. 노변에 조랑말 수십 마리가 자고 있다. 어떤 놈들은 심지어 도로에서 잔다. 낡고 닳은 아스팔트 한가운데서 눈을 크게 뜨고 선 채로 존다. 거뭇거뭇한 사물들이 헤드라이트 불빛에 유령 같은 빛을 낸다. 나무들이 번득인다. 굽은 주목나무 고목이 발톱을 흔든다. 울창한 미국삼나무와 미루나무들은 사원 기둥처럼 솟아 있다. 흐드러진 철쭉꽃이 우리를 통째로 집어삼킨다.

다음 날 우리는 그곳을 걷는다. 살아 숨 쉬는 거대한 숲. 상록수의 갈라진 틈새에서 송진이 뚝뚝 흐른다. 수 세기의 생명이 나무껍질 밖으로 터져 나온다. 사슴 길을 따라 허리까지 자란 고사리밭에 들어가 푸른 물결을 헤치고 가다보니 캐모마일 향기 가득한 빈터가 나타난다. 가녀린 잎들이 우리 발걸음에 뭉개져 향기를 발산한다. 낮게 퍼진 숲의 냄새, 아찔하게 밀려드는 캐모마일, 햇빛에 달궈진 피부의 달큰함. 그 풍성함이 어지러울 지경이다.

야나도 거기 취해 있다. 그녀는 한가롭게 캐모마일 꽃잎을 떼어내면서 신혼여행honeymoon의 기원과 전통 사회에서 그것이 음력 한 달 동안 계속된 이유를 말한다. 나는 편안히 웃고 있다가 얼굴을 찌푸린다.

"왜 그래?" 야나가 말한다. "너 정말 아이를 갖기 싫어?"

나는 눈을 감는다. 나는 어려운 대화에 약하고, 이것은 정말로 어려운 대화가 될 것 같다. 야나에게 아이란 한 계절이 가면 다음 계절이 오듯 사랑과 결혼에 자연스럽게 따라오는 것이라면, 내 안에는 무언가 걸림돌이 있다. 아이를 생각하려고 하면 단단한 침묵의 공포만 떠오른다. 나는 스위치를 내리고 대신 숲의 소리에 귀를 기울인다. 산비둘기가 노래한다. 나뭇가지가 끼익거린다. 저 멀리 어딘가에서 아이가 운다. 우리 사이의 침묵이 수신 잡음처럼 지직거린다. 다시 눈을 뜨니 야나가 걱정스러운 눈길로 나를 바라보고 있다.

하지만 아무리 애를 써도 내 감정을 말로 옮길 수 없다. 날개 달린 짐승이 내려와서 내 혀를 낚아채 간 것 같다. 나는 핑계를 찾고 화제 전환을 시도하지만, 야나는 그 모든 것에 대응할 말이 있다.

"우리는 지금 이대로 행복해." 내가 말한다. "뭐 하러 그걸 바꿔?"

"왜?" 야나가 말한다. "이 행복을 다른 사람하고 나누는 게 어때서?"

"하지만 아이는 울고 똥 싸고…"

야나가 눈썹을 치켜올린다. "까치는?"

나는 다시 말을 잃고 관자놀이를 문지른다. 야나는 뒷주머니에서 꺼낸 스푼으로 땅을 찔러서 우리가 앉아 있는 풀밭에 작은 동그라미를 그린다. 그리고 굴 껍데기를 까듯 흙 속에서 손바닥만 한 캐모마일 한 뿌리를 캐낸다. 그러더니 다른 주머니에서 호텔 샤워 캡을 꺼내 캐모마일을 그 안에 조심조심 넣는다. 우리 집 마당에 옮겨 심기 위해서 자연 한 조각을 훔친 것이다. 준비한 행동이다. 그녀 인생의 얼마만큼이 창조와 생성에 바쳐진 것일까? 그녀가 가진 세계와 자기 확신이 내게는 없다.

"나는 아직 내가 아이 같아." 입을 열지만 말꼬리를 흐린다. 무슨 말을 하려는 건지 나도 모르겠다. 나는 아이가 아니다. 스물일곱 살이고 결혼도 했다. 내 말뜻은 내가 나를 믿지 못한다는 것이다. 나는 책임감이 없는 것 같다. 나는 나 자신을 돌보는 일도 엉망진창이었다. 그러니 어떻게 아이를 돌보겠는가? 나에게 아이를 버리는 유전자가 있으면 어떻게 하는가? 갑자기 미쳐버리는 성향이 핏속에 흐르면? 히스코트의 실수를 반복한다면? 그리고 나 자신의 실수를 반복한다면? 물론 이런 말을 하지는 않는다. 그것은 나 자신에게도 정확히 말할 수 없는 것들이고, 어지러운 소음 때문에 제대로 생각할 수도 없다. 그리고 그 소음은 야나와 나 사이가 아니라 내 안에서, 내가 부닥친 뜨거운 공포에서 온다. 공포가 내 얼굴에 그려진 모양이다. 야나가 내 손을 잡는다.

"괜찮아." 그녀가 부드럽게 말한다. "겁낼 거 없어."

나는 야나의 아버지가 결혼식에서 한 이야기를 생각한다. 야나가 어렸을 때 밤중에 맨 앞에 서서 숲길을 이끌었다는 이야기다. 다른 자녀들은 서로를 붙들고 있었지만 야나는 손전등도 없이 캄캄한 숲을 씩씩하게 앞장서 갔다고 한다. 그녀를 이끈 것은 공포를 모르는 듯한 강인한 정신력뿐이었다. 야나는 그런 사람이다. 하지만 그렇지 않은 나는 고개를 젓고 침묵 속으로 도망친다.

17

문은 열려 있다. 새는 내 손목에 있다. 우리는 짧은 신혼여행을 마치고 결혼식과 반대되는 일, 그러니까 관계의 해체를 실행하러 돌아왔다. 새와 나는 문턱을 넘어간다. 녀석과 지평선 사이에는 공기밖에 없다. 사방으로 무한한 가능성이 뻗어 있다. 까치는 깃털을 납작 붙이고 그 모든 것을 피해 몸을 움츠린다. 녀석의 발톱이 내 살을 꽉 움켜쥔다. 이것은 예상하지 못한 일이다. 나는 녀석이 상자를 벗어난 비둘기처럼 금세 하늘 멀리 날아가서 익명의 새가 될 줄 알았다. 녀석을 다른 까치들과 구별할 방법은 없을 테니까. 그런데 녀석에게 날아가라고 꾀어야 하는 상황이 된다.

나는 기다란 말 목초지, 호수, 그 너머의 큰 숲을 가리키고, 벤젠은 천천히 긴장을 푼다. 이어 젖은 개처럼 몸을 털고 깃털을 부풀린다. 발가락이 느슨해진다. 녀석의 검은 눈이 풍경을 삼킨다. 나에게는 옛 친구의 얼굴처럼 익숙하고 편안한 풍경이다. 나는 그곳의 나무들 전부를 줄기에서 가지 끝까지 다 알고, 산울타리들도 속속들이 안다고 느낀다. 하지만 이제는 어린 시절과는 다른 눈으로 보고, 또 새의 눈이라는 새로운 눈을 통해서 본다.

야나가 잔디밭 중간에 서서 한 팔을 높이 들고 휘파람을 분다. 새는 이곳과 지평선 사이에 안전한 중간 지점이 있는 것을 보고 공중으로 날아오른다. 둥지에서 떨어진 이후 처음 해보는 야외 비행이다. 나는 경외감에 차서 녀석이 목에서 꽁지까지 보라색, 파란색, 녹색을 출렁이며 잔디 위를 저공비행하는 것을 바라본다. 녀석은 야나가 뻗은 손에 매처럼 내려앉더니 빙글 돌아 나를 바라본다.

처음 몇 분 동안 녀석은 사람들 사이를 저공비행하는 것 말고는 하고 싶은 게 없는 것 같지만, 그래도 야나에게서 나에게, 어머니에게, 아버지에게, 남동생들에게 옮겨가면서 점점 자신감이 붙는 모습이다.

비행 반경이 넓어지고 높이도 높아진다. 나는 바다 밑바닥에 끌리는 닻처럼 녀석에게 끌려다니는 느낌이다. 이걸로 작별할 수 있다. 그래야 한다. 하지만 내 속마음은 이기적으로 녀석이 떠나지 않기를 바란다. 새와 겨우 석 달을 함께 살았는데, 나는 녀석이 없는 인생을 상상하기가 힘들다.

내가 휘파람을 불자 녀석은 돌아온다. 새가 아니라 부메랑 같다. 녀석이 내 손등에 솜털 돋은 뺨을 비비는 모습에 나는 감탄한다. 녀석을 꾀는 소리는 많다. 다른 까치들이 멀리서 녀석을 초대하듯 깍깍거린다. 박공지붕에는 흰털발제비들이 시끄럽다. 라벤더 꽃밭에는 벌들이 유혹적으로 잉잉댄다. 내가 런던에서 녀석에게 부름에 응답하는 훈련을 시키기는 했지만, 이렇게 다른 유혹이 많은 환경에서 녀석이 내 말을 들을 가능성은 아주 희박해 보였다. 그래서 녀석은 손을 떠난 헬륨 풍선처럼 확실하게 사라질 거라고 생각했다. 평생 처음으로 자연 속의 자유를 맛본 새가 인간과의 생활에 만족하는 일은 가능해 보이지 않는다.

녀석이 당황했을 수는 있다. 새로운 환경의 충격 때문에 익숙한 것에 매달리는 것일 수 있다. 녀석에게는 이곳의 모든 것이 낯설다. 풀밭도 놀라움의 대상이다. 녀석은 잔디에 내려앉았다가 예상치 못한 감각에 놀라 1초도 안 돼서 다시 날아오른다. 기이하고 축축해서 몸이 쑥 빠져버릴 듯한 느낌을 받는 것 같다. 장미 화단에서는 첫 지렁이를 발견하고 가볍게 맛을 보다가 확 뱉어버린다. 반대로 꽃들은 계속되는 경이와 기쁨의 원천이다. 녀석은 내 어깨에서 팔을 타고 내려간 다음 손에 든 장미꽃을 빼앗더니 산산조각 낸다. 그리고 뭐라고 하는 사람도 없는데 자신이 잘못한 걸 아는 듯 부리에 꽃잎을 가득 물고 하늘로 달아난다.

눈을 감으면 나는 바람이 녀석의 깃털을 뚫고 불어오는 것이 느껴질 지경이다. 녀석의 무게 없는 기쁨은 잠시 나 자신의 것이 된다. 인력과 척력이 어느 때보다 강하게 느껴진다. 나는 녀석이 멀리 날아가길 바라고, 내 곁에 남기를 바란다.

고개를 들어보니 새는 잔디 중간쯤에 있는 그린게이지나무의 낮은 가지에 앉아 있다. 어린 시절 나는 여름이면 바로 그 가지에 앉아서 몇 시간씩 워크맨으로 음악을 들었다. 이맘때 그곳은 그다지 안전하지 않다. 익은 그린게이지 열매가 말벌을 부르고, 말벌은 열매 안쪽을 파낸 뒤 그 안에 떼를 이루어 산다. 나도 한번은 몽상을 즐기느라 말벌 대여섯 마리가 내 발가락 사이로 들어온 줄도 몰랐던 적이 있다. 녀석들이 내 땀을 핥아먹는 것을 보았을 때는 이미 늦었고, 나는 꼼짝 못하고 모든 일이 끝날 때까지 기다려야 했다.

까치가 열매 하나에 입질을 한다. 내가 휘파람을 불자, 녀석은 고개를 들었다가 죄책감을 느낀 듯 눈길을 돌리고 깡충깡충 나무를 올라서 검은 페넌트처럼 나부끼며 가장 먼 가지로 간다. 나는 다시 휘파람을 불고, 팔을 뻗고 두드려 이리 오라는 신호를 한다. 녀석은 나를 향해 날아오지만, 마지막 순간에 홱 돌아서 흑백의 얼룩처럼 빠르게 지나간다. 나는 빙글 돌아서 녀석이 참나무를 지나고 지붕 위를 넘어 시야 밖으로 사라지는 모습을 간신히 본다. 녀석은 잠시 사라진다. 나는 이럴 위험이 있다는 것을 알았다. 심지어 바라던 결과이기도 했다. 녀석이 떠났다는 데 슬픔과 만족이 뒤섞인 감정을 느끼지만, 그런 뒤에 곧바로 죄책감 어린 안도감이 찾아온다. 그런데 전설의 트릭스터답게 까치는 굴뚝 뒤에서 빠끔 내다본다. 녀석이 발견한 것은 자유가 아니라 숨바꼭질이라는 새로운 놀이였다. 녀석은 흡족한 듯 혀를 두 번 차고, 마침내 내가 뻗은 팔에 날아와 앉는다.

18

까치는 사라졌다 돌아오고 사라졌다 돌아오기를 반복한다. 그럴 때마다 나는 두 겹의 시간을 느낀다. 두 남자. 두 마리의 검은 새. 두 번의 상실. 벤젠을 찾아 들판을 걸을 때면 히스코트가 내 곁에서 그의 갈까마귀를 찾아 함께 걷는 느낌이 든다. 잭이 사라졌을 때 히스코트가 어떤 느낌을 받았는지 나는 모른다. 그의 시는 내내 명징하다가 그 부분에서 모호해진다. 무언가를 감추려는 것처럼, 아니면 그가 무언가로부터 숨으려는 것처럼. 내가 아는 건 거기까지다. 어느 날 잭이 돌아오지 않았다는 것. 어느 여름날 아침 밖으로 날아갔고, 그것이 히스코트가 녀석을 본 마지막이었다는 것. 어쨌건 그의 시에 따르면 그렇다.

몇 주 만에 어깨에서 새가 사라진 히스코트는 여러 날 동안 하늘과 나무들을 훑으며 잭의 자취를 찾는다. 검은 점만 보면 자석에 끌리듯 달려간다. 그는 이렇게 계곡을 누비며 만나는 사람마다 똑같은, 바보 같은 질문을 던진다. 갈까마귀 보았나요? **"혹시 잠이 덜 깼나요?" "까마귀가 별수 있나요?"** 같은 대답이 돌아온다. 그는 그 말이 어느 정도 맞다는 걸 깨닫는다. 그리고 새가 인생에 남긴 구멍을 메꾸기 위해 갈까마귀 무리의 비명과 울음소리에 몰두한다. **갈까마귀 부족의 유랑 집회. 들판에 펼쳐진, 반짝이는 점들의 출렁이는 카펫.** 그는 갈까마귀 한 마리 한 마리에게 자기 얼굴을 보여준다. **어느 새 한 마리의 기억을 소환하기 위해.** 하지만 그 일은 가망이 없다. 잭은 사라졌다.

눈치 없는 친구는 히스코트가 새를 길들여서 새의 죽음을 부른 것일지 모른다고 말한다. **"너는 새의 생명을 위험에 빠뜨렸어. 전에 누가 새를 키우다가 풀어줬는데, 녀석이 사람한테 너무 길들어서 누군가의 엽총에 앉았다가 총탄에 찢겼다는 이야기를 들었어."** 하지만 친구는 신경 쓰지 말라고 말한다. **"그래봐야 새 한 마리잖아."** 히스코트는 괴로워서 또 다른 새인 타조처럼 모래에 머리를 박는다. 신화로 피신해서 수수께끼를 만들고, 갈까마귀 관련 자료를 수집한다. 그런 뒤 내용이 모호해진다.

히스코트가 어떻게 반응했을까? 그는 괴로워했다. 그 일은 시가 흘러가는 만큼 그의 감성에 깊이 들어간다. 그 뒤로 그의 글은 명징성을 잃고 몇 연은 의미조차 잃는다. **갈까마귀들은 나의 커다란 수정 스핑크스를 사랑한다.** 좌절한 그는 진실에서 눈을 돌리기 위해 무의미하고 허황된 말을 쓴다.

그가 책임에서 풀려났다는 사실에 기뻐했을 것 같다는 생각도 일면 든다. 하지만 혹시 잭이 그를 약간의 현실과 묶어주는 드문 존재, 그가 좋은 사람이라며 안심시켜주는 그런 존재가 아니었을까 싶기도 하다. 그는 갈까마귀의 자신감, 우주 속 자기 자리에 대한 확신에 부러움 비슷한 것을 느끼고, 시 종결부에서 카프카를 인용한다. **우리는 사람보다 동물과의 관계가 더 쉽다. 동물은 사람보다 우리에게 더 가깝다.** 내게 그것은 길을 잃고 외로운 사람의 감정처럼 보인다. 히스코트가 누군가에게 버림받고 괴로워한다고 생각하니 변태적인 만족감이 든다. 하지만 그렇다면 그는 거기서 무엇을 배운 걸까?

히스코트의 눈치 없는 친구가 맞았다는 생각이다. 귀족 가문의 사냥 영지인 포트엘리엇은 두려움 없는 새가 살 장소가 아니었다. 어머니는 아침에 창밖에서 총소리가 울리고 죽은 꿩들이 땅에 후드득 떨어지는 소리에 깜짝 놀라 깨어났던 일을 기억한다. 아마도 히스코트가 잘못했을 것이다. 그랬다면 내 첫 직감이 맞았다. 그가 어떻게 했건 나는 그 반대로 해야 한다는 것. 하지만 이 결론에 담긴 암시를 받아들이는 것은 어려운 일이다.

갈까마귀처럼 까치 역시 법적으로 '유해 조수'다. 그러니까 죽여도 별로 문제가 되지 않는다. 우리 시골 농장은 사냥 영지가 아니다. 자연 보존지에 가깝다. 하지만 이곳조차 백 퍼센트 안전하지는 않다.

"새를 좀더 데리고 있는 게 좋을 것 같네요." 어느 날 농장 관리인이 차를 마시러 들렀다가 말한다. 그는 얼마 전까지 이웃 농장에서 일했다고 한다. 그 농장은 닭과 엽조류를 키우고 라슨 트랩이라는 것으로 까치를 대량 포획한다고.

라슨 트랩은 불법은 아니지만 아주 잔혹한 물건이다. 어린 까치—지금 우리 부엌에서 즐겁게 날파리를 사냥하는 녀석 같은—를 우리 안에 넣어 살아 있는 미끼로 활용한다. 어린 까치가 다른 까치를 덫으로 불러들이는 '유다' 역할을 하는 것이다. 잔인한 도구이고, 우리에 갇힌 새가 굶어 죽는 일도 다반사다—법에 규칙적으로 덫을 점검해야 한다는 규정이 있기는 하지만.

그런데도 나는 계속 새를 날려 보낸다. 녀석이 농장을 떠날 가능성도, 그런 뒤에 그런 덫에 걸릴 가능성도 크지 않아 보인다. 그리고 숲의 삶을 위해서라면 위험을 감수할 필요가 있다.

그래서 우리는 며칠 동안 계속 녀석을 풀어주려고 한다. 나는 아침에 눈을 뜨면 녀석을 데리고 야생 까치들이 울고 있는 들판에 나간다. 우리는 늘 강으로 가는 똑같은 길—결혼식 이후 더운 날이 이어져서 먼지가 많다—을 걷는다. 그리고 굽이를 돌면 까치 짝꿍이 녀석을 기다리고 있다고 상상한다. 벤젠은 이런 나들이를 좋아한다. 새로운 나무들에 날아오르고, 낡은 창고의 박공지붕에서 거미를 쪼고, 막대기 던지고 가져오기 놀이를 하자고 한다. 하지만 내 시야에서 사라지는 일은 드물고, 내가 집에 가려고 돌아서면 언제나 바로 따라온다.

인근의 야생 동물들이 이 기이한 존재에게 끌리는 것 같다. 새들이 어느 때보다 집에 더 가까이 온다. 청딱따구리 두 마리가 그린게이지나무에 규칙적으로 찾아온다. 우리가 야외에서 점심을 먹을 때 맹금 한 마리—새매인 듯한—가 정원 문에 쿵 내려앉아서 야수의 눈으로 우리를 바라본다. 그리고 까마귀 떼가 목초지에 모여서 이런 까치의 상황에 대해 요란하게 떠든다. 야생 까치들은 정원과 말 목초지를 가르는 나무 울타리에 앉아서 벤젠의 놀이를 지켜본다. 하지만 녀석은 새들의 눈길보다는 잔디 위를 총총 돌아다니다가 인간에게 몰래 다가가서 혼날 때까지 양말을 잡아당기는 일과 잡종 개를 겁주는 일에 더 관심이 많은 것 같다.

까치의 상황을 우리 인간들도 의논한다. 시간이 흐르고 있다. 우리는 곧 런던으로 돌아가야 하고, 이곳의 모든 사람이 벤젠을 좋아하는 것 같지만, 녀석이 피아노 구석구석 고깃점을 찔러 넣고 장미 꽃잎을 모조리 뜯어내게 둘 수는 없다.

그러던 어느 날 내가 벤젠을 데리고 다시 먼지 나는 길을 걸어 강으로 갈 때, 벤젠이 우리의 질문에 답을 하듯 갑자기 날아오른다. 나는 깜짝 놀라고 녀석은 시야에서 사라진다. 하지만 이런 일은 이제 익숙하고, 나는 그동안의 경험으로 녀석이 헛간 지붕이나 나무 그림자 속에 숨어 있으리라는 것을 안다.

실제로 녀석은 거기 있다. 50미터 앞의 물푸레나무 가지에서 나를 내려다본다. 내가 다가가서 휘파람을 불며 팔을 두드리지만, 녀석은 나무에서 나무로 전에 없이 멀리까지 간다. 녀석을 따라 길을 벗어나 덤불을 헤치며 가다보니 놀랍게도 그 방향은 농장 관리인이 말한 까치 킬러의 농장이다. 나는 도랑을 건너고 높은 풀과 가시덤불을 지나가느라 다리 안쪽에 상처를 입는다. 녀석은 나무에서 날아올라 위험한 들판으로 날아간다. 달려보지만 늦었다. 이번에 녀석은 정말로 사라졌다.

나는 터덜터덜 집으로 돌아온다. 땀과 흙이 범벅되고 피도 흐르는 데다 눈물까지 터질 지경이다. 머릿속에 한 장면이 떠오른다. 까치가 가득 든 새장이 물속에 던져지고, 비명과 거품과 날갯짓이 요란하게 일다가 결국 모두 죽어서 젖은 깃털과 벌어진 부리들만 남는 것.

정원 문을 여는데 익숙한 울음이 나를 맞는다. 벤젠이 지붕에서 이끼를 뜯어 배수로로 던지고 있다. 또 한 번의 장난이다. 녀석은 홀로그램을 만든다. 모든 까치가 벤젠이고 나는 엉뚱한 까치를 쫓아 숲을 헤맨 것이다. 나는 집 앞으로 가서 벽을 올라 조심조심 녀석이 있는 굴뚝 옆으로 간다. 손에 닿는 테라코타 기와와 납 장식이 따뜻하고, 내 팔에 뛰어오르는 까치의 발도 따뜻하다. 녀석은 내 손마디에 머리를 문지른다. 애정의 표시라고 나는 생각한다. 서식스의 시골이 우리 앞에 펼쳐져 있다. 녀석과 지평선 사이에는 아무것도 없다. 하지만 녀석은 여기에 나와 함께 있다.

19

히스코트는 또 하나의 수수께끼를 보냈다. 우리가 런던 집에 돌아오자, 그의 예술적 필체가 적힌 갈색 소포가 현관에서 우리를 기다리고 있다. 뜯어보니 뽁뽁이로 꼼꼼하게 감싼 물건 두 개가 들어 있다. 나는 그중 작은 것을 풀어보고 코웃음을 친다. 뒤틀린 즐거움과 불쾌함이 동시에 담긴 웃음이다. 그것은 영국에서 가장 신성한 전몰 군인 위령비인 세너태프Cenotaph의 모형이다. 옆면에 세라믹으로 만든 영국 국기까지 걸려 있고 앞면에는 '고귀한 영령들'이라는 글귀가 새겨져 있다. 실제 세너태프는 런던 화이트홀 지역 국회의사당 인근에 있다. 대로 중심에 우뚝 서 있는 우중충한 회색 돌탑이다. 세너태프라는 말은 '빈 무덤'라는 뜻이고, 이 세너태프는 본래 제1차 세계대전과 제2차 세계대전에서 전사한 사람들에게 바쳐진 기념물이지만, 이제 그 이상을 의미한다. 오늘날 그것은 국가적 추모 문화의 중심지다. 일종의 세속 신처럼, 텔레비전에는 해마다 정치인들이 그곳을 참배하는 모습이 방송된다.

기이한 결혼 선물이 아닐 수 없다. 그것이 야나에게—우크라이나계 스웨덴인인 그녀는 내가 영국 국가의 도입부만 흥얼거려도 불쾌해한다—어떤 기쁨을 줄 수 있는 건지 알 수 없다. 그것은 뒤틀린 농담에 어떤 메시지를 더한 것 같다. 정확히 뭔지는 몰라도 히스코트는 삐딱한 방식으로 무언가를 말하려고 하는 것이다. 아마도 내가 7년 전에 마지막으로 그를 내 인생에 끌어들이려고 했을 때 일어난 일을 상기시켜주려는 것 같다.

나는 손에 모형 세너태프를 들고 시간을 거슬러 올라간다. 그때 나는 스무 살이다. 자동차를 몰고 옥스퍼드 교외의 도시 제리코로 간다. 여러 해 동안 내 방 메모판에 붙어 있던 히스코트의 주소가 차의 대시보드에 붙어 있다. 나는 마지막 만남 이후로도 계속 히스코트를 찾으려고 노력했다. 엄청나게 많은 시간을 쏟아 그가 없는 곳에서 그를 찾았다. 인터넷으로, 전화로, 또 내가 다니는 대학 도서관의 먼지 낀 서가에서. 그곳에 그의 희곡은 있지만 그의 자취는 없었다. 그해 여름 방학 때 나는 마침내 이 낡은 쪽지에 적힌 주소를 따라 그가 있는 곳으로, 그의 집으로 그를 찾아가기로 결심했다.

나는 천천히 길을 달린다. 오른쪽에는 무광 검정색 문이 달린 차고들이 있다. 왼쪽에는 히스코트의 집이라고 여겨지는 집이 있다. 그는 먼지 낀 1층 창문 안쪽 어딘가, 거의 손이 닿는 거리에 있을 것이다. 이런 생각이 내 마음을 흔든다. 그가 이렇게 가까운 곳에 있다는 사실이 그에게 다가가지 못한 오랜 경험과 충돌한다. 뺨 위로 뜨거운 눈물이 흐르면서 전방이 흐릿해진다. 눈물을 삼키려 해도 소용없다. 존재 자체도 잊고 있었던 둑이 터져 버렸다.

내가 왜 우는지도 알 수가 없다. 어떻게 이 일이 아직도 나를 이렇게 흔드는지 이해가 되지 않는다. 어떻게 무존재, 부재, 꽉 찬 부재가 아직도 흔적을 남길 수 있는가? 그것이 어떻게 나를 이렇게 만들 수 있는가? 하지만 어째서인지 그렇게 된다. 열두 살 때와 똑같다. 복잡다단한 갈망. 죄책감과 수치심. 유리창에 머리를 부딪치는 새. 히스코트는 지금까지 내 인생의 어지러운 힘이었다. 지난 20년 동안 그는 돌연한 실종을 거듭했고, 그런 일이 있을 때마다 나는 갈수록 나를 비난했다. 내가 그에게 흥미롭지 않았어, 똑똑하지 않았어, 아니면 부유한 가정에 입양돼서 뼛속까지 오염되었어. 나는 어떤 면에서 나쁜 아이, 어쩌면 사악한 아이인지도 몰라. 내가 진심으로 원하는 것은 그가 그게 아니라고 말해주는 것, 잘못은 내가 아니라 그에게 있다고 알려주는 것이다. 또 하나의 도피 환상이다. 나 자신의 죄의식에서 도피하는. 나는 흐린 눈으로 집 앞을 지나 계속 달린다. 그에게 이런 모습을 보여줄 수는 없다.

다음 날 나는 다시 시도한다. 이번에는 마음을 진정하고 그 집 앞을 지나간다. 그런 뒤 차를 세우고 내려서 천천히 길을 되짚어 간다. 나는 그가 나를 마지막으로 봤을 때와 다르다. 그때 나는 자신에게 생명을 준 마술사 같은 사람을 만나고 싶어 한 명랑한 열두 살 소년이었을 뿐이다. 지금 나는 키 크고 마르고 다소 혼란스럽고 불안한 청년이다. 나는 아직도 히스코트를 알고 싶다. 아직도 그에게 매혹되어 있지만 이번에는 대답도 원한다.

히스코트는 조용한 거리에 있는 테라스 하우스에 산다. 작은 앞마당은 흰색 목조 울타리로 둘러쳐 있다. 울타리의 페인트는 살짝만 벗겨져 있다. 콘크리트 틈새에 자란 흰색과 보라색 접시꽃들이 가벼운 여름 바람에 무겁게 흔들린다. 현관문도 흰색인데, 불안하게도 살짝 열려 있다. 나는 노크를 하고 안으로 들어간다. 안쪽에서 무엇을 발견할지 전혀 예측할 수 없다. 나는 히스코트에게 이메일을 보내서 내가 근처에 있다는 것을 알리고 찾아가도 되겠느냐고 물었지만 답은 없었다. 문이 열려 있는 것이 내가 올 것을 예상해서는 아닌 것 같다.

어두운 복도의 벽에는 내리누르듯 무거운 유화들이 걸려 있다. 앞쪽에 컴컴한 나무 계단이 있고, 계단 칸마다 책과 편지가 잔뜩 쌓여 있다.

"누구요?" 퉁명스런 목소리가 묻는다.

"찰리예요." 내가 소리쳐 답한다. "당신 아들요."

"오, 그래." 그 목소리가 말한다. "부엌에 가 있으면 내가 내려가마."

나는 목소리가 시킨 대로 책이 쌓인 거실을 지나 부엌에 들어간다. 부엌은 밝고 파리가 많다. 고양이가 있는 모양인데, 사료를 그릇에 주지 않고 바닥에 던져준 것 같다. 집 뒤편에는 거칠어 보이는 정원이 길게 뻗어 있다. 멋대로 자란 풀들이 길을 뒤덮고 질서를 조롱한다.

히스코트가 창문 너머 달아난 게 아닌가 의심이 들 무렵에 그가 마침내 계단을 내려오는 소리가 들린다. 그는 마지막으로 보았을 때보다 키가 몇십 센티미터 줄어든 것 같다. 이제 내가 그보다 키가 커져서 발생하는 착시다. 하지만 그가 체중이 는 것은 분명하다. 지저분한 검은색 셔츠 아래로 배가 불룩 튀어나와서 갈색 코르덴 바지의 가죽 벨트 위로 늘어져 있다. 흰머리도 늘었다. 헝클어진 머리는 이제 숯빛이 아니라 잿빛에 가깝다. 하지만 둥근 안경을 쓴 검은 눈은 여전히 살아 있고 영리하게 빛난다.

그는 셔츠 주머니에서 5파운드 지폐를 꺼내더니 퇴마사가 성경책을 들 듯 두 손으로 받쳐 들고 다가온다. 그리고 천천히 지폐를 찢는다. 먼저 두 조각으로, 이어 네 조각으로, 그런 뒤 그 조각들을 내 손에 올려놓고 내 손을 오므린다. 내가 손을 다시 펼치자, 그것은 50파운드 신권이 되어 있다.

"그래서." 히스코트가 말한다. "내가 은행을 안 믿어."

그는 내가 지폐를 손에 든 모습을 약간 불안하게 바라본다. 이것이 그동안 건너뛴 스무 번의 생일과 크리스마스 선물을 합한 걸까 의아해하는 내 마음을 읽은 게 분명하다.

"그런데 그걸 도로 줘야겠다." 그가 말한다. "돈이 궁하거든."

우리는 차와 비스킷을 앞에 놓고 대화한다. 아니 히스코트가 말한다. 지난번처럼 그에게는 마술과 이야기가 가득하고, 잠시 그것은 매력적이지만 오래지 않아 내가 현혹당한다는 느낌이 든다. 나는 그가 데릭 저먼의 조감독 한 명을 사흘 동안 화장실에 가두었다는 재미난 이야기를 들으러 여기 온 게 아니다. 그런 이야기는 그가 누구에게나 할 수 있는 이야기고, 아마도 이미 여러 차례 구연했을 것이다. 그것은 지금의 상황과 아무 상관이 없다. 그는 자신의 마술처럼 정밀한 각본에 따라 보여주기와 감추기를 동시에 실행해서 내 눈을 다시 속이고 있다.

커다란 금파리가 우리 머리 위에 붕붕거린다. 나는 파리를 잡으려고 두 손을 부딪쳐보지만 녀석은 달아났다가 다시 돌아와서 귓가에 왱왱거린다. 히스코트는 내가 온 뒤 처음으로 걱정하는 모습을 보인다.

"죽이면 안 돼." 그가 말하고 일어나서 나에게 주방용 체 두 개와 확장형 봉으로 만든 자비로운 파리잡이를 보여준다. 그가 잠시 파리의 비행 궤적을 추적하다가 확장형 봉을 쏘자 두 개의 체가 닫히면서 안에 파리를 가둔다. 그런 뒤 그는 뒷문을 열고 파리를 정원에 내보내지만, 파리는 금세 집 안으로 날아 들어온다.

나는 지금이 대화를 주도할 기회라고 생각하고, 이 모든 일의 처음으로 간다. 성실하고 다정한 아버지였던 그가 왜 하루아침에 미쳐 날뛰게 되었는가. 그날 밤 콘월의 돼지 농부 오두막에서 무슨 일이 있었는가?

"무슨 일이 있었냐니?" 히스코트가 말한다. "아무 일도 없었어. 그냥 네 엄마가 지겨워져서 떠난 거야. 네 엄마가 젊고 예쁘고 열정 넘쳐서 끌렸지만, 시간이 지나니까…"

나는 이것을 받아들이려고 한다. 무너지지 말자. 히스코트는 그냥 발정했다 싫증난 늙은 염소고, 어머니가 미쳤던 거다. 하지만 그걸로는 설명이 부족하다.

"저는요?" 내가 말한다.

"너는 사고였지."

물론 이것이 새로운 소식은 아니다. 하지만 히스코트가 내게 이 정보를 전달하는 방식은 내 질문을 멈춰 세운다. 자신이 왜 사고에 책임을 져야 하느냐는 것이 그의 논리인 것 같다. 어떤 비난도 수용하지 않고, 어떤 깊이 있는 설명도 하지 않을 사람이다. 그는 대화를 계속하고 싶은 마음도 없는 것 같다. 말수가 줄더니 마침내 입을 다물고 나를 바라본다. 그의 눈이 내게 떠나라고 말한다.

나는 왔을 때보다 더 큰 혼란에 싸여 밖으로 나온다. 나는 희망했던 화해를 이루지 못했다. 어머니가 한 말은 다 거짓이었다. 아니, 그게 아니다. 히스코트가 거짓말을 하고 있다. 아니면 예전의 그가 가정의 압박을 피하기 위해 정신적 붕괴를 꾸며낸 것이다. 우리가 그토록 견디기 힘든 이유가 무엇이었나? **나 때문이었어. 내 잘못이야.**

이유는 알 수 없지만 이 만남 이후 나는 정서적 소용돌이에 빠진다. 내가 히스코트를 만났다고 하자 어머니는 자세한 이야기를 해달라고 하지만, 이번에도 나는 할 말이 별로 없다. 속이 텅 빈 것 같다. 내 안에 어떤 감정이 있는지 탐지해보지만 아무것도 없다.

그다음에 일어난 일은 이해하기 힘들다. 내 두뇌의 이성적인 부분이 긴 휴식에 들어가지만 슬프게도 기억을 담당하는 부분은 잘 작동한다. 그것은 교통사고를 슬로모션으로 보는 것 같다. 정신적 자기 파괴가 시작된다. 그 일은 뚜렷한 단계를 거치며 파괴성이 높아지다가 결국 완전한 탈진으로 이어진다.

처음에 오는 것은 진공이다. 텅 빈 공간. 내 정신의 공허감이 블랙홀로 변해서 온 세상을 집어삼킨 것 같다. 방학이 끝나고 대학에 돌아왔지만 어떤 일에도 흥미가 생기지 않는다. 수업에 출석하지 않는다. 필수적인 개인 수업에 간신히 가도 조리 있는 문장을 구성하는 일이 힘들다. 무언가 잘못된 게 분명한데 내가 할 수 있는 일이 없는 것 같다. 실제로 내가 할 수 있는 일은 사태를 악화시키는 것뿐이다. 나는 진공을 채우고 감정을 느껴보려고 하지만, 결국 블랙홀을 지나서 더 이상한 공간으로 들어간다.

다음으로 병적 흥분 단계가 온다. 내가 떠올릴 때마다 큰 고통을 느끼는 지점이다. 나는 차츰 통제력을 잃는다. 내 생각과 행동이 현실성을 잃는다. 행동이 불규칙하고 변덕스러워진다. 나는 상황을 개선시키려고 애를 쓰지만, 그럴수록 모든 게 악화되기만 한다. 나는 이 모든 일이 히스코트와 관련되어 있다고 생각한다. 어떻게든 그를 내게 오게 할 수만 있다면 모든 게 정상으로 돌아갈 거라고. 그리고 그를 내 스물한 살 생일 파티에 불러야 한다는 생각에 꽂혀서 그에게 계속 이메일을 보낸다—당신이 오시면 모든 게 회복될 거라고. 히스코트는 회복할 게 없다고 보는 것 같다.

내 생일날 나는 이미 이틀 동안 잠을 못 잤고, 레스토랑에 몇 시간이나 늦게 간다. 어머니는 내 상태에 충격을 받는다. 방학 이후 집에 자주 가지 않아서 변화가 눈에 확 띈다. 이미 가까웠던 나와 약물의 관계는 더욱 발전해서 자해, 자기 학대와 비슷한 수준이 되어 있다. 내 피부는 병든 사람처럼 누레졌다. 눈 밑은 살이 축 처졌다. 체중도 줄었다. 내 입에서 나오는 말들은 앞뒤가 맞지 않는다. 나는 식사 시간 거의 대부분을 테이블 밑에 숨어 있다. 기가 막힌 일이지만, 앞으로 벌어질 일들의 리허설에 불과하다.

행동이 기이해질수록 내 생각도 기이해진다. 나는 탈진을 향해 달려가고 있지만, 내 느낌은 그렇지 않다. 나에게 아주 강력한 힘, 초자연적으로 강력한 힘이 있는 것 같다. 어쩌면 정말로 그런지 모른다. 어쩌면 나는 염력으로 이변을 일으킬 수 있는지도 모른다. 내가 보이지 않는 제국의 왕인지도 모른다. 아니 이런 것은 마약에 빠져 정신이 나갔다는 표시일지도 모르지만, 나는 그것을 전혀 알아차리지 못한다.

그해 겨울 대학가에서 반정부 시위가 일어난다. 내가 다니던 대학을 비롯한 수십 개 대학이 점거 농성에 들어간다. 학생들은 정부의 등록금 인상 계획에 반대해 학교 행정 건물을 장악하고 몇 주 동안 농성을 한다. 교칙은 깡그리 무시되고, 나는 실뭉치에 이끌리는 새끼 고양이처럼 이 혼란에 이끌린다. 내가 학생운동에 무슨 도움이 되었을 리는 만무하다. 나는 술이나 약에 취해 나타나서 준비된 음식을 먹어치우고, 쓸데없이 경찰을 자극하고, 아무 영양가 없는 제안만 한다. 학내의 문에 전부 못을 박아버리자. 세넛 하우스°를 불 지르자. 제정신인 다른 대학생들은 런던에

○ 런던 대학 본부 건물.

서 열릴 중요한 시위를 위해 깃발과 피켓을 만든다. 나는 우주 입자가 두뇌에 가득 들어오도록 관자놀이 주변의 머리를 민다. 그리고 내가 이 운동의 비밀 병기라고 생각한다.

크리스마스 몇 주 전의 시위 날, 나는 완전히 미쳐버렸다. 내 평생 그토록 추악한 모습을 보이고 그토록 실성한 적이 없지만, 그러면서 또한 변태적으로 그보다 더 기분 좋았던 적도 없다. 나는 생명력으로 활활 타오른다. 활력이 폭발하는 불사의 존재다. 광기의 에너지와 메시아적 대의를 지녔다. 내게는 정부를 무너뜨릴 힘이 있다고 믿는다. 어쩌면 영국 전체를 밀어버리고 재건할 수 있을지도 모른다. 나는 염력으로 규칙을 뒤집을 수 있고, 내가 가진 영감의 불꽃은 모두가 따르지 않을 수 없다. 오전 동안 나는 이 혼란스런 임무를 수행하면서 앰뷸런스 뒤 칸에 들어가 모르핀을 찾고, 과도를 들이대며 쥐 같은 얼굴의 남자 대학생을 납치하려고 했다. 그런 뒤 망가진 전기톱으로 친구의 친구를 깨워서 영국식 아침 식사를 달라고 한다. 이상할 것 하나 없이 모두 자연스러운 일이다. 그런 뒤 수술 집게를 훔쳐 웨스트민스터로 가는 지하철에서 집게의 날카로운 끝을 다른 승객들 코 밑에 흔들면서 내가 의회에 가서 닉 클레그°의 이를 뽑을 거라고 소리친다. 그런 뒤 사태는 더욱 가파르게 내리막길로 치닫는다.

내 주머니에는 처방받은 안정제가 있다. 강한 약효의 파란색 약인데, 나는 그것을 계속 요리용 브랜디와 함께 삼킨다. 마음 한

○ 2005년부터 2017년까지 자유민주당 당수를 지낸 정치인.

구석에서는 멈추어야 한다는 것을 알고 있지만, 약을 먹어도 진정이 되는 것 같지 않다. 사실 그 반대다. 잠도 부족하고, 식사도 제대로 못하고, 알코올과 약물에 절어 있으면서도 나는 역 밖으로 뛰어나간다. 그리고 피자 익스프레스의 한 지점을 습격해서 누군가의 테이블에 있는 노란 카네이션을 바닥에 내동댕이친다. 그리고 그곳 손님과 직원들에게 혁명이 시작되었다고 말한다.

나는 내 말에 사람들이 어떻게 반응하는지 기다리지 않는다. 그들이 앞치마와 냅킨을 던지고 밖으로 달려 나올 때, 나는 그들을 떨치고 의회 광장으로 달려간다. 자유민주당 당수의 이를 뽑겠다는 약속을 잊지 않았기 때문이다. 의사당 건물은 에메랄드 바다에 솟은 등대처럼, 언덕 위의 불꽃처럼 빛난다. 약 때문인가? 수면 부족 때문인가? 아니면 분열된 정신에 세상이 뒤틀린 것인가? 알 수 없다. 나는 고함치며 그것을 향해 돌진한다. 군중은 내가 모세라도 된 것처럼 기적적으로 갈라진다. 하지만 강화된 경찰 기동대의 전열은 그러지 않는다. 나는 그들의 방패와 경찰봉에 부딪혔다가 팅겨 나와서 군중 속으로 떨어진다. 그리고 사방으로 뛰어다닌다. 그 에너지가 나를 떠나지 않는다. 나는 웨스트민스터 사원 단독 습격을 시도한다. 대법원 방화를 시도한다. 화이트홀에 도착하자 그것이 보인다. 내가 찾는 줄도 몰랐던 열쇠, 도로 중간에 솟은 거대한 돌 단추, 그 옆면에는 레버와 깃발들이 달려 있다. 그 물체에는 강력한 힘이 있다. 나는 그 힘을 이용해서 의회를 지워버릴 수 있다. 그것이 가장 엄숙한 전몰 위령비인 세너태프라는 사실은 의식에 들어오지 않는다. 오직 나의 긴급한 임무만을 생각했다. 나는 전속력으로 달려가서 그 옆면으로 뛰어오른 뒤 거기 늘어진 튼튼한 영국 국기를 잡는다. 그리고 암벽등반가처럼 벽을 차고 앞뒤로 흔들리며 펄쩍펄쩍 뛰고 고함을 지른다. 나는 내가 좋은 일을 한다고 확신한다. 나도 모르는 새 사진기자 한 명이 내 모습을 찍는다.

그것은 시작일 뿐이다. 날이 어두워지면서 시위도 어두워진다. 가면 쓴 무리가 탈세한 기업들의 건물 창문을 깬다. 경찰 기동대는 시위대의 머리를 쾅쾅 내리친다. 기마경찰 한 명이 한 여자의 머리채를 잡고 끌고 가다가 도로 경계석에 내던진다. 찰스 왕세자는 롤스로이스를 몰고 오페라 극장으로 가려다가 시위대에 갇힌다. 내가 차창 밖에서 그에게 손을 흔들자 그도 분명히 손을 흔들어 답한다. 나는 그의 경호 차량 보닛에 뛰어올라가 시위대에게 왕족처럼 손을 흔든다. 나는 왕이다.

손에 미니 세너태프 모형을 들고 있으니, 세상 꼭대기에 오른 것 같던 그 느낌이 화르륵 되살아난다. 대뇌 피질 전체에서 터져오르는 불길. 그것은 하늘을 나는 꿈을 실현한 것 같았다. 생각과 행동 사이에 아무런 장벽이 없는 것 같았다. 그날 무언가 파손되었고, 그 상처는 아직도 남아 있다. 나는 그 물체를 테이블에 내려놓는다. 불쾌한 결혼 선물. 하지만 어쩌면 히스코트는 내가 전몰 위령비라면 자석처럼 이끌린다고 생각할지도 모른다. 그런 생각이 진실보다 더 말이 될지 모른다. 진실은 나도 아직 모른다. 비합리를 어떻게 이성으로 파악할 수 있을까? 그런 극단적인 자제력 상실을 나 자신이 합리적 인간이라는 생각과 어떻게 나란히 놓을 수 있나? 내가 그런 일을 저질렀다는 사실이 끔찍하다. 더 끔찍한 것은 그런 일을 한 나 자신의 일부는 아직도 어딘가 잠복해서 쉬고 있다는 것이다.

시위 다음 날, 어찌어찌 집에 돌아온 나는 아버지에게 그 일을 설명하려고 했다. 나는 솔직하게 말하려고 했다. 내게 힘이 있었는데 그 힘이 빗나갔다고. 약물이 문제였다고 말했다. 그것이 내 힘을 방해했다고. 아버지는 슬퍼 보였다. 힘없고 슬프고 겁도 난 것 같았다. 내가 세너태프 옆면에 매달려 있는 사진이 아직 신원이 밝혀지지 않은 채 신문 1면에 실렸다. 사람들은 분노했다. 그들은 그 일을 나와 같은 방식으로 보지 않았다. 그들이 본 것은 긴 머리의 시위 학생이 뜬금없이 전몰 위령비를 공격하는 모습이었다. 오래지 않아 그게 나라는 것이 밝혀졌다. 그러자 둑이 터졌다. "사람들이 너더러 죽으라는구나." 어머니가 컴퓨터 화면을 멍하니 들여다보며 말한다. "그리고… **나도** 죽으래." 무시무시한 내용의 편지와 소포가 나와 연관된 모든 주소에 날아들었다. 내 모교, 대학, 부모님 집. 검은 점.° 선물 포장한 개똥. 흰 가루. 죽음의 협박. 저주. 온 가족이 암에 걸려 죽으라는 욕설. 나는 아프가니스탄의 깃대에 걸려야 하고 어머니는 더 이상 개자식을 낳지 않도록 자궁을 들어내야 한다고도 했다. 나 때문에 온 식구가 표적이 되었다. 그런 뒤 경찰이 찾아왔다.

○ 로버트 루이스 스티븐슨의 소설 『보물섬』에서 해적에게 퇴진 또는 죽음을 통지할 때 쓰인 문양.

나는 세너태프에 새겨진 비명을 보고, 내가 그것을 오독한 단순한 문제인지—처음은 아니지만—생각해본다. 그때 내가 공격하려고 한 것은 '고귀한 영령들Glorious Dead'이 아니라 '고귀한 아버지Glorious Dad'였을 것이다. 그것이 히스코트의 관심을 끌려는 뒤틀린 시도, 그에게 강한 인상을 주기 위한 최후의 필사적인 노력이었다면 그것은 실패했다. 그는 재난 지역을 멀리 피해 갔다. 나를 경찰서에서 데려오고, 재판에 참관하고, 어머니와 함께 감옥으로 면회를 온 것은 데이비드였다. 누가 나의 아버지인가? 나는 마침내 답을 알았다.

이 판도라의 상자 같은 결혼 선물의 두 번째 물건은 꽤나 아름답다. 히스코트의 여동생이 만든 접시다. 나는 지금까지 그런 분이 있는 줄도 몰랐다. 유약을 바른 테라코타 접시 중앙부에 손으로 그린 그림이 있다. 한 남자가 커다란 망치로 가족용 대형 자동차 보닛을 내리치는 모습이다. 차에 대한 히스코트의 혐오는 여러 문서에 기록되어 있다. 그는 그것을 주제로 책 한 권을 쓰기도 했고, 내가 만난 그의 런던 시절 지인들 중 꽤 여러 명이 그의 자동차 절도나 훼손 습관과 관련된 사연이 있었다. 세너태프 모형이 어떤 식으로건 나의 일면을 반영하는 것이라면, 접시의 그림은 분명히 히스코트의 더욱 거친 본성을 표현하는 것이다. 그리고 그림 속 히스코트가 가족용 자동차—루프랙도 있고 뒤편에 어린애를 위한 카시트도 있는—를 공격하고 있다는 것이 의미심장해 보인다.

이 두 선물의 전체적인 메시지는 이번에도 파악하기 어렵지만, 개인적 의미가 담긴 것은 분명하다. 아마도 히스코트는 우리 사이의 비슷한 점을 지적하는 건지도 모른다. 어쩌면 그것은 경고일지 모른다. 그런 생각을 하자 나는 몸이 떨린다.

세너태프 사건 이후 나는 나를 정화해야 한다고 느꼈다. 내 몸에 무언가—대개는 약물—를 넣는 것은 도움이 되지 않았지만, 빼내는 것은 도움이 될 것 같았다. 내 안에는 분명히 제거해야 할 사악한 것이 있었다. 나는 솜강° 강가에서 손목을 그어 전사자들에게 피의 제물을 바치거나 세너태프 앞에서 낙하산병들에게 매질을 당하는 환상을 품었다. 그런 만행을 저질렀으니 그 일을 해줄 사람을 찾기는 어렵지 않을 것 같았다. 내 마음 한구석은 처벌을 갈망했지만, 몇 차례의 시시한 자해 행위를 빼면 이런 충동은 환상의 세계에 머물렀다. 다른 정화 방법을 찾아야 했다. 결국 나는 그냥 정맥에 주삿바늘을 꽂고 피를 빼냈다. 그리고 피가 굳기 전에 그걸로 짧은 편지를 쓰고, 편지와 주사기에 거의 가득한 남은 피를 히스코트에게 보냈다. 붉은 글씨로 적힌 편지 내용은 짧았다. "당신 피를 도로 가져가세요."

그것이 내 버전의 치료였다. 물론 완전히 효과적인 것은 아니었지만 당시에 내가 생각해낼 수 있는 최선이었다. 문제를 근원으로 돌려보내는 것. 그리고 그 편지를 마지막으로 히스코트를 내 삶에 끌어들이려는 노력을 끝냈다. 그의 결혼 선물이 정말로 경고라면, 나는 그 경고를 들어야 할 것이다. 우리 둘이 공유하

○   제1차 세계대전의 격전지로 유명한 프랑스의 강.

는 불안한 지대에 틈이 벌어진다. 나뿐 아니라 어쩌면 그에게도 그럴 것이다. 나는 처음으로 히스코트에게 있어 나의 의미는 나에게 이 모형 세너태프가 갖는 의미와 같지 않을까 하는 생각이 든다. 통제력을 잃었던 시간의 부끄럽고 두려운 기억을 상기시켜주는 존재. 그리고 상황이 다시 무너질 수 있다는 암시도 있다. 나는 다시 히스코트를 향한 마음을 닫기로 결심한다. 이번에는 피를 쓰지 않고 그냥 그를 원래 자리에 돌려놓을 것이다.

어쨌건 커피 테이블 앞에는 훨씬 더 긴급한 문제가 춤을 추면서 까만 부리로 세너태프를 물고 찌르는 중이다. 벤젠도 우리와 함께 돌아왔다. 이것이 히스코트와 내가 다른 운명이라는 분명한 증거이기를 나는 소망한다. 그의 까마귀는 날아갔고 아마 죽었을 것이다. 반대로 나의 까치는 떠나기를 거부한다.

20

버터에 부리 자국을 내고, 싱크대에 깃털을 떨구고, 책갈피에 고기와 돈을 숨기면서 까치는 다시 편안히 지내고 있다—어쩌면 영원히. 새를 풀어주려는 시도는 연을 풀어주려는 것만큼이나 헛된 노력이었다. 우리는 계속 시도하겠지만, 나는 이제 그것이 옳은 일인지 전만큼 확신이 들지 않는다. 녀석은 평생 우리와 살 운명일지도 모른다.

나는 이런 생각을 품은 채 책을 읽는다. 인간과 까마귓과가 함께 조화를 이루어 살 수 있는가? 그 질문은 이제 너무도 중요해졌다. 이런 이야기의 결말은 어떻게 되는가?

인간과 까마귓과가 함께 산 유명하고도 특이한 사례는 상당히 많다. 하지만 그것이 만족스러웠는지는 모르겠다. 송장 먹는 새와 함께 산 작가는 히스코트뿐이 아니었다. 시인 바이런은 여행길에 여러 동물을 데리고 다녔고, 그중에는 길든 까마귀도 있었다. 그 불쌍한 새는 바이런이 남긴 일기 곳곳에서 온갖 불행을 겪는다. 먼저 누군가에게 발을 밟혀서 절름발이가 된다. 그래서 내반족이었던 바이런과 비슷해지지만 동정은 별로 얻지 못한다. 바이런은 나중에 "매의 먹이를 훔친다"고 새를 때린다. 캐럴라인 램의 유명한 말을 뒤틀어서 인용하자면, 그는 미쳤고, 나빴고, 까마귀에게 위험했다. 찰스 디킨스는 런던 집에 말하는 갈까마귀를 두고 귀여워했지만, 그 새는 계단과 납 페인트를 먹고 안타깝게 생을 마감했다. 그리고 트루먼 커포티는 갈까마귀 롤라를 반려동물로 키우다가 흑마술사라고 시칠리아에서 쫓겨났다. 그 후 롤라는 로마에 있는 그의 집 발코니에서 몸을 던졌다가 트럭 뒤편에 내려앉아 사라졌고, 남겨진 커포티는 눈물을 삼켰다.

벤젠이 우리 집을 갈수록 편안해하자 나는 좀더 행복한 결말을 궁리해보지만 잘 되지 않는다. 유럽의 민간전승들은 까마귓과 새가 인가 근처에 오는 것도 금지한다. 창문 앞의 까치는 죽음을 의미한다. 지붕 위나 굴뚝 아래의 갈까마귀도 죽음을 의미한다. 그들은 인간 거주지 어디에 있든지 죽음을 의미한다. 그리고 그들의 비행경로에도 자주 불행이 따른다. 나는 역사를 살피다가 18세기 영국에서 갈까마귀를 키웠던 여자 몰리 리를 만났다. 그녀는 마녀라고 비난받았고, 그녀가 죽자 사람들은 그녀의 심장에 말뚝을 박고 살아 있는 갈까마귀를 함께 관에 넣었다. 마리 앙투아네트는 길든 까마귀를 키웠다고 한다. 손바닥에 케이크 조각을 올려놓고 까마귀가 쪼아 먹게 했다는데 그녀의 운명을 보라. "까마귀를 키우면 눈을 쪼인다"는 속담도 있다.

나는 죽은 시인들과 신화 책을 내려놓고 현실 세계에서 답을 찾아본다. 어쨌건 우리는 좋건 싫건 상관없이 이미 까마귀와 함께 살고 있다. 영리한 두뇌와 모험적 섭식으로 까마귓과—까마귀, 까치, 특히 갈까마귀—는 도시 환경에서 번성한다. 폭증한 인구만큼 까마귓과 새도 늘었다. 몇몇 추정에 따르면, 오늘날 세상에는 지구 역사상 어느 때보다 까마귓과의 개체 수가 많다. 어떤 도시에는 까마귀가 두 집에 한 쌍꼴로 있다. 바꿔 말하면 사람 다섯 명당 까마귀가 한 마리다. 거기다 그 숫자는 점점 더 늘어난다. 도시의 까마귓과 새들은 시골의 까마귀들보다 성공하고 있다. 더 많은 알이 성인기까지 자라난다. 까마귓과는 도시를 좋아해서 심지어 통근도 한다. 미국의 연구들에 따르면, 시골 지역 까마귀들은 집에서 일터까지 하루에 30킬로미터를 가고, 그린란드의 큰까마귀들은 쓰레기장을 찾아 150킬로미터 정도는 가볍게 이동한다. 도시는 아이러니하게 자연의 안식처가 되었다. 적어도 인간의 쓰레기를 먹이 삼을 수 있는 동물들에게는 그렇고, 까마귓과가 그중 하나다. 우리 도시들에 넘쳐나는 음식과 엄격한 사냥 금지 규정 덕분에 까마귓과 새들은 폭증한다.

그러니까 둥지에서 떨어져 우리 집에 들어온 까치는 그렇게 진기한 케이스가 아니다. 병들고 다친 까마귓과 새는 사람들 앞에 떨어지고, 때로는 사람들 손에 들어간다. 어쩌면 그런 무상 의료는 도시 생활의 또 한 가지 이점일 것이다.

나는 인터넷에 들어가서 까마귓과 새를 주운 뒤 이런저런 이유로 풀어주지 못하는 사람들의 커뮤니티에 접속하기 시작했다. 미들랜드에 사는 수줍은 컴퓨터광은 옛날 비디오게임 콘솔 복구 작업과 장애를 가진 떼까마귀, 까마귀, 까치 돌보는 일을 오가며 일상을 영위한다. 하이위컴의 괴짜 동물 조련사는 말하는 까마귀 염염을 먹일 때 식탁에 앉아서 거저리와 발톱 깎은 것을 자기 입으로 건네준다. 이스라엘의 휠체어 생활자는 뿔까마귀를 훈련시켜서 높은 선반 위의 물건을 가지고 오게 한다. 러시아의 젊은 헤비메탈 팬도 명령을 내리면 동전을 가져오는 까치를 키운다. 그리고 스태퍼드셔의 여자는 남편이 죽은 뒤 매해 크리스마스에 칠면조를 구워서 자신이 키우는 까마귀들에게 대접한다. 이런 조류 애호가들이 머무는 온라인 공간—크로우 포럼Crow Forum—도 있다. 나는 바이런이나 디킨스나 히스코트의 책보다 이곳에서 훨씬 유용한 조언을 많이 발견한다. 까마귓과 새들과는 온갖 종류의 공생이 가능한 것 같다. 집을 자유롭게 뛰어다니는 놈들이 있고, 새장에 사는 놈들이 있고, 주말이면 들판으로 자유 비행을 나가는 놈들이 있고, 술집에도 가고 휴가 때면 보호 장구를 하고 캠핑까지 가는 놈들도 있다. 벤젠의 이야기가 꼭 딱한 결말로 끝날 필요는 없다.

그렇다고는 해도 까마귓과와 함께 사는 일은 대체로 시끄럽고 지저분하다. 포럼의 토론 주제는 어떤 브랜드의 개 사료가 송장까마귀를 뒷마당으로 유인하는 데 좋은지, 까마귀가 실제로 닭의 생간을 좋아하는지 어쩐지 하는 것들이 중심이다. 갈까마귀는 자기 알도 잘 먹는다고 하고(소금 후추 없이 스크램블한 것, 알 껍데기가 약간 섞인), 큰까마귀에게 알맞은 장난감 추천도 있다(유치원생용 퍼즐이 잘 맞는 것 같다).

벤젠은 내가 책에 파묻혀 있을 때는 내 연구에 별로 관심을 보이지 않는다. 하지만 컴퓨터 화면에 새들의 사진과 비디오가 뜨자, 키보드 위에서 춤을 춘다. 다른 까치—알래스카 동물원에 사는, 조지라는 이름의 유난히 똘똘한 까치—가 사육사에게 떠드는 비디오를 보여주자, 녀석은 스크린에 고개를 바짝 대고 열중해서 보다가 조지의 이미지를 사납게 공격한다. 어느 까마귀가 얕은 욕조 가장자리에서 뛰어올랐다가 물을 크게 튀기며 물속으로 다이빙하는 모습은 어찌나 능숙하고 멋진지 감탄을 떠나 존경심까지 불러일으킨다.

크로우 포럼에서 어느 친절한 여자가 까치 일곱 마리를 키우는 자신의 집을 보여준다.

"어떻게 그렇게 하시나요?" 내가 묻는다.

"좋은 물건은 집에 못 둬요." 그녀는 새똥으로 범벅된 키보드로 타이핑한다. "다 감추고 망가뜨리고 더럽히니까요."

나는 야나에게 이런 대화를 보여준다. 야나는 그다지 즐거워하지 않는다. 그녀는 좋은 물건을 갖고 싶어 하고, 까치의 호기심 많은 부리가 화초나 장식물을 훼손하지 않도록 유리종을 잔뜩 사서 씌워놓자는 내 제안도 탐탁지 않아 한다. 시골에서 돌아온 뒤 벤젠은 그녀의 소중한 난초에 꽂혀 있다. 녀석에게 가장 즐거운 일은 새벽에 우리 방에 들어와서 난초 뿌리를 뽑고, 화분의 나무 칩을 야나의 속옷 서랍에 뿌리는 일인 것 같다. 그리고 까치가 있으니 우리는 아기가 필요 없다는 내 농담도 도움이 되지 않는다.

이런 난폭함과 어떻게 함께 살아야 하나? 까치의 에너지는 식을 줄 모른다. 파괴의 욕망은 끝이 없는 것 같다. 나는 까마귀 커뮤니티의 한 회원에게 조언을 구한다.

"아이패드를 사주세요." 그녀가 제안한다.

그러던 어느 날 나는 야나가 거실에 앉아 눈물을 쏟으며 욕을 하는 모습을 본다. 까치가 소중한 꽃을 부리에 물고 신나게 뛰어다니고 있다. 우리는 마침내 새가 야외에서 더 많은 시간을 보내야 한다고 합의한다. 크로우 포럼의 이야기를 들어보면, 길든 까치를 런던에 자유롭게 풀어주는 것은 재난을 부르는 일이라는 내 직감이 맞다. 하지만 새 우리를 만들면 어떨까? 울타리를 둘러서 녀석이 야외에서 안전하게 시간을 보낼 수 있는 공간. 거기에서라면 녀석이 무슨 짓을 하건 상관없을 것이다. 그리고 주말이면 시골집에 데려가서 자유롭게 풀어줄 것이다. 녀석이 다시 돌아오기를 희망하면서.

그래서 우리는 집 옆에 까치 우리를 만든다. 나는 뒷마당 전체를 우리로 만들고 싶지만 야나가 어쩌면 당연히 반대한다. 까치 우리는 부엌 옆벽과 이웃집 울타리 사이의 공간만 차지할 수 있다고. 남동생이 도와주러 오고, 셋이 함께 일하니 한나절 만에 작업이 끝난다. 동생과 내가 나무틀에 아연 도금 철망을 씌워 야나에게 건네면 야나가 그걸로 경사진 지붕, 벽, 문을 만든다. 그것은 마치 화단 감옥 같다. 철망 속에서 고사리들이 웅크리고, 아주까리가 복종하듯 절한다. 나는 발걸음으로 넓이를 가늠해본다. 그 어떤 인간 감방보다 더 길고 넓다. 새의 몸집을 생각하면 거대하다고도 할 수 있다. 감금 시설이라기보다는 까치 저택에 더 가깝다. 하지만 내가 이 새에게 느끼는 심리적 일체감을 생각하면, 녀석을 새장 같은 공간에 넣는 일은 불편하지 않을 수 없다.

까치는 내가 '자기 방'의 가구들을 가져다가 부엌 창문을 통해 야나에게 건네는 모습을 유심히 바라본다. 먹이 테이블이 나가고, 횃대가 나가고, 장난감들, 녀석이 팔을 떼어낸 플라스틱 부처상도 나가고, 녀석이 욕조로 쓰는 베이킹 트레이도 나간다. 라탄 바구니 바닥의 더러운 행주 밑에 벤젠이 신중하게 감춘 보물 무더기가 있다. 나는 잠시 멈춘다. 친구의 일기를 집어 든 것 같은 죄책감이 느껴진다. 하지만 어쩔 수 없이 호기심이 이긴다. 나는 새에게 들키지 않도록 문을 닫고 바구니를 뒤집는다.

조약돌, 라이터, 동전, 놋쇠 나사, 옷핀. 녀석의 미적 감각은 여덟 살 소년과 똑같다. 끈과 봉랍封蠟. 나는 거기서 내가 원하는 것 몇 가지를 훔치고, 바구니도 우리로 내보낸다.

벤젠을 내보내는 일은 좀더 어렵다. 녀석은 열린 창문 앞에 서서 차가운 수영장 가장자리에 선 사람처럼 불안하게 몸을 까딱인다. 나는 녀석의 곁을 지나 창문으로 올라간 뒤 천천히 우리로 내려간다.

"봐. 걱정할 거 없어. 어서 나와!" 내가 말한다.

내가 손을 내민다. 새는 긴장한다. 깃털이 몸에 바짝 붙자 꼭 파충류 같다. 석유에 젖은 도마뱀. 녀석은 발톱을 쫙 펴고 내 검지에 뛰어내려서 그것을 단단하고 따뜻하게 감싸 쥔다. 그런 뒤 머리를 바쁘게 움직이며 새로운 환경을 구석구석 살핀다. 나는 녀

석을 데리고 우리 끝에서 끝까지 걷는다. 녀석은 고개를 이리저
리 기울여서 포식자가 있는지 바닥에서 하늘까지 훑는다. 마치
귀에서 물을 빼내려는 사람 같다. 잠시 후 녀석은 그곳이 안전하
다고 판단하고 내 손에서 뛰어내려 탐험을 시작한다. 나는 우리
를 나와 창문을 닫는다. 야나가 안도의 한숨을 쉰다. 까치가 나
갔다.

21

    좋은 의도에도 불구하고 새를 밖에 두려는 시도는 실패로 돌아갔다. 녀석이 가련하게 유리창을 두드리면 우리 중 누군가— 대개 나—가 참지 못하고 녀석을 안에 들인다. 녀석이 지금처럼 바깥에서 불만 없이 잘 지내면서 고사리 틈에서 거미를 찾고 마당 울타리 너머 이웃에게 소리를 지르고 할 때도 나는 자주 녀석을 안으로 들인다. 철망 안에 갇힌 새를 보면 근육이 굳고 심장이 쿵쿵거린다. 포럼의 전문가들이 권장한 일인데도 무언가 잘못된 느낌을 피할 수 없다. 잘못된 느낌 이상이다. 나 자신이 갇힌, 벽에 둘러싸인 느낌이 든다. 이런 느낌이 벤젠 때문만은 아니다.

    나는 새에게서 시선을 돌려 히스코트의 결혼 선물인 세너태프 모형을 바라본다. 그것은 책상 한구석 종이 더미 위에 놓여 있다. 잘못된 느낌은 이 물건에서도 나온다. 그가 나에게 준 물건들 중에 서명한 시집이 아닌 것은 이것을 포함해서 몇 개 되지 않는다. 어떤 면에서는 귀한 것이지만 그렇다고 밝은 생각을 일으키지는 않는다. 진짜 세너태프 사건 이후 나는 철창 안에 들어갔다. 어쩌면 내가 가야 할 곳은 정신병원이었겠지만, 실제로 간 곳은 강력 보안 성인 교도소였다. 나는 수감되기 한참 전부터 이미 정신적 동요 상태에 들어가 있었다. 체포와 재판 사이의 여덟 달 동안 낯선 이들에게서 받은 수많은 편지와 메시지는 내가 감옥에서 당하기를 바라는 일들을 구체적으로 표현하고 있었다. "네 후장이 일장기 모양이 될 거야." 한 사람은 그렇게 말했다. 나는 나이에 비해 어렸고, 스물한 살의 나이로 수감자 중 가장 어린 편에 속했다. 필요하다면 무기를 만들어서 방어하겠다고 생각했지만, 그럴 가능성은 별로 없을 것 같았다. 나는 힘이 센 사람이 아니고 약간 여성적이기도 해서 실제로 여자로 오해받은 적도 꽤 된다. 나는 언제든 자살이라는 탈출구가 있다는 생각으로 나를 위로했다.

판사가 내게 유죄 판결을 내리고 18개월 형을 선고했다. 나는 수갑을 차고 뒷문을 통해 법원 뒤쪽의 대기소로 갔다. 겁에 질린 내가 창백한 얼굴에 여윈 몸으로 비틀거리며 걸어가자 아래쪽에서 기다리던 교도관들이 천천히 박수를 쳤다. 나를 수감시키는 일이 음침한 기쁨을 주는 것 같았다. 밴을 타고 가서 감옥의 거대한 입 속으로 삼켜진 뒤 일어난 사건들 중 기억에 남는 첫 번째 일은 옷을 완전히 벗는 것이다. 허리를 굽히세요. 포피를 당기고 페니스를 들어올려요. 혀를 들어보세요. 나는 갑옷을 모두 잃었다. 껍데기 없는 달팽이 같은 상태. 그리고 죄수복이 나왔다. 주머니 없는 얇은 회색 트랙슈트. 그리고 짧은 건강 검진. 자살 가능

성? '아직은 없음.'

　　그때와 지금을 가르는 장벽은 얇고 구멍이 숭숭 뚫려 있다. 감옥 사동의 숨결은 지금 여기서도 느껴진다. 공중에 떠도는 대마초 연기, 경보, 비명 소리, 철제 계단을 달리는 신발 소리. 층간에는 투신하는 사람들을 구하기 위해 철망이 펼쳐져 있다. 교도관 한 명이 대머리 수감자의 머리를 후려갈긴다. 또 한 명은 자살 감시를 하면서 의자에서 존다. 수감자 한 명은 계속 맨주먹으로 공중전화를 내리친다. '나는 죽었다'는 생각이 든다. 내가 가진 날카로운 물체는 볼펜뿐이다. 나는 그것을 손에 쥐거나 허리띠에 넣어서 24시간 휴대한다. 내가 그걸 가지고 있는 게 다른 사람의 눈을 후벼내기 위해서인지 어쩐지 모르지만, 그래도 내가 가진 물건 중에 내 마음을 안심시키는 것은 볼펜뿐이다. 교도관들은 그들만의 방식으로 나를 환영한다. 한 사람이 점심을 가지러 가는 내 발걸음을 멈춰 세운다. 그는 자신이 마음 내킬 때마다 항문 검사를 할 수 있다는 걸 알려주고 싶어 한다. 또 한 사람이 나를 부른다. "이리 와요. 당신을 보고 싶어 하는 사람이 있어." 그리고 나를 유명한 살인자와 한방에 가둔다. "저 새끼가 나한테 네 목을 부러뜨려달라고 하던데." 살인자가 입만 웃으며 말한다. 눈은 납처럼 차갑고 어둡다. 끝없이 느껴지는 침묵이 흐른다. 나는 우리 사이의 거리를 측정하고, 내가 어떤 선택을 할 수 있는지 따져본다. 아무것도 없다. "정말로… 그럴 생각이에요?" 내가 용기 내서 묻는다. "아니, 난 저 새끼가 싫어." 그가 말한다. 길고 긴 한 달이 지나자 나는 그곳보다 보안 수준이 낮은 감옥으로 이감된다.

듣기로 그곳은 사정이 더 낫다고 한다. 내가 거기 갔을 때, 수감자한 명이 자기 방에 들어오는 놈은 누구든 죽여버리겠다고 소리를 지른다. 교도관이 나를 안에 밀어 넣고 문을 잠근다. 내 새로운 감방 동기는 성난 얼굴로 나를 노려볼 뿐 아무 말도 하지 않다가 밤이 되자 어둠 속에서 말한다. "코를 얼굴에서 확 떼어버릴까 보다, 개자식." 나는 펜을 잡고 준비를 갖춘 채 벌떡 일어나 앉는다. "우리 딸 사랑해. 보고 싶어." 그가 말하고 코를 곤다. 잠꼬대다. 어떤 장소도 시간도 안전하지 않다. 바지를 내리고 변기에 앉아 있는데, 복면을 쓴 사람이 뛰어 들어와서 큰 칼을 휘두른다. 자다가 깨었더니 16년을 복역한 무기수가 옆에 서서 오럴 섹스를 요구한다.

물론 모든 게 나쁘지는 않았다. 감옥에는 약물이 있고, 나는 미술과 디자인 수업을 받았다. 같은 반의 연쇄 살인범은 내가 오토 딕스°의 그림을 베껴 그릴 때 분출하는 피를 표현할 알맞은 붉은색을 찾아주었다. 내가 시험에 통과하는 데 그의 조언이 도움이 되었을지도 모르지만, 그가 조각칼이나 가위를 집어 들 때면 나는 정신을 집중하기가 어려웠다. 감옥 도서관에서 발견한 연쇄 살인범에 대한 책에 따르면, 그는 도끼로 성직자의 목을 베었고, 그밖에도 여남은 명을 칼로 찔러 죽였다. 진정한 선량함과 아름다움이 빛나는 순간들도 있었다. 예상치 못한 친절과 온정의 사례들도 있어서 나는 거기 열심히 매달렸다. 하지만 좋은 것

○ 20세기 초중반에 활동한 독일 화가.

은 쉽게 잊히고, 반대의 것은 핏자국이 남는다.

석방일은 스물두 살 생일 닷새 뒤였고, 히스코트의 생일 당일이었다. 하지만 그 사실은 내 머리에 없었다. 내가 풀려난다는 것을 믿을 수 없었다. 겨우 넉 달이 지났다. 나머지 기간은 집에서 발목에 전자발찌를 차고 복역하고, 그런 뒤에는 보호관찰에 들어간다고 했다. 단계적 자유. 교도관 일부는 내 석방을 별로 마음에 들어 하지 않았다. 석방일이 다가오자, 교도관들이 방에 불쑥불쑥 들어와서 긴급 수색을 하곤 했다. 잠꼬대를 하는 내 감방 동기—전과가 누적된 그는 알고 보니 꽤 수다쟁이였다—는 감옥이 강력한 자석 같다고 경고했다. "한 번 감옥에 들어오면 두 번째 들어오는 일은 훨씬 쉬워. 감옥이 널 부를 거야." 그리고 그것을 물리치는 방법도 있다고 했다. 일종의 미신이다. 아침 식사를 하지 말아라. 안 그러면 여기 차를 마시러 돌아오게 된다. 여기를 나가면서 절대 뒤를 돌아보지 말아라. 안 그러면 반드시 돌아오게 된다. "다시 돌아오면 그때는 꼭 네 코를 떼어내주지." 그가 말했다. 그리고 나에게 작별 선물을 주었다. 성냥개비로 직접 만든 나무 라이터 케이스였다. 손잡이 부분에는 단검을 구불구불 감싼 뱀이 돋을새김되어 있었다. 치유의 상징. 하지만 그의 해석은 달랐다. "감옥은 상처를 내고 심장에 독을 주입해." 나는 그에게 고맙다고 말하고 떠났다.

차가운 11월 햇살 아래로 나가니, 부모님이 창문을 검게 칠한 자동차에서 나를 기다리고 있었다. 그들은 나의 석방을 몹시 기뻐했다. 이런저런 이유로 이 일은 나보다 두 분에게 더 가혹했다. 상상력이 만들어내는 공포는 엄청나다. 그리고 나는 그동안 입을 꾹 다물었다. 집으로 전화나 편지를 할 때 감옥 생활을 최대한 장밋빛으로 그렸다. 부모님에게 걱정을 끼쳐드리지 않기 위해서기도 했고, 여기서 무너지지 않겠다는 결심 때문이기도 했다. 내가 믿으면 그것은 진실이 될 것이다. 자동차가 감옥을 떠날 때 나는 뒤를 돌아보았다.

요란한 새 울음소리에 나는 책상에서 벌떡 일어난다. 무언가 문제가 있다. 나는 얼른 창가로 간다. 벤젠이 멍청하게 자기 영토에 들어온 뒤영벌을 쫓고 있다. 나는 녀석이 뒤영벌을 죽여서 몸통을 포석 사이에 넣고 그 무덤 위에 나뭇잎을 덮는 모습을 본다. 아무 문제없다. 녀석은 안녕하다. 하지만 새가 철망 안에 있는 모습을 보면 내 머릿속에 자꾸 경보가 울린다. 대단치 않은 일에도 공포 반응이 인다.

나는 감옥에서 얻은 상처가 없다—적어도 눈에 보이는 것은 없다. 교도관들의 악의보다 중요한 것은 수감자들 사이의 연대고, 내 동료 수감자들은 다행히 내가 반항했을 때 나를 깔아뭉개지 않았다. 감옥은 나를 씹지 않고 다시 내뱉었다. 집으로 가는 길에 우리는 서식스주가 내려다보이는 언덕 위에 섰다. 나는 바람 속에 서서 거대한 자유와 해방의 물결이 나를 강타하기를 기다렸다. 하지만 아무것도 오지 않았다. 담뱃재처럼 쓸쓸하고 허무한 느낌이었다. 아무런 느낌도, 해방도 없었다. 그건 내가 정말로 떠나지 않았기 때문인지도 모른다. 어머니가 그것을 가장 먼저 알아챘다. 내 눈이 어디에서 공격이 올까 두려워하며 쉬지 않고 사방을 둘러보는 모습. 나는 새로운 인생관을 얻었다. 끊임없이 사주 경계를 해야 한다는 것. 새로운 좌우명도 생겼다. 불안이 나를 살아 있게 한다는 것. 희극적인 일이었다. 나는 계단이나 에스컬레이터에서 게처럼 옆으로 걸었다. 그래야 양쪽에서 오는 공격을 볼 수 있기 때문이다. 길을 걸을 때는 지그재그로 걸으면서 가로등 뒤에 숨거나 다른 사람들 옆에 바짝 붙어서 다녔다. 그래야 누가 나에게 총을 쏘기 힘들기 때문이다. 누가 나를 향해 다가오면 그 사람이 나를 해코지할까 경계하면서 만약 그런다면 아직도 오른손에 쥐고 있는 펜을 그의 목이나 눈에 박아 넣을 준비를 했다. 나는 언제 어디서나 감시당했다. "너 미친 사람 같아." 나를 찾아왔던 친구 한 명이 슬픈 얼굴로 말했다. "왜 모두가 너를 보느냐고 묻지 마. 네가 그래서 보는 거니까."

약물에 뒤틀린 내 정신이 내가 상징의 힘을 사용할 수 있다고 믿었다 해도, 상징은 이제 나에게 악영향을 끼쳤다. 석방된 다음 해 여름에 영국은 올림픽과 여왕의 즉위 60주년 기념식이 있었다. 거리거리에 성 조지 십자가°를 두른 사람들이 쏟아져 나와 행복한 얼굴로 유니언 잭°°을 흔들었다. 내 눈에는 모든 사람이 잠재적 살인자로 보였다. 영국 민족주의와 관련된 모든 것, 세너태프, 추모, 군대는 적색 경보였다. 범퍼에 추모의 양귀비꽃을 붙인 차들은 모두 나를 치려고 했다. 잉글랜드 후드티를 입은 사람

○   잉글랜드 국기 문양.
○○   영국 국기.

들은 모두 극우 단체의 회원으로 나를 찔러 죽이려고 했다. 상징의 복수였다. 어떤 사람들은 그걸 정의라고 할 것이다.

이런 긴장 상태로 살다보니 내 투쟁/도피 반응은 엉망이 되었다. 나는 친구나 가족들과 함께 카페나 레스토랑에 있다가 갑자기 테이블 밑에 숨거나, 밖으로 달려 나가거나, 그들은 보지 못하는 것에 질겁하거나, 여러 달 전의 사건에 반응하거나 해서 사람들을 놀라게 하기 일쑤였다.

그때 아마 전문가를 찾아가는 게 좋았을 것이다—나를 위해서뿐 아니라 주변 사람들을 위해서도. 도피는 딱히 피해를 주지 않는다. 투쟁과는 다르다. 사소한 일에도 자리를 피해 달아나는 것처럼, 내 평정심도 내게서 달아나기 시작했고 그 방식은 낯설고 황당했다. 어떤 사람이 기차에서 표를 보자는 검표원에게 당신 눈알을 뽑아서 애널 비즈°로 만들겠다고 소리를 쳐서 보니 그 사람이 나였다. 내가 귀신들린 사람처럼, 당장 체포해 마땅한 사람처럼 주체 못하고 소리를 질렀다. 내가 걸음아 날 살려라 하고 교통경찰을 피해 달아났다. 감방 동기의 예언은 아주 이른 시기에 실현될 뻔했지만, 그 사건만이 아니었다. 나는 이런 폭발의 의미를 이해해보려고 노력했다. 이런 일은 내가 원하는 이야기와 맞지 않았다. 그래서 나는 그것들을 덮어 가리고 그런 일이 없는 척했다. 누군가와 의논해야 했다. 하지만 그러려면 먼저 무언가 잘못됐다는 걸 인정해야 했는데 그럴 수는 없었다. 나는 다시는

° 구슬을 엮은 형태의 섹스 토이.

나의 약점을 보여주지 않을 생각이었다. 나는—현실적 증거들과 반대로—내가 국가보다 더 강하다고 믿었다. **내가 심연을 응시했는데 심연이 먼저 눈을 깜박였다**°고 확신했다. 이런 그림에 어울리지 않는 기억은 재가공했다. 나는 감옥에서 집으로 가는 길의 언덕에서 세상을 내려다보면서 자유와 해방의 황홀한 쇄도를 맛보았다고 확신했다. 하지만 사실은 아무런 감정이 없었고, 나는 중력에 의해 땅에 끌어내려졌다.

선량하지만 그리 예리하지 않은 한 친구는 내가 고전적인 '카타바시스katabasis'를 겪었다고 말했다. 그것은 신화에서 저승에 간 영웅이 죽음을 거부하고 신성한 지혜를 가지고 돌아오는 일을 말한다. 나는 이 비유가 마음에 들었지만, 그렇다 해도 그 신성한 지혜는 도중에 잃어버린 것 같았다. 내가 심연에서 가져온 것은 망상과 예측 불가능한 분노뿐이었기 때문이다.

저승에서 가져온 이 선물들은 그 뒤로도 계속 내 곁에 있었다. 그리고 습관으로 바뀌었다. 내가 무언가 잘못된 것 같다고 힘없이 인정하기 시작한 것도 극히 최근의 일이다. 팔뚝만 한 길이의 칼을 침대 옆 테이블에 하나, 현관 옆, 뒷문 옆, 책상 위, 욕실에도 하나씩 두고 사는 일은 건강하거나 정상적이지 않다는 것. 집배원이 올 때마다 우편함 구멍으로 질문을 하는 것은 예의가 아니라는 것. 자동차 소리나 현관 노크 소리—또는 철망 안에 있는 새의 모습—에 육체적인 공포를 느끼면 안 된다는 것. 이런 변화

○ 니체의 말 '내가 심연을 응시하면 심연도 나를 응시한다'를 뒤튼 것.

에는 야나가 중요한 역할을 했다. 그녀의 참을성이 우리의 관계를 지속시켰다. 하지만 그녀가 가끔 참을성을 잃을 때, 나는 상황을 제대로 보기 시작했다. 내가 한 일에—투쟁이건 도피건—그녀가 기겁하고 당황할 때.

자의식은 별 도움이 되지 않는다. 나는 창가를 벗어나 책상에 앉아서 집중하려고 하지만 소용없다. 침묵의 경보는 계속되고, 나는 그것을 차단할 방법이 없다. 세너태프 모형이 다시 보이자, 나는 욕을 하면서 그것을 눈에 보이지 않게 서랍에 넣는다. 바깥에서는 새가 깍깍거린다. 나는 책상에서 벌떡 일어난다. 그리고 아래층에 내려가서 부엌 창문을 넘어 우리로 나간다. 새는 내 머리 위에 자리 잡고 앉아 나를 내려다본다. 내가 손을 내밀자 녀석이 그리 내려온다. 그것은 나를 지금 여기에 고정시켜주는 든든한 추다. 침묵의 경보가 꺼진다.

22

시골집에 가면 벤젠은 들어왔다 나갔다 한다. 문으로, 창문으로, 가을이 오면서 단풍이 드는 나뭇잎 사이로. 계절이 변해도 새는 아직 우리 곁에 있다. 우리 가족 대부분이 그렇듯 녀석이 가장 좋아하는 곳도 부엌이다. 거기에는 할머니가 있다. 할머니는 대개 식탁 끝에 앉아 토요일 신문들을 앞에 놓고 차가운 잎녹차를 마신다. 백만장자 겸 텔레비전 리얼리티 쇼 출연자인 대통령 후보 도널드 트럼프의 붉은 얼굴이 모든 신문 1면에서 할머니를 바라본다. 그는 가망 없어 보이는 대권 도전에서 또다시 황당한 이야기를 했다. 국경을 봉쇄하고, 기후협약을 파기하고, 멕시코 국경에 장벽을 세우겠다고.

"멍청하고 못난 미국 놈." 할머니가 말한다. 할머니는 한국전쟁 때의 일로 미국을 용서하지 않았다. 그때 할머니는 통역사로 참전했고, 인간의 살이 네이팜탄에 타는 냄새를 아직도 기억한다. 돼지고기 굽는 냄새와 비슷하다고 한다.

할머니는 신문에서 시선을 돌리지 않은 채 손으로 식탁을 탕 내리친다. 찻잔과 잔 받침이 달그락거린다.

"잡았다, 이놈." 할머니가 말하고, 죽은 파리를 바닥에 던진다.

할머니는 파리 잡기 명수다. 마오쩌둥의 참새 박멸 운동이 성공을 거두자, 중국은 곤충 문제를 겪게 되었다. 할머니 말에 따르면, 파리 박멸 운동은 이 문제를 해결하려고 시작되었다. 할머니는 이 운동에 열정적으로 참여해서 할당량의 서너 배를 채웠고, 성과가 뛰어나 훈장도 받았다. 당국이 몰랐던 것은 할머니가 침대 밑에 썩은 뱀을 숨기고 파리를 직접 키워냈다는 것이다. 뱀은 금색이었는데, 거기서 나오는 파리도 금색이었고, 할머니는 그 때문에 더욱 칭찬을 받았다. 벤젠이 거기 매혹되었다. 녀석도 파리에 열정이 있었다. 나무 식탁의 흠집 난 표면을 걸어서 할머니의 팔뚝에 가 앉더니 아부하듯 절을 하고 낮은 소리로 소곤거린다. 그렇게 아양 떠는 모습은 처음이다. 할머니가 녀석을 보고 웃는다. 할머니는 이미 까치에 대한 평생의 미움에 예외를 두기로 마음을 먹으셨다.

"어쩌면 이렇게 똑똑할까." 할머니가 말한다. "말도 할 수 있을까?"

까치는 말을 할 줄 안다. 까마귓과가 다 그렇다. 하지만 벤젠은 아직 말을 한 적이 없다.

할머니는 잠시 생각하다가 신문을 본다.

"망할 놈! 트럼프!" 할머니가 말한다. "망할 놈! 트럼프!"

"트럼프!" 새가 소리친다. "트럼프! 트럼프! 트럼프!"

"맙소사." 할머니가 말한다. "따라 해보렴, 벤젠. 망할 놈 트럼프! 망할 놈! 트럼프! 망할 놈, 망할 놈, 망할 놈! 트럼프!"

"트럼프!" 벤젠이 처음으로 인간의 언어를 말하며 기뻐서 소리친다. 그리고 식탁 위를 걸어 다니며 꽁지를 흔들고 나와 야야에게 또 개에게 "트럼프!" 한다. 그 소리에 개는 칭얼거리다 부엌을 나가고, 여동생은 겁을 먹고 운다.

이 일 이후 녀석은 스위치가 켜진 것 같다. 집에 돌아온 뒤 몇 시간씩 욕실 거울 앞 수전에 서서 혼자 장광설을 쏟아낸다. 헬륨을 마신 사람의 목소리 같은데, 내용이 뭔지는 들릴 듯 들릴 듯 들리지 않는다. 오래지 않아 이런 뒤죽박죽 소리 뭉치에서 분명한 표현이 또 하나 나타난다. 어느 날 새벽 내가 벌레를 줄 때 녀석이 "컴온!Come on!" 하고 말한다. "컴온! 컴온! 컴온!"

트럼프는 물론 모두가 아는 그 사람이다. 새는 그 이름을 부리에 넣고 굴리고 또 굴린다. 나쁜 아니라 전 세계에 불안을 일으키는 이름. 하지만 아무리 연습시켜도—실제로 나는 매일 아침저녁으로 시도한다—녀석은 그 이름 앞에 "망할 놈"을 붙이지 못한다.

하지만 새가 그다음으로 한 말은 나를 생각하게 만든다. '컴온'은 너무도 많은 뜻을 담은 말이다. 짜증, 불신, 답답함, 심지어 적대감까지. 내가 새에게 '컴온'이라고 말했을 때—녀석을 침실 밖으로 내보려고 할 때, 머리카락에서 고깃점이 또 나왔을 때—도 그런 여러 가지 뜻을 담았을 것이다. 하지만 녀석의 높고 밝은 억양은 그 말에 발랄한 느낌을 준다. "컴온!" 새가 말하며 책상 위에서 춤을 춘다. "컴온!" 그리고 격려의 말로 내 안에 있는 무언가를 부른다.

피깃털

Blood Feathers

○ 솜깃털과 같은 말. 손상되면 출혈이 있기 때문에 이런 이름으로도 불린다

23

겨울 한철 동안 예상치 못한 변화들이 있었다. 그 변화로 인해 나는 벤젠이 나누어주는 격려의 말들에 감사하게 되었다. 도널드 트럼프가 백악관에 들어가는 재난이 있었고, 그보다 약간 낮은 등급의 재난으로, 트럼프의 이름을 부르는 까치가 비행을 금지당했다. 녀석은 크리스마스 때 시골집에서 실종되었고, 크로우 포럼의 전문가들은 녀석이 야생에서 죽을 거라고 입을 모았다. 그들은 벤젠이 너무 길들고 사람의 손을 많이 타서, 시골집처럼 풍요로운 곳에서도 생존하기 어려울 거라고 했다. 그리고 이제 안전을 위해 야외 비행을 금지해야 한다고. 이 이야기는 충격이었다. 처음에 새를 집에 데려왔을 때 우리는 좋은 일을 한다고 생각했다. 하지만 그렇게 단순하지만은 않다. 그들의 말이 맞다면, 녀석은 원하건 원치 않건 평생을 우리 곁에서 살아야 할지도 모른다. 사육 상태의 까치는 때로 20년도 넘게 산다. 야나가 골판지 상자를 집으로 가지고 왔을 때 나는 그런 일은 생각하지 않았다.

하지만 가장 중요한 변화는—적어도 나를 중심으로 한 우주에서는—내가 아이를 갖는 일에 대해 야나와 합의한 것이다. 그것은 물론 합리적인 결정이다. 나 역시 인생의 어느 시점에 아이를 갖고 싶고, 그 시간을 미룰수록 어려움이 커진다는 야나의 주장은 무시하기 어렵다. 이성적으로는 나도 동의하지만 심정적으로는 그렇지 않다. 문제는 내가 아직도 공포에 휘둘리고 있다는 것이다. 최악의 시나리오와 상상의 재난에 몸을 떤다. 내가 싫다고 하면 야나가 떠날지 모른다는 생각—야나가 그런 암시를 준 것은 아니지만—이 아기가 가져올지 모르는 앞날의 가상적 재난보다 훨씬 긴급하게 느껴진다. 아버지가 되는 현실에 대한 분별력은 나를 비껴간다. 그 뜨거운 공포 덩어리는 내가 내려놓은 자리에 그대로 남아서 발길을 가로막는다. 그래서 나는 고민을 멈추기 위해 야나의 생일이 있는 달인 7월을 시한으로 정했다. 지금은 2월이다. 그러니까 반년도 남지 않았다. 평생 자기감정을 제대로 살펴보지 않은 사람에게는 빠듯해 보이는 목표지만 어쨌건 시작한다. 게으름뱅이를 움직이게 하는 데는 시한 정하기만 한 것이 없다.

이런 마음 상태로 나는 오늘 저녁 히스코트를 만나러 간다. 그는 결혼식 이후 이상하게 열의를 보인다. 세너태프 모형은 그것을 미리 알리는 전조 역할일 뿐이었다. 책(물론 그 자신의), 행사 초대, 내가 쓴 글들에 대한 친절한 논평이 그 뒤를 따랐다. 내 분노한 마음은 그런 일을 그 자신의 죄책감을 달래려는 자기만족적 시도라며 무시했다. 물론 그런 점도 있겠지만, 그가 화해를 위해 노력하고 있는 것은 분명하다.

가장 최근의 초대장은 그의 새 책과 함께 왔다. 반미反美를 주제로 한 시집이고, 도널드 트럼프를 거대한 돼지로 그린 섬뜩한 삽화가 들어 있다. 나는 출발하기 전에 아무 쪽이나 펼쳐서 야나에게 읽어준다.

아메리카의 비즈니스는 비즈니스
그들의 최고 비즈니스는 전쟁.
할리우드를 이용해서 자신의 가치를 팔고
세상을 자신의 창녀로 만들지.

"그분은 **이런** 글을 쓰기 위해 가족을 버려야 했던 거야?" 야나가 고개를 흔들며 말한다.

하지만 그의 초대장은 다정하고, 나는 그를 놀린 일과 그의 앞선 시도들을 무시한 일에 죄책감이 든다. 그는 이제 '아버지'라고 서명하지도 않는다. 이번에는 우리가 마침내 제대로 이야기를 할 수 있을지도 모른다. 이제 나 자신이 아버지가 될 가능성이 높아진 상황에서 나는 그 어느 때보다 더 그때 무슨 일이 있었는지 알아야 할 것 같다. 그는 왜 사라졌는가? 왜 달아나야 했는가? 그리고 갈까마귀의 수수께끼도 있다. 아기는 돌보지 못하면서 어떻게 새는 돌볼 수 있었는가?

출판 기념회에 가는 길에 소호의 한 이름 없는 바에 들렀을 때 내 결심은 흔들린다. 광기는 똑같은 일을 하면서 다른 결과를 기대하는 것이라는 유명한 말이 떠오른다. 과거에 히스코트와 시도한 대화는 까치와 대화하는 것과 비슷했다. 내가 무슨 말을 하건 언제나 똑같은 말만 돌아왔다. 오늘 저녁이 어떻게 흘러갈지 훤히 보이는 것 같다. 히스코트는 형편없는 시를 여러 편 읽을 것이다. 그런 뒤 우리는 짧고 어색한 대화를 나누고, 옆에서는 그의 거친 팬들이 계속 방해를 할 것이다. 나는 조용한 데 가서 술을 한잔하자거나 다음에 그가 런던에 오면 우리 집에 오라고 하거나 아니면 내가 그의 집에 찾아가도 되느냐고 물을 것이다. 그는 재빨리 내 곁을 떠날 것이다. 다음 역에서 내려서 그냥 집으로 돌아가고 싶은 충동을 느끼지만 야나가 말린다.

"노력은 해봐야지." 그녀가 말한다. "안 그러면 기분이 더 나빠질 거야."

우리는 토트넘 코트 로드 역에서 내린다. 밖은 늦겨울 런던에서만 볼 수 있는 고약한 날씨다. 지저분한 가랑비, 안개, 연기, 사람들 구두 밑창에 휴지처럼 달라붙은 『이브닝 스탠더드』 신문. 우리는 납작돌로 포장된 옆길로 들어가서 모퉁이에 있는 좁고 후텁지근한 칵테일 바로 간다. 문을 열고 들어가면서 나는 피할 수 없는 것을 맞기 위해 마음의 준비를 한다. 익숙한 무리가 보인다. 여자친구에게 얹혀사는 한물간 시인들과 1968년에 잠깐 저메인 그리어°의 옆에 있었다는 이유로 자기들이 대단한 줄 아는

○ 『여성, 거세당하다』라는 책으로 유명한 페미니스트 작가.

시끄러운 노인들. 히스코트 행사의 단골들이다. 하지만 정작 히스코트는 없다.

"그분은 안 와요." 내가 그에 대해서 묻자 그의 팬 한 명이 말한다. "저기 저분이 대신 낭송해요."

그는 턱짓으로 물방울무늬 넥타이를 맨 중년 배우를 가리킨다.

"전형적이군요." 내가 웅얼거린다. "필요할 때 볼 수가 없는 거."

"그건 아니에요. 그분은 살날이 얼마 안 남았어요. 몰랐어요?"

내가 그 말에 눈을 깜박일 때 처음 보는 여자가 내게 다가온다. 40대 초반, 마른 체형, 불안한 표정. 얼굴은 뾰족한 턱과 두드러진 광대뼈가 친숙한 역삼각형을 하고 있다. 예리한 눈빛. 처음 보는 사람이지만 이미 아는 사이 같다.

"안녕, 찰리." 그녀가 말한다. "나는 네 누나 차이나야."

그녀의 이목구비가 왜 익숙한지 갑자기 명확해진다. 그 뾰족한 턱, 광대뼈, 역삼각형 얼굴은 내가 매일 거울에서 보는 것이다. 차이나. 나의 두 이복누이 중 첫째. 어린 시절 나는 그녀와 작은 누이 릴리를 신화화하며, 친구들에게 '오래전에 헤어진' 두 누나가 있다고 이야기하곤 했다. 마치 우리가 자의가 아니라 어떤 낭만적인 비극―고아원에서 헤어지거나 바다에서 난파를 당하거나 하는―으로 서로를 잃어버린 것처럼. 하지만 진실은 그들이 나를 만나고 싶어 하지 않았거나 만날 수 있다고 생각하지 않았다는 것이다. 나에게는 이미 형과 누나가 넘쳤다. 하지만 이 숨겨진 누이들이 나와 조금 더 비슷할 거라는 생각은 유혹적이었다. 나는 전에 차이나와 연락하려고 했던 적이 있지만 큰 노력은 기울이지 않았다. 히스코트를 만나는 게 가장 중요해 보였기 때문이다. 하지만 때때로 그녀를 안다고 말하는 사람을 만나면 이메일 주소나 전화번호를 물었다. 그러면 사람들은 "먼저 차이나한테 물어보고요" 하고 말했고, 그런 뒤에는 아무 소식이 없었다.

우리는 어색한 포옹을 나눈다. 그녀는 앙상한 체형이다. 재킷이 흠뻑 젖은 걸 보니 내가 그곳을 떠나길 바라며 밖에서 한참을 기다린 것 같다. 우리는 잠시 침묵 속에 서로를 바라보며 이제 어떻게 할지를 생각한다.

"다른 사람들한테 인사 좀 하고 올게." 차이나가 말한다. "오래 안 걸릴 거야."

내 미심쩍은 눈앞에서 그녀는 사람들 틈으로 사라진다.

"오래전에 헤어진 동생이 **또** 있나봐." 내가 심술궂은 목소리로 야나에게 말한다.

"그러지 마." 야나가 말한다. "불안해서 그러는 거야."

새로 생긴 누이는 행사 시작 몇 분 전에 돌아온다. 겨우 몇 분 동안 27년의 이야기를 해야 한다. 그 간극이 너무 넓어서 기본적인 정보만이 오간다. 차이나 윌리엄스. 변호사. 세 아이와 함께 런던 서부 거주. 밀접한 접촉은 아니다. 나는 당혹스럽다. 부친에게 질문을 하려고 왔다가 처음 보는 누이를 만나고 있는 데다 그가 살날이 얼마 남지 않았다니.

"히스코트는 어때요?" 내가 간신히 묻는다.

"안 좋으셔. 아주." 차이나가 말한다.

더 이상 물어볼 시간이 없다. 조명이 어두워지고 물방울무늬 넥타이의 남자가 일어서서 목을 가다듬는다. 우리는 전화번호를 교환하고 곧 다시 만나자고 한다.

24

나는 이주일 동안 차이나에게 연락하지 않는다. 그녀가 먼저 침묵을 깨주었으면 하는 은근한 바람도 있고, 혹시 내가 연락했을 때 응답이 없으면 어쩌나 하는 두려움도 있다. 그녀가 왜 그렇게 오랜 세월이 지나서야 나에게 인사를 했는지 모르겠다. 아니면 무슨 일로 이제 와서 나를 만나고 싶다고 생각하게 된 건지. 내 머릿속에는 히스코트의 낭송회에서 들은 어느 비음 섞인 목소리가 울린다. "그분은 살날이 얼마 안 남았어요. 몰랐어요?"

어쨌건 무언가 누그러들었다. 내가 마침내 용기를 내서 메시지를 보냈을 때 그녀가 다정하게 응답했기 때문이다. 이어 나는 그녀의 집으로 저녁 식사 초대를 받는다. 차이나와 세 아이, 그리고 둘째 누나 릴리가 함께 한다고 한다.

차이나의 집을 찾아 런던 서부의 어느 길을 걸어가다보니, 그곳은 내가 수백 번 지나다닌 동네다. 일주일에 서너 번 다닌 복싱 클럽이 바로 근처다. 그녀는 일요일 아침에 내가 큰길에서 복싱 클럽 아이들—어쩌다 내가 맡게 된—을 데리고 조깅하는 모습을 보았을 수도 있다. 의붓누나 한 명도, 가까운 친구 두 명도 근처에 산다. 우리가 여태 서로 다른 차원에 살아서 가까운 곳에 있으면서도 보지 못했던 것 같다.

누이의 집에 처음 들어가는 기분은 꼭 거울의 방에 들어가는 것 같다. 자전거와 축구화 들이 엉켜 있는 복도를 지나 부엌에 들어가니 장난기 담긴 뾰족한 턱의 역삼각형 얼굴 넷이 나를 바라본다. 그 얼굴들의 표정은 아이다운 천진함에서 청소년의 무심함, 그리고 의구심과 슬픔의 기이한 결합—차이나의 경우—까지 다양하다.

차이나의 부엌도 아주 친근하다. 나무 가구들에는 귀 빠진 머그잔, 찌그러진 비스킷 통, 엽서가 흘러넘친다. 안쪽 끝에 있는 식물들은 망가진 긴 의자 위로 벽을 타고 올라간다. 벽에는 아이들 그림이 가득하다. 혼란스럽지만 정겨운 자유분방함이 느껴진다. 히스코트가 그린 유화 한 점이 원목 식탁 위에 걸려 있다. 추모의 양귀비 꽃밭인데, 양귀비꽃의 꽃잎이 찌그러진 코카콜라 캔으로 되어 있다. 파국적 자본주의에 대한 노골적인 비판일 것이다. 그 아래에서 차이나의 막내, 숱 많은 금발머리 소년이 황금색 펜으로 병뚜껑에 색을 칠하고 있다.

"보물을 만들어서 보물 상자에 넣으려고요." 아이가 금화를 내밀고 말한다. "보여드릴까요?"

릴리가 늦게 남자친구와 함께 오는데 착잡한 얼굴이다. 옥스퍼드에서 히스코트를 만나고 오는 길이다. 처음 만났을 때의 차이나처럼 그녀도 불안하고 조심스러워 보인다. 릴리는 축구를 하다가 자기 집 온실 지붕을 깬 동네 아이가 공을 돌려달라고 찾아왔을 때 같은 복잡한 표정으로 인사한다. 나는 내 여러 가지 범죄들을 훑으며 내가 무슨 일을 했기에 그녀가 불쾌해하는 걸까 생각해본다. 어쩌면 히스코트의 관심을 끌려고 한 내 분별없던 시도가 그녀에게 거슬렸던 건지도 모른다. 아니면 내 존재 자체가 감당하기 힘든 것인지도 모른다. 나는 어쨌건 그녀의 아버지의 불륜이 육체를 입어 나타난 것이기 때문이다.

나는 전에 릴리와 마주친 적이 있다는 것을 거의 확신한다. 내 착각이 아니라면 우리는 온라인에서 서로 몰래 칼을 부딪쳤다. 그것은 이상한 에피소드였다. 나는 열일곱 살이었고, 인터넷에서 히스코트의 흔적을 찾고 있었다. 내가 자주 방문한 곳은 누구나 내용을 작성하고 수정할 수 있는 온라인 백과사전인 위키피디아다. 히스코트 항목은 처음에는 몇 문장으로 아주 짧았지만, 익명의 사람들이 내용을 더하면서 점점 길어지고 있었다. 나는 전혀 모르던 히스코트의 요란한 인생의 디테일들이었다. 어느 시점에 누군가 그의 가족생활 대목을 수정해서 그의 자녀 목록에 나를 넣었다. 그러더니 또 누가 나를 그 목록에서 지웠다. 그 뒤로 내가 아무리 여러 번 로그인해서 내 이름을 써넣어도, 그 사람은 계속 내 존재를 지웠다. 나를 역사에서 삭제하려는 상징적인 시도였다. 나는 히스코트가 그랬을 거라고 생각했지만, 어느 날 사용자의 IP 주소를 추적해보니 가족사에서 그토록 나를 지우려고 노력한 사람의 컴퓨터는 릴리가 일하는 사무실에 있었다.

차이나는 밝은 천장 등 아래 불편하게 앉아 있는 릴리에게 화이트와인을 건넨다. 나는 그 시절 그 사람이 정말 릴리였을까 생각하며 그녀를 자세히 살펴보지만 지금은 옛 상처를 되짚을 때가 아닌 것 같다. 새로이 마주할 상처가 있기 때문이다. 릴리는 히스코트가 일주일 전에 산소 저하와 순환 장애—중증 폐기종의 합병증들—로 병원에 입원했다고 말한다. 상황은 혼란스럽다. 그는 죽음을 앞둔 고령의 노인에게 닥치는 여러 가지 기능 부전을 겪는 것 같다. 노쇠한 몸을 이끌고 힘겹게 내려가는 죽음의 계단의 최종 단계. 하지만 그는 이제 겨우 일흔다섯 살이다. 나의 아버지는 그와 몇 살 차이 안 나지만 황소처럼 튼튼하다. 그리고 내 할머니는 여든을 훌쩍 넘었지만 여전히 손으로 공중의 파리도 잡는다. 히스코트가 벌써 죽는다는 건 말이 **안 된다**.

"많이 안 좋으셔." 릴리가 말한다. "하지만 아버지는 모든 걸 부정하고 아무것도 안 하셔. 의사가 운동을 하라고 몇 달 전부터 그렇게 말했는데도 방에만 앉아 계셔. 그러다 이렇게 된 거야." 나는 이해가 되지 않는다. 그는 정말로 곧 죽거나 그냥 훌훌 털고 일어나거나 둘 중 하나일 것 같다.

차이나가 닭구이 요리를 내오고, 두 자매는 히스코트의 대책 없는 태도에 애정 어린 불만을 토로한다. 사랑과 답답한 심정이 섞인 그들의 모습이 몹시 흥미롭다. 내 앞에 앉은 이 사람들이 내가 까마득한 옛날부터 비밀리에 품고 키워온 죄책감 어린 수수께끼에 대한 답이다. 히스코트가 내 곁에 아버지로 남아 있었다

185

면 내 인생이 어땠을까? 나는 그것이 『올리버 트위스트』의 페긴과 함께 사는 일 같을 거라고 생각했다. 그는 실크 손수건을 끝없이 꺼내며 나에게 소매치기를 가르치고, 인생은 짜릿한 모험이 되었을 것이다. 아니면 그는 연금술과 도피의 수수께끼를 일러주는 멀린 같았을 것이다. 아니면 고아가 된 대자代子를 지키려고 감옥을 탈출한 미친 마법사 시리우스 블랙 같았을 것이다. 내 마음 한구석에는 아직도 초자연적 매력과 지혜를 지닌 노인 악당에 대한 이런 환상이 있다.

하지만 놀랍게도 히스코트의 자녀로 사는 삶은 마술 쇼와 모험만 있는 게 아니었다. 차이나와 릴리를 통해서 나는 그토록 불안한 정신의 소유자를 아버지로 둔 삶의 현실을 본다. 히스코트는 어린 딸을 옆에 태운 채 음주 운전을 하다가 생선 수송차를 들이받고는 상자에서 튀어 오르는 은색 고등어를 보며 히스테리컬하게 웃은 일도 있다. 어느 크리스마스이브에는 잠을 자다가 집이 흔들려서 나가보니 히스코트가 상상 속 방에 들어가겠다며 커다란 망치로 벽을 내리치고 있었다. 그가 일주일에 한 번 버스로만 갈 수 있는 외딴 정신병원에 들어갔을 때의 안도감. 그의 갈까마귀조차 달갑지 않았던 것 같다.

"나는 그 새가 정말 싫었어." 릴리가 말한다. "갈 때마다 나한테 사납게 굴었어."

잭 도에 대해서는 아무도 더 이야기하고 싶어 하지 않는다. 나는 지난 세월 동안 괴짜 아나키스트 히스코트에 대해 들었던 모든 이야기를 다시 생각한다. 이 이야기들—그가 술에 취해 노팅힐 게이트 경찰서 앞에서 자동차를 훔친 일, 분신을 시도한 일, 크리스마스 때 해러즈 백화점에서 물건을 훔친 일—은 나에게 그의 매력을 더해주었다. 나의 상상 속 아버지는 평범한 인간 세계의 법칙에 구속받지 않는 사람이었다. 지금까지 나는 이렇게 나약한 동시에 파괴적인 남자의 통치 속에 자라는 일이 얼마나 불안하고 고통스러운 것일지 생각해보지 않았다.

그걸 깨닫자 예기치 못한 분노가 찾아온다. 히스코트가 아니라 누이들에 대한 분노다. 나의 혼란스런 10대 시절에 이런 이야기를 나눌 사람이 있었으면 얼마나 좋았을까 하고 나는 와인잔을 붙들고 생각한다. 그러면 우리는 함께 어려움을 헤쳐나갈 수 있었을 것이다. 이건 너무 잘못된 일이다. 하지만 우리가 만나지 못한 게 누이들 때문은 아니었다. 히스코트가 우리를 서로 멀리 떼어놓은 것이다.

이번 만남이 쉬울 리가 없었다. 하지만 차이나의 귀여운 아이들과 고양이 두 마리가 긴장을 누그러뜨리고, 나는 와인이 한 모금 넘어갈 때마다 원망이 조금씩 희석되는 느낌이다. 새로 생긴 나의 누이들은 히스코트의 기행을 이야기할 때 상당히 조심하지만—특히 아이들 앞에서는—둘 다 나보다 훨씬 힘든 시간을 보낸 것 같다. 그들에게 분노를 오래 품고 있는 것은 불가능하다.

그날 저녁 우리 셋 누구에게도 편안한 순간은 없었을 것이다. 하지만 식사가 끝날 때쯤 우리 사이에는 무언가가 시작되었다. 믿음이나 사랑은 아니지만, 차이나와 릴리가 맡은 임무, 히스코트를 돕는 일에 동참해달라는 요청이다. 내가 집을 나서기 전에 차이나가 내 팔을 잡는다.

"가능하다면 가서 인사드려. 꼭." 그녀가 말한다.

나는 집으로 가는 야간 버스 2층에 앉아 흐릿한 도시 풍경을 바라보며 차이나가 한 말을 생각한다. 히스코트가 위독하다니 그를 향한 내 분노는 모두 사라졌다. 가능하다면 그를 돕고 싶다. 하지만 내가 뭘 할 수 있을까? 그리고 내 안의 상처받은 목소리가 속삭인다. 만약 그가 나를 보려고도 하지 않는다면?

다음 날 아침 나는 익숙한 목소리에 잠이 깬다. "컴온! 트럼프!"

나는 빙긋이 웃는다. 나는 밤새도록 히스코트에게 가보라는 차이나의 제안을 생각해보았다. 내가 그에게 줄 것은 죄책감 말고는 없는 것 같았지만 이제 알 것 같다.

나는 벤젠과 녀석의 징그러운 아침밥을 창밖에 내놓고 책상에 앉아서 히스코트에게 편지를 쓴다. 마침내 누이들을 만났고, 당신이 편찮다는 말을 들었다고.

"원하시면 병문안을 가 뵙고 싶습니다." 나는 쓴다. "까치를 데려갈 수도 있을 것 같습니다. 까치를 보고 기운을 내실 수 있다면."

나는 자신의 더러운 부엌에서 트럼프, 트럼프 하고 다니며 공중에서 파리를 잡아먹는 까치가 죽음을 앞둔 노인의 세계에 잠깐이라도 활기와 생명력을 불어넣을 수 있지 않을까 생각한다. 그가 원한다면, 우리는 새 이외의 다른 이야기를 할 필요가 전혀 없을 테고, 압박을 받을 필요도 없다.

히스코트는 며칠 뒤에 이메일로 답장을 한다.

… 멋진 카드와 걱정해주는 마음 고맙다. 그래, 내가 추운 창고에서 반트럼프 격문을 읽다가 살짝 삐끗했어. 존 래드클리프 병원이 새로이 검사를 하고 내 몸에 다시 기계를 달았어. 안타깝게도 여기는 못생긴 고양이가 있어서 새는 금지란다. 여름에 오렴. 습기가 지금처럼 지독하지 않을 때. H x

"살짝 삐끗?" 내가 중얼거린다.

"조금 나아지셨다니 다행입니다." 내가 답장한다. "저는 언제라도 갈 수 있습니다. 언젠가 제리코를 함께 산책하거나 택시를 타고 원하시는 곳에 갈 수도 있습니다. 그게 도움이 될 것 같으면요."

그 뒤로 이어진 침묵. 나는 다시 트릭에 당하고 있다. 병원에 일주일째 입원하고 있는 것은 살짝 삐끗한 정도가 아니고, 여름에 오라는 건 오지 말라는 말이다. 하지만 나는 설득당하기로 한다. 그는 유혹적인 이야기를 팔고 있다고. 죽음이 임박한 것도 아니고 진짜로 아픈 것도 아니라고. 언제나처럼 재치와 생기가 넘친다고. 그저 밝은 햇살 아래 우리가 그의 집 정원에서 함께 차를 마시며 새 이야기를 할 때를 기다리는 것이라고.

25

그것은 하악질로 시작한다. 나는 고양이가 들어와서 공격을 하려는 건가 생각한다. 소리가 똑같다. 목덜미 털을 곤두세우고, 이빨을 드러내고, 목구멍 깊은 곳에서 끌어올리는 소리. 고양이라면 목덜미를 잡아서 창밖에 내보내야 한다. 고양이가 한 번만 물어도 새의 목숨은 끝장난다. 벤젠이 고양이 이빨을 피해 달아난다고 해도, 고양이 세균이 결국 일을 끝낼 것이다. 하지만 이번 주말 시골집에는 고양이가 없다. 여동생의 뚱뚱한 푸른 고양이 노먼은 친구들 집에 보내졌다. 성난 고양이 같은 소리를 내는 것은 사실 새다. 그리고 녀석의 맹렬한 반응을 촉발한 건 아버지 같다.

벤젠은 냉장고 위에 있다. 녀석은 이번 주말에 거기서 많은 시간을 보내고 있다. 그곳은 세상을 엿볼 완벽한 장소다. 그 망루에서는 집 안에서 일어나는 많은 일을 관찰할 수 있다. 녀석은 오전 내내 그곳의 영양제 약통들 틈에서 달그락거리다가 이따금 내려와서 신문을 읽는 어머니의 손을 쪼거나 누군가의 식사 접시에서 토스트 조각을 훔치거나 할 뿐이다. 언제나처럼 여유만만하다.

하지만 아버지가 약 올리듯 냉장고 안을 들여다보자 벤젠이 변한다. 거위처럼 하악질하면서 날개 끝을 흔드는데 그 방식이 이상하게 매력적이다. 아버지는 어리둥절한 표정이다.

"벤젠이 왜 이러는 거냐?" 그가 묻는다.

벤젠은 답답한 기색으로 좁은 원을 그리며 뛰더니, 냉장고 뒤로 가서 소중한 보물—깨진 시계 안에서 나온 은색 코일—을 가져온다. 그리고 그것을 아버지 머리 위에 들고 최선을 다해 매혹적으로 흔들면서 소리를 지르고, 날개를 파닥이고, 냉장고 위쪽 먼지 낀 공간으로 물러나고 한다. 아버지를 유인하려는 게 틀림없다.

"나한테 경쟁자가 생긴 것 같은데." 어머니가 말한다.

시골집에는 봄이 활짝 피었다. 숲에는 첫 블루벨 꽃들이 짚 덮개를 뚫고 폭발하듯 싹을 틔워 올리고 있다. 붓꽃은 흙 위로 거짓말처럼 자라났다가 다람쥐에게 뜯어 먹혔다. 가시자두나무의 연약한 가지에는 하얀 꽃들이 검은 화강암에 쏟아진 화산재처럼 떨어져 내렸다. 그리고 부엌에서는 사랑에 빠진 까치가 나의 일흔 살 아버지를 필사적으로 유혹하고 있다.

하악질은 아버지가 냉장고 앞을 지나갈 때마다 일어난다. 새가 그에게 무얼 원하는지 알 수가 없어서 우리는 돌아가면서 이 까다로운 꼬마 신을 달래려 노력한다. 하지만 소고기, 거저리, 죽은 파리, 무 등 무엇을 바쳐도 녀석은 밀쳐놓고 거들떠보지도 않는다. 알 수 없는 어떤 이유로 까치에게 불의 비밀을 알려주려고 해온 어머니는 녀석에게 불붙인 성냥개비도 바쳐본다. 녀석은 그것도 냉장고 뒤로 던져버려서 우리를 놀라게 한다. 마침내 야나가 수수께끼를 푼다.

"아버님이랑 같이 둥지를 짓고 싶어 하는 것 같아요." 그녀가 말한다. "막대기 같은 걸 하나 줘보세요."

야생 상태에서 까치들은 둥지를 주로 나무 위 높은 가지 분기점에 짓거나, 그럴 수 없으면 산사나무나 호랑가시나무 안에 짓는다. 도시에서는 인공 구조물도 적극 활용한다. 까치집은 송전탑, 전봇대, 크레인, 철도 신호탑, 심지어 공장 내부에도 생겨난다. 까치는 인간의 두려움도 유리하게 활용한다. 시골 지역에서 까치는 병아리를 훔치는 까마귀보다 인간 거주지에 가까운 곳에 둥지를 짓는다. 하지만 냉장고 위 둥지는 아마 처음일 것이다.

아버지는—언제나처럼 고분고분하게—창문을 열고 집 담벼락에 매달린 덩굴에서 마른 줄기를 잘라낸다. 아버지가 다가가자 벤젠은 하악질을 하며 날개를 파닥이더니 부리를 벌리고 높은 비명을 질러서 마침내 사람들이 자기 뜻을 이해했다는 기쁨을 표현한다. 새는 덩굴 줄기를 낚아챈 뒤 주변을 정돈해서 건축을 실행할 공간을 마련한다. 기초 공사가 진행되면서 거미줄에 감싸인 선크림 병과 대구 간유 통이 바닥으로 떨어진다. 그 모습을 보니 벤젠이 수컷이라는 우리의 추측이 불확실해진다.

"전부터 눈이 암컷 같았어." 어머니가 말한다.

자신이 할 일을 어떻게 아는 걸까? 녀석은 비행이나 먹이 찾기 같은 행동은 배워야 했다. 이번 일은 완전히 본능이다. 녀석은 그 작은 미지의 두뇌 안쪽에 청사진을 갖고 태어난 게 분명하다. 그리고 공중의 어떤 것—봄, 또는 아버지의 페로몬, 또는 둘 다—이 그것을 풀려나오게 했다.

벤젠은 예전에는 막대기 같은 것에 가벼운 관심만 보였지만—우리가 중국 음식을 먹을 때 쓰던 나무젓가락이 주요 대상이었다—이제 갑자기 거기 열광한다. 녀석이 빽 소리를 질러 명령하면, 우리는 모두 둥지 재료를 찾아 이리저리 뛰어갔다가 종이 빨대, 케밥 스틱, 성냥개비, 나무 숟가락, 장난감 막대기를 가지고 돌아온다. 야나만이 밖에 나가서 나뭇가지를 주워 온다.

벤젠은 아버지가 가져온 것은 무엇이건 부리를 크게 벌리고 환영한다. 다른 사람들에게는 분별력을 발휘한다. 야나가 바친 가지는 부리에 넣고 굴리면서 알 수 없는 평가 체계에 따라 가치를 판정한다. 별로라는 결론이 나면 뱉어낸다. 어머니도 공물을 바치지만 비슷하게 거절당한다. "스타만 좋아하네." 어머니가 불평한다. 어느새 이 일은 경쟁이 된다. 누가 까치 시험에 합격하는가? 녀석은 가늘고 긴 막대기를 좋아하는 것 같지만, 그게 합격의 보증 수표는 아니다. 애써 구해온 막대기가 매몰차게 거절당하자 여동생은 발끈해서 자기 방으로 들어간다. 어머니의 성적도 딱히 나을 게 없다. 그러다 우리는 곧 녀석이 남자들이 건네는 물건을 좋아한다는 것을 알게 된다. 우리는 여태 녀석의 성별을 모르는데, 녀석이 어떻게 우리 성별을 구분하는지 신기한 일이다.

아버지가 조용히 새에게 막대기를 건넬 때 나는 물러앉아서 이 특이한 인간 대 까치의 교류를 지켜본다.

생식 본능에서 까치는 나를 훌쩍 앞서간다. 나는 아직도 두려움이 가득하다. 그것은 정상적인 동시에 병적이다. 하지만 나는 오래전부터 내 안에 있는 무언가를 의식하고 있다. 내가 나쁜 혈통이라는 생각이다. 나는 생부의 길을 따라갈 운명이라는 것, 혀 밑에 악마의 핏자국을 가지고 태어난다는 민담 속 까치처럼 나에게 근본적인 결함이 있다는 생각. 하지만 누가 나를 만들었는가보다 누가 나를 키워주었는가가 더 중요하다면 어떨까? 아버지가 까치에게 막대기를 또 하나 건넨다. 그는 언제나 침착하고 언제나 곁에 있고 언제나 도움을 베푼다. 완벽한 남자도, 완벽한 아버지도 아니지만 괜찮은 정도를 넘어 훌륭하다는 말을 들을 만하다. 새는 분명히 그렇게 생각한다. 녀석은 즐겁게 짹짹거리며, 백발의 남자와 부엌에 둥지를 짓는 일이 얼마나 기이한지는 생각하지 않는다. 새가 본성을 현실에 적응시킬 수 있다면—그것도 이렇게 철저하게—내가 못할 게 무언가?

어쨌건 냉장고는 둥지 터로는 전혀 바람직하지 않다. 너무 매끈하다. 그리고 까치의 방법도 이해하기 어렵다. 녀석은 단단한 냉장고 표면에 가지들을 욱여넣으려고 기를 쓰다가 애써 모은 재료를 흩뜨리기 일쑤다. 그래도 깍깍거리며 얼마간 열심히 일하자 거친 동그라미가 하나 만들어진다. 그걸로 끝이다. 그날의 작업은 완수다. 녀석은 아래로 뛰어내려와서 잃어버린 시간을 벌충하듯 속도를 두 배로 높여 다른 일에 착수한다. 식탁 위에 말끔하게 쌓인 신문을 긴급히 탐색해야 하고, 꽃꽂이도 파헤쳐야 한다. 한동안 개의 항문도 쪼지 않았다. 그리고 저 많은 파리는 어떤가?

시골집을 떠나는 일은 언제나 힘들다. 이제 까치가 거기 둥지를 짓기로 결심했기 때문에 더욱 그렇다. 하지만 공격적으로 자기 영역을 지킬 동물을 식구들이 가장 많이 드나드는 공간의 냉장고 위에 두고 오는 일은 너무 민폐가 된다. 출발 시간이 되자 내가 녀석을 두 손으로 부드럽게 잡고, 야나가 그 엉성한 둥지를 자루에 넣는다. 둥지 짓기에 실패하는 것은 새의 인생에서 불가피한 일이고, 나는 녀석이 새 장소에서 다시 시도하기를 바란다. 야생의 까치가 자신이 살던 나무가 쓰러지거나 까마귀에게 밀려났을 때 그러듯이.

런던에 돌아온 뒤 나는 야나의 작업실에 가서 하루를 꼬박 들여 나무로 부모님 집 냉장고를 본뜬 모형을 만든다. 어쩐지 이 까치는 냉장고 위에만 둥지를 틀 것 같다. 집에 돌아와보니 야나는 벤젠과 함께 밖에 있다. 내가 거대하고 못생긴 나무 상자를 집 안으로 자랑스럽게 끌고 들어오자, 그녀는 창밖에서 어리둥절한 얼굴로 나를 바라본다. "냉장고!" 내가 흥분해서 말한다. 그녀는 눈을 굴리고 머리 위를 가리킨다. 나뭇가지를 거칠게 엮은 둥지에 벤젠이 흑진주처럼 앉아 있다. 물론 새는 냉장고보다는 나무를 좋아할 것이다. 당연히 그게 더 말이 된다.

야나가 손을 들어서 둥지에 길고 낭창낭창한 가지 하나를 엮어 넣자, 새는 소리를 지르고 그것을 열심히 고친다. 나는 이 둥지가 까치 혼자 지은 게 아니라는 걸 깨닫는다. 야나가 자신도 어쩌지 못하고 도움의 손길을 뻗어서 여기저기에 새들은—까마귓과가 아무리 똑똑하다고 해도—흉내낼 수 없는 꼬임과 매듭을 만들어 넣는다. 나는 미소가 떠오른다. 나라면 새가 둥지 짓는 일에 간섭할 엄두도 못 낼 텐데 야나는 그런 걱정은 하지 않는다. 나는 헛수고의 결과물인 상자를 그냥 버려두고 창문을 통해 까치의 세계로 나간다.

"얘는 암컷이 분명해." 내가 새에게 막대기를 하나 더 건네는데 야나가 말한다. "야생에서 수컷이 재료를 구해오면 암컷이 둥지를 설계하고 짓거든."

그녀의 목소리에서 자부심이 읽힌다. 지금까지 새에게 자신을 투사한 사람은 나뿐이었다. 나는 심리적으로 불건강한 수준까지 녀석을 나와 동일시했다—버려진 아이, 입양아, 철창 안의 생활, 편집증 등으로. 녀석이 둥지를 지으며 엄마가 되려고 하자, 이제 야나가 새의 검은 눈에서 스스로를 본다.

"녀석이 새끼를 못 낳을 거라는 게 슬프네." 야나가 말한다.

나도 그렇다고 말한다. 우리 아이를 갖는 일에 대한 대화도 요즘 이 수준에 머문다. 야나가 나뭇가지 하나를 내밀자 나는 말없이 물러난다. 야나는 내가 올 여름에 임신을 시도하자는 자신의 제안에 동의했다고 생각하는 것 같고, 나는 더 할 말도, 생각할 것도 없다. 그리고 그녀가 그렇게 생각하는 것도 약간은 맞다. 하지만 나도 내 방식으로 조용히 문제를 해결해나가고 있다. 까치 둥지는 아이에 대한 나의 생각처럼 허약하고 엉성하다. 그 실험적 생각은 가녀린 가지들과 새의 침으로 섬세하게 결합되어 있다.

26

4월이 지나고 5월로 접어들 때, 부엌 창밖의 까치 둥지는 점점 빽빽하고 복잡해진다. 벤젠은 가능한 모든 것을 모은다. 빨대, 커피 스틱, 나무젓가락이 나뭇가지와 이끼로 지은 거친 지구라트에 비죽비죽 튀어나와 있다. 걱정했던 대로 녀석은 자기 영토를 맹렬히 방어하기 시작했고, 그 영토는 마당의 우리뿐 아니라 부엌, 거실까지 포함하는 것 같다. 남자는 까치의 왕국을 안전하게 드나들 수 있는 유일한 생명체다. 실제로 많은 남자가 안으로 들어오라는 적극적인 유혹을 받는다. 벤젠은 남자들이 우리 집에 찾아오면 꽁지와 날개를 흔들어 둥지로 부르고는 인간의 미끼를 가지고 열심히 그들을 유혹한다. 사용한 기차표, 훔친 열쇠, 알루미늄 포일 조각 등이다. 까치는 인간이 이런 것을 탐한다고 여기는 것 같다.

여자들은 환대받지 못한다. 벤젠은 야구공만 한 체중의 생명체가 그럴 수 있다고 생각도 못해본 맹렬한 기세로 그들을 자기 영공에서 내쫓는다. 올봄에 우리 집 부엌에 들어오려고 한 마지막 여자 손님—둥근 얼굴의 섬세한 미술가—은 사나운 까치가 앞머리에 거꾸로 매달려서 얼굴을 가린 손가락 사이로 그녀의 갈색 눈을 쪼려고 하자 비명을 지르며 떠났다. 새는 소수의 예외도 둔다. 야나와 야나의 자매들, 내 어머니와 할머니는 다행히 아직도 가족으로 여긴다. 하지만 다른 여자는 모두 금지다.

바깥에서는 일대의 까마귀와 까치 들이 벤젠 못지않게 맹렬한 전투를 벌인다. 내가 까마귀만 한 크기의 새 모이대를 설치했는데, 그게 어쩌다보니 두 영토의 접점에 위치해서 격렬한 전장이 되었다. 그 옆 단풍버즘나무에 둥지를 튼 까마귀 한 쌍은 매일 아침 모이대 위에 기적처럼 나타나는 고기, 빵, 계란 조각을 자신들의 것으로 생각한다. 하지만 몇 집 떨어진 거리에 둥지를 튼 야생 까치들은 세상을 모두가 함께 공유하는 보물 창고라고 생각한다. 내가 먹이를 내놓을 때마다 녀석들은 오토바이를 탄 은행 강도처럼 몰려온다. 그러다 5초에서 10초 정도가 지나면 무시무시한 발톱이 번개처럼 날아 내려오고, 까치들은 뒷집 딱총나무 덤불 속으로 떨어진다. 까치들의 반짝이는 꼬리는 까마귀의 사나운 부리를 언제나 아슬아슬하게 벗어난다.

작년 이맘때, 벤젠은 비슷하게 거친 어느 새 한 쌍의 둥지에 태어난 알이었을 것이다. 거기서 부모가 훔쳐온 먹이를 먹으며 크다가 알 수 없는 이유로 둥지 너머로 떨어졌다. 야나의 언니의 눈에 띄지 않았다면 녀석은 살아남지 못했을 것이다. 그리고 야나가 녀석을 집에 데려오지 않았다면 내 인생은 지금과 아주 달랐을 것이다. 지난 1년 동안 나는 이 생명체를 돌보면서 나를 내 바깥으로 이끌어냈고, 미지의 세상에 숨어 있는 것은 재난만이 아니라는 것을, 거기에는 아름다움도 있다는 것을 깨달았다. 요즘 내가 집을 나설 때면 등 뒤를 돌아보는 일은 줄고 나무 위를 올려다보는 일은 늘었다. 물론 까치에 맞추어 사는 생활은 나름 의 스트레스가 있다. 녀석이 갑작스런 경보를 울릴 때마다 나는 놀라서 심장이 쿵쿵 뛴다. 하지만 적어도 나 이외의 문제로 고민 하게 된다. 이 모든 것이 기뻐할 일이라고 나는 생각한다.

야나는 새의 생일 파티를 꾸리는 일에 참여하지 않을 것이 다. 그녀는 그런 장난스런 일을 하기에는 바쁘기도 하고 또 너무 위엄 있다. 하지만 나는 일에도 진척이 없고 간직할 위엄도 없기 때문에 곧장 그 일에 착수한다. 벤젠은 비위 맞추기 어려운 새가 아니다. 녀석의 중세적 취향은 아주 단순하다. 음악과 남자를 좋 아하고 작은 동물을 산 채로 잡아먹는 것을 좋아한다. 나는 이 모 든 것을 조금씩 준비한다. 녀석이 가장 좋아하는 벌집나방을 한 상자 주문하고, 반짝이는 금파리와 바퀴벌레를 투명한 젤라틴 속에 넣어서 기이한 아름다움과 역겨움이 공존하는 조류 친화적 선물을 만든다.

그날이 오자 둥지를 나온 까치는 의자 등받이에 앉아서 우 리가 부르는 "해피 버스데이" 노래에 맞추어 즐겁게 깍깍거린다. 내가 녀석 대신 촛불을 끄고, 녀석은 부리를 젤리 속에 박아서 온 식탁에 파리와 젤라틴 조각을 흩뿌린다. 아버지가 기타를 치고 여동생이 시를 읽는다. 그리고 오랜 친지인 존이라는 이름의 저명한 문학교수가 자기도 모르게 섹스어필을 제공한다. 이 과묵한 문인은 너무도 정중한 나머지 벤젠이 생일선물로 받은 금파리와 바퀴벌레를 그의 소매에 다정하게 얹고 그의 바짓단을 둥지를 향해 이끌 때 그저 셰익스피어의 구절을 인용할 뿐이다.

곤충식 애호가가 아닌 이들을 위해서 할머니와 내가 중국 요리를 하고, 식사를 하는 동안 할머니는 참새 박멸 운동 때 할머니가 구하려고 한 참새와 함께 찍은 사진을 보여준다. 나는 할머니가 참새의 목숨을 구했는데 새가 날아간 줄 알았지만 그게 아니었다. 참새는 죽었고, 할머니는 60년이 지난 지금도 그 사실이 마음 아픈 것 같다. 그리고 그것 때문인지 벤젠은 그 자리의 모든 여자들 중에 할머니만을 골라서 할머니의 팔 안쪽을 파고들고, 할머니의 젓가락 끝에 매달린 돼지고기를 달라고 조른다. 어머니는 담배를 달라는 요청을 거부한 벌로 새에게 사납게 꼬집힌다. 존의 아내 세라가 남편의 뺨을 다정하게 만지는 실수를 저지르자, 벤젠은 무시무시한 기세로 날아가서 그녀의 눈에서 외과의사처럼 정확하게 콘택트렌즈를 빼낸다. 이종 간 질투가 폭발하는 순간이다.

손등을 문지르며 까치를 노려보는 어머니를 빼면, 그리고 수경을 쓰고 할머니 뒤에 몸을 웅크린 창백한 얼굴의 세라도 빼면, 그리고 어쩌면 티스푼으로 조용히 커프스에 붙은 젤리와 곤충을 떼어내는 존도 빼면, 행복한 가족의 한 장면이다. 오후 햇살이 지붕 위로 쏟아져 내리고, 새의 꽁지는 에메랄드빛과 황금빛의 요술봉처럼 공중에 주문을 넣는다. 혈색이 돌아온 세라는 마음이 누그러들어서 벤젠의 반짝이는 비늘을 사진으로 찍는다. 어머니는 고개를 저으면서 불붙이지 않은 담배 한 개비를 선물한다.

　　까치 한 마리는 불행이라고 하는데, 실제로는 그 반대였다. 이 새는 그 가만두지 못하는 탐색의 부리로 오랫동안 잊고 있던 보물을 발굴했다. 야나와 함께 아기를 두고 나눈 마지막 대화가 자꾸 생각난다. 시끄럽고, 지저분하고, 돈도 많이 들고, 불편하잖아? 그러자 야나는 까치를 가리켰다. 이 시끄럽고 지저분한 생명체와 함께 살면서 드는 생각이 벌레 값 걱정뿐인가? 나는 아니라는 것을 인정해야 했다. 녀석을 생각하면 좋은 것들이 오래 남는다. 녀석이 처음 말을 했을 때, 욕조에 처음 뛰어 들어와서 내 가슴에 물보라를 일으켰을 때, 녀석이 스펀지케이크에 죽은 파리를 몰래 넣어두고 여동생이 그걸 다 먹어치우는 것을 지켜보았을 때. 그리고 우리가 살아 있는 지금 이 순간.

27

벤젠의 생일이 지나고 얼마 후 야나는 일 때문에 나와 새만 남겨두고 뉴욕으로 한 달 동안 출장을 간다. 벤젠의 2년 차 인생 첫날은 자기의 첫해를 본뜨는 것으로 시작한다. 나는 벤젠이 신나서 들어올 줄 알고 부엌 창문을 열지만 녀석은 훌륭한 동거인이라면 마땅히 나와서 둥지에 먹이를 공급해야 한다고 소리를 지를 뿐이다. 녀석은 밤이 되어도 집 안으로 들어오지 않고, 어둠 속에 웅크리고 앉아 자신이 건설한 것을 지킨다.

내가 크로우 포럼에 벤젠의 둥지 사진을 올리자 그곳의 전문가들은 나와 벤젠 둘 다에게 축하를 보낸다. 둥지는 행복한 새의 상징인 것 같다. 어쩌면 벤젠이 알을 낳을 수도 있다고 그들은 말한다. 하지만 벤젠은 알을 낳지 않는다. 그저 막대기를 계속 쌓으면서 마주치는 남자마다 둥지로 끌고 올라가려고 할 뿐이다.

우리는 한동안 이런 식으로 지낸다. 녀석은 나를 까치 수컷으로 훈련시키려 하고, 나는 인간의 신체가 허락하는 한 녀석의 명령을 따른다. 태양은 아침마다 단풍버즘나무와 딱총나무의 새순을 뚫고 솟아오른다. 그 햇살은 덩굴손처럼 둥지의 틈새로 비쳐들어가서 녀석의 윤기 나는 꽁지에 푸른빛을 더해준다. 나는 녀석에게 벌레와 고깃점을 주고, 녀석은 조용히 알을 소망하며 앉아서 부리로 깃털을 다듬고 이끼 쿠션을 더욱 편리하게 만든다.

그러던 어느 날 보니, 만드는 것보다 파괴하는 게 많아지고 있다. 녀석은 건설 작업에 쓰는 것만큼의 열정적 에너지를 이제는 해체에 쓰고 있다. 매일 새로운 반달리즘°이 펼쳐진다. 이끼 덩이가 바닥에 던져진다. 망가진 직조물이 찢어진 힘줄처럼 늘어진다. 나는 녀석을 막으려고, 아니면 어쨌건 녀석이 파괴한 것을 수리하려고 하지만, 내가 한쪽을 보강하면 녀석은 다른 쪽을 허문다. 그 일은 마치 몇 줌의 모래로 시냇물을 막으려고 하는 것 같다.

내가 까치 일을 의논하는 사람들 중 한 명이 그것은 정상적인 행위라고 안심시킨다. 벤젠은 아직 어리다고. 내년에는 제대로 할 거라고. 하지만 아무래도 나쁜 징조 같다. 특히 옆에 있는 단풍버즘나무의 까마귀들에게도 어떤 비극이 닥친 것 같아서 더욱 그렇다. 까마귀들은 둥지를 벤젠의 둥지처럼 너덜너덜하게 만들어놓고 떠났다. 상태가 고르지 않은 스카이프 대화로는 내가 이 일에 불안해하는 이유를 야나에게 설명하기가 쉽지 않다.

○ 문화나 예술을 파괴하는 일.

다만 그것이 세상이 내가 손을 뻗칠 수 없는 곳에서 산산이 부서지고 있다는 더 큰 걱정과 관련된 것 같기는 하다.

　뒤편에서 인간의 파국이 연기를 피우고 있었다. 새가 둥지를 지었다 허물었다 할 때 히스코트는 조용히 허물어졌다. 물론 그는 인정하지 않는다. 그의 이메일은 늘 유쾌하고, 감정적 정보를 배제한다. 그의 표현을 빌리자면, 그는 사소한 문제로 두어 번 입원을 했지만 그건 별로 중요하지 않다. 정말로 중요한 소식은 급진적인 극단 한 곳이 그가 무단 점거를 주제로 쓴 짧은 희곡을 상연하고 있다는 것—나에게 가서 보라고 한다—과 그가 노래의 힘을 주제로 쓴 또 다른 희곡이 브라이턴 돔에서 상연되고 있다는 것이다. 나더러 그것도 가서 봐야 한다고, 무료 티켓을 주겠다고 한다. 그가 "기력이 약간 없다"고 털어놓는 것은 내가 병문안을 가도 좋을지 물을 때뿐이다. 밝은 이메일에도 불구하고 나는 이제 시간이 얼마 남지 않았다는 느낌을 받는다. 하지만 그는 계속 미룬다. "조금 더 나중에 보자. 내가 기력을 되찾았을 때."

　지난겨울의 불편했던 저녁 식사 이후 우호적 관계가 된 누이들도 비슷한 대화를 이어간다. 그들에 따르면, 히스코트는 지금 간신히 생명이 붙어 있는 상태다. 두 번이나 긴급 입원을 했고, 위험한 동맥 우회로 수술을 했다. 다리를 하나 어쩌면 둘 다 잘라야 할지 모른다. 동맥 우회로가 새고 있어서 다시 한번 위험한 수술을 해야 한다. 차이나는 그의 기력이 나날이 떨어지고 있다고 말한다. 그리고 5월 말이 되자 나더러 되도록 빨리 그를 찾아가 보라고 한다.

까치 둥지는 이제 다 허물어지고, 남은 몇 개의 부러진 막대기가 슬픈 각도로 늘어져 있다. 새는 둥지를 완전히 잊은 것 같다. 부엌 창문을 두드리며 내 머리 위로 돌아오게 해달라고 한다. 나는 녀석을 안으로 들이고 우리는 녀석이 부엌에서 기르는 파리를 함께 사냥한다. 벤젠의 파리 사육이 의도적인 계획인지는 모르지만 어쨌건 집 구석구석에 고깃점을 숨겨두고 숙성시키는 습관은 똑같은 결과를 낳는다. 초여름의 열기 속에 파리 날개 소리가 어지럽다. 최근에 부화한 대여섯 마리가 유리창에 머리를 부딪치고 있기 때문이다. 놈들을 보자 새는 내 손끝으로 달려온다. 녀석은 방식을 안다. 코끼리를 타고 사냥을 나가는 사람처럼 나를 수렵용 이동 수단 삼아서 나에게 유리창의 파리들 앞으로 손을 올리고 내리라고 명령한다. 얇은 파리 날개들이 만화 속 장면처럼 벤젠의 부리 옆으로 튀어나왔다가 꿀꺽 삼켜진다.

파리를 보면 나는 대답을 얻기 위해 히스코트를 찾아갔다가 그의 자비로운 파리잡이 기구처럼 공허하고 무의미한 느낌을 받으며 떠난 날이 떠오른다. 그 뒤로 우리 관계는 변했다. 여전히 거리가 멀고 약간 거짓에 싸여 있지만, 그래도 어쨌건 관계가 유지되고 있다. 나도 그 뒤로 변했다. 하지만 히스코트도 변했는지는 알 수 없다. 다만 내가 그를 찾아가겠다고 말하면 무슨 일이 있을지는 잘 안다. 그래서 그런 시도조차 하지 않는다. 나는 그냥 갈 것이다. 그가 원하는 일은 아닐지 모르지만 그의 육신이 무너질 때 그에게 필요한 일일 것이다. 그래서 차이나가 히스코트를 만나러 옥스퍼드로 간다고 하자 나도 같이 가겠다고 한다. 그를 위한 일인지 나를 위한 일인지 모르지만, 그가 완전히 무너지기 전에 나는 그를 만나야 한다.

28

하루가 길어지면서 새들의 새벽 합창에 대한 까치의 시끄러운 참여도 갈수록 일찍 시작된다. 나는 아침 여섯 시에 밥을 달라는 녀석의 성난 노래에 침대에서 일어나고, 그런 뒤에는 비몽사몽간에 녀석의 깍깍 소리가 배경에서 울리는 꿈을 꾼다. 벤젠의 불협화음이 벽에 메아리를 울리면, 나는 베개로 얼굴을 덮고 잠자리채로 까마귀를 잡는다며 중얼거린다. 나의 뇌는 이렇게 까치 알람을 끈다. 녀석은 문밖에서 조금 더 소리를 지른 뒤 집 안을 부산하게 돌아다닌다. 칫솔이 변기에 박힌다. 책상에 새똥이 떨어진다. 난초가 찢어진다. 베이글 봉지에 구멍이 난다. 내가 느즈막이 흐릿한 눈으로 일어나서 파괴의 흔적을 따라 아래층으로 내려가보면, 녀석은 부엌 창밖의 나뭇가지에 앉아 자못 평화롭게 생각에 잠겨 있다. 나는 얼른 계란과 계란 껍데기를 함께 스크램블해서 닭다리, 거저리와 함께 그릇에 담는다. 내 아침을 챙길 시간이 없다. 나는 그날 까치에게 필요한 것이 다 준비되어 있는지 다시 한번 확인하고 기차역으로 달려간다.

　내가 릴리의 집 앞에 도착한 때는 아직 아홉 시도 안 되었지만, 이미 기온이 꽤 높아 내 등에는 땀이 흐른다. 두 누이 모두 차이나의 낡은 빨간색 밴 옆에서 기다리고 있다. 나는 숨을 헐떡이며 사과하고 우리는 떠난다. 라디오가 나오고, 발밑에는 마른 흙이 구르고, 대시보드의 재떨이가 열려 있고, 눈앞의 아스팔트가 열기로 아물거리니, 가족 휴가를 떠나는 것 같은 기이한 느낌도 든다. 옥스퍼드의 병원이 아니라 콘월이나 남프랑스에 간다고 해도 좋을 것 같다. 하지만 차에 함께 탄 두 누이는 사실상 남이나 마찬가지다. 우리가 만나러 가는 사람—우리의 부친—도 그에 못지않게 낯선 사람이다. 눈앞을 지나가는 런던 서부의 거리들을 바라보면서 나는 이 중에 내가 가장 모르는 사람이 누구인가 생각해본다. 히스코트는 평생 내 머릿속에서 숨 쉬며 살았다. 그것은 남에게 들은 이야기와 몇 번의 짧은 만남을 통해 만들어낸 움직이는 허수아비 같은 것이었다. 차이나와 릴리는 그동안 이름만 알았고, 내가 혼자 공상한 이야기들을 빼면 완전한 백지 상태로 내 인생에 들어왔다. 어쩌면 그래서 그들은 히스코트와는 달리 진짜 현실의 사람으로 알아갈 수 있을지도 모른다.

　차는 옥스퍼드로 가는 상습 정체 구간인 웨스트웨이에 들어선다. 나는 아직도 차이나와 릴리에게 물어보고 싶은 것이 많다. 그들의 어린 시절에 대해, 히스코트를 아버지로 둔 삶에 대해, 지금 우리의 관계에 대해. 하지만 아직은 때가 아닌 것 같다. 그들은 처음 만났을 때와 똑같은 다정함과 안타까움이 섞인 목소리로 드문드문 대화를 나눈다. 히스코트는 의사의 말을 듣지 않고, 잘 못을 고치려 하지 않고, 조금도 변하려고 하지 않는다고.

"우리 셋이 다 가는 걸 아시나요?" 내가 불쑥 묻는다.

"내가 우리가 서로 만났고 아버지를 보러 갈 거라고 말씀드 렸어." 릴리가 뒷좌석에서 말한다. "아버지가 우시더라."

"그게… 좋아서 우신 건가요?"

그녀의 얼굴이 무너진다.

히스코트의 병실은 존 래드클리프 병원 7층이다. 창밖으로 옥스퍼드셔 평원이 멀리서 지평선을 만난다. 기온이 더 올라가 서—역사상 손꼽히게 더운 5월의 하루였다—풍경도 휘발될 듯 아른거린다. 들판에서는 밭을 가는 대형 농기계들이 거대한 먼 지 구름을 일으킨다. 붉은 연들이 더운 바람에 실려 오르락내리 락하다가 병원 구내로 곤두박질쳐서, 땡볕 아래에서 배수관의 물을 마시는 비둘기들을 겁준다.

히스코트의 침대는 간호사 스테이션 근처에 있고, 그는 그 옆의 파란 비닐 쿠션 의자에 앉아 있다. 늘 입는 듯한 헐렁한 검 은색 셔츠 차림이다. 셔츠는 더럽고 비듬이 하얗게 떨어져 있지 만 그것만 빼면 죽음을 앞둔 사람치고는 그렇게 참담한 모습이 아니다. 일흔다섯 살의 나이에도 숱이 많은데, 젊은 시절—내가 상상한—의 길고 검고 덥수룩한 곱슬머리가 아닌 간소한 반백 머리. 안경 안쪽의 눈은 백 살 된 갈라파고스 육지거북처럼 늙 은 현자의 미소를 띠고 있다.

"안녕하세요, 아버지." 차이나와 릴리가 말한다.

"안녕하세요." 내가 말한다.

차이나와 릴리는 허리를 굽혀 그의 뺨에 입을 맞추고 나도 그들을 따라 그의 종잇장 같은 살갗에 입술을 댄다. 히스코트는 기분 좋게 놀란 듯하다. 처음 하는 입맞춤이다. 아마 오늘은 많은 것을 처음으로 하는 날이 될 것 같다.

자신이 낳은 자식 전부를 한꺼번에 보게 된 일이 그를 기쁘게 하는지 겁나게 하는지, 또는 자신이 아버지로서 구제불능이었다는 죄책감을 안겨주는지 히스코트는 드러내지 않는다. 그는 심지어 이 상황조차 제대로 인정하지 않는다. 차이나와 릴리가 부드럽게 대화를 이끌어서 긴장을 풀어준다. 그들의 중재 덕분에 우리 둘 사이가 어느 때보다 수월하게 느껴진다.

히스코트는 자신의 건강 이야기를 별로 하고 싶어 하지 않는다. 그가 관심 있는 건 작품뿐이다. 병실 침대가 바퀴 달린 책상이 되어 있다. 침대 전체가 신문, 양장본 책, 가죽 장정 노트, 그리고 그의 독특한 그림 같은 필체로 쓴 시들로 덮여 있다. 그는 브라이턴 돔에서 하는 자신의 연극에 대해 잠시 말한다. 그 작품은 새의 노래를 우주의 영원한 배경음으로 만든다고 한다. 그리고 차이나에게 집에 있는 자료를 좀 가져다줄 수 있는지 묻는다. 그는 새 서사시―「붉은 단검The Red Dagger」―를 쓰고 있다. 14세기 와트 타일러의 난에서 오늘날에 이르는 장엄한 반란의 역사를 다루는 시다. 어쨌건 그에게는 일관성이 있다고 나는 생각한다. 죽음도 탄생도 중요하지 않다. 항상 작품이 1순위다. 그것이 그가 사는, 또는 삶을 도피하는 방식이다.

히스코트는 아직도 예전의 트릭을 붙들고 있다. 책 더미 위에 작고 낡은 감청색 주머니가 놓여 있다. 그와 차이나가 이야기를 할 때, 나는 괜히 그것을 집어 들어서 걸쇠를 풀어본다. 큼직하고 반짝이는 자석 동전들이 쏟아져 나온다. 히스코트의 여러 가지 마술 트릭 중 하나다. 어쩐 일인지 내가 이 동전을 만지는 일은 히스코트에게 곧바로 스트레스를 일으킨다.

"조심해. 비싼 거야." 그가 당황한 목소리로 말한다.

내가 그것을 조심스레 내려놓자 히스코트는 바로 후회한다.

"미안하다." 그가 웅얼거린다. "그걸 사려고 용돈을 아주 오랫동안 모았거든."

차이나와 릴리 둘 다 조용히 혀를 차고 눈을 굴린다. 하지만 그때부터 나는 그가 병동의 모든 사람에게 마술 또는 트릭을 펼치고 있다는 걸 알아차린다. 그는 간호사와 짐꾼들 이름을 싹 다 기억하고, 카디프 출신 간호사에게는 웨일스어로 드루이드교의 격언을 읊으며, 호흡기를 고치러 온 기사에게는 산소의 기원에 대한 이야기를 건넨다. 그것은 모두 내가 열두 살 때 그에게 들은 이야기—그의 목을 그을 것 같은 터키 이발사를 마술로 홀렸다는 이야기—를 상기시킨다. 이제 그것은 정말로 생명을 위한 퍼포먼스다. 내가 그 동전에 손대는 걸 싫어하는 것도 당연하다. 동전은 그의 부적이다.

점심 식사가 쟁반에 담겨 나온다. 샌드위치, 수프, 밀 푸딩이다. 히스코트는 갑자기 소변을 보고 싶어 한다. 종이들 틈에 일회용 종이 변기가 흩어져 있고, 그는 부끄러운 기색 없이 그중 하나를 집어 든다. 우리는 그의 프라이버시를 위해 일어난다. 거기다 의사도 진료실로 우리를 부른다. 그곳은 개방 병실이라서 나는 그의 주변에 파란 비닐 커튼을 쳐주고 떠난다. 그런데 그 작은 행위 때문에 그는 거의 죽을 뻔한다.

그는 커튼에 가려져 보이지 않는다. 의자에 앉아 있다보니, 침대의 응급 벨도 울릴 수 없다. 폐도 약하고 현기증도 심해서 소리쳐 도움을 청하지도 못한다. 핏물—너무 진해서 거의 갈색인—이 커튼 아래로 흘러나오는 것을 본 사람은 맞은편 침대의 환자다.

우리는 이런 일을 전혀 모른 채 조용한 방에 앉아 의사에게서 히스코트의 상태에 대해 설명을 듣는다. 히스코트는 지금 수술을 해서 동맥 우회로를 고치지 않으면 안 되는데, 그에게 수술을 이겨낼 기력이 있는지 알 수 없다고 한다. 간호사가 문을 두드리고 대화를 중단시킨다.

"죄송합니다, 선생님. 환자 한 분이 안 좋아지셨어요." 간호사의 말이 나는 좀 웃기게 들린다. 안 좋으니 병원에 있는 것 아닌가. 그런 뒤 "윌리엄스 씨 급성 출혈!"이라는 말이 들리자 우리는 복도로 달려 나간다.

잠이 든 듯 조용하던 병동이 폭발했다. 히스코트도 마찬가지였다. 마치 물감 폭탄이 터진 것 같다. 셔츠, 의자, 그가 누운 침대 시트가 모두 흠뻑 젖었다. 바닥에는 핏물이 웅덩이를 이루고 있다. 정신없이 왔다 갔다 하는 의료진이 붉은 발자국과 스키드마크를 남긴다. 두꺼운 팔뚝의 간호사 두 명이 보라색 라텍스 장갑을 끼고 더 이상의 출혈을 막기 위해 사타구니의 혈관을 강하게 누른다. 우리는 밖으로 나가야 한다.

우리 셋이 얼마나 오랫동안 그의 곁에 가지 못하고 위성처럼 주변을 맴돌았는지 나는 모른다. 나는 몇 번이나 궤도를 이탈해서 운다. 한 번은 텅 빈 방에 들어가서 특이하게 선팅을 한 유리창 너머로 병원 건물 옆면의 우울한 회색을 내다보며 울고, 한 번은 화장실에서 세면대를 붙잡고 울고, 또 한 번은 복도에서 누이들에게 등을 돌린 채 보건과 안전에 대한 포스터를 읽는 척하며 운다. 눈물은 나에게 언제나 의외의 사건이다. 지금은 더 그렇다. 이 남자는 내가 눈물을 흘려줄 만한 일을 한 적이 없다.

히스코트는 죽지 않았지만 거의 산송장 같다. 앙상한 두 팔, 쇠약한 두 다리, 기이하게 부은 발에도 붉은 얼룩이 묻어 있다. 침대로 다가가는 우리 발밑이 끈끈하다.

"오줌을 누려고 했지." 그가 농담한다. "이런 **유혈 사태**는 원하지 않았어."

그는 난장판을 만들어서 미안하다고 간호사들에게 거듭 사과하고, 피가 새는 혈관을 눌러주는 일에 감사를 전하지만, 이 사태를 마술로 빠져나갈 방법이 없다. 침대 발치에 선 전문의는 단호하게 말한다. 당장 수술을 하지 않으면 죽는다고. 수술 자체도 상당한 생명의 위험을 동반하고, 수술이 성공해도 미봉책일 뿐이라고.

"겁을 드리는 게 아닙니다." 의사가 말한다. "그냥 솔직하게 말씀드리는 겁니다. 아마 1년도 안 남았을 겁니다."

"아." 히스코트가 말한다.

사람들이 그를 데려가려고 준비하는데, 나는 어쩌면 지금이 내가 살아 있는 그를 만나는 마지막 기회일지도 모른다는 생각에 정신이 번쩍 든다. 내가 무언가—대답, 종결, 화해의 시도—를 원한다면 지금 해야 한다.

"혹시 몰라서 말씀드리는데." 내가 그에게 말한다. "제가 사랑한다는 걸 알아주세요."

그게 진심인지 어쩐지는 모른다. 그저 그것이 죄책감을 지닌 노인에게 위로가 되기를 바랄 뿐이다. 그가 사랑받고 용서받았다는 것. 나는 그에게 어떤 원한도 없다는 것.

그는 놀라서 나를 올려다보더니 미소와 윙크를 보낸다.

"그래, 나도… 그래." 그가 말한다.

나는 믿지 못하고 고개를 젓는다. 너무도 대책 없는 상황이다. 하지만 그는 휠체어에 실려 수술실로 가면서 나에게 손을 내밀고 나는 그 손을 잡는다. 손톱은 더럽고 손마디는 울퉁불퉁하지만 피부는 부드럽다. 똘똘한 손. 열심히 사용한 손. 재주 많은 손. 이것 역시 처음이다. 그리고 아마 마지막이기도 할 것이다.

릴리와 차이나와 나는 건물 밖으로 나가서 밤나무 그늘 아래 멋대로 자란 풀밭에 앉는다. 병원의 연락을 기다리는 동안 차이나는 불안하게 도넛을 쪼갠다. 우리는 별로 말을 하지 않는다. 나는 먹먹하고 아득하다. 연락은 생각보다 훨씬 빨리 온다. 릴리가 전화를 받는다. 그는 살아 있다.

29

새가 사람의 감정을 읽을 수 있을까? 나는 그렇다고 생각한다. 나는 병원에서 돌아오는 길에 많이 울었다—기차에서도, 지하철에서도, 혼자 조용히. 그 많은 피, 그의 피, 나의 피, 끈끈한 바닥. 내가 전에 본 적 없는 방식으로 무력해졌지만, 아직 미미하게 남은 마술과 말의 힘에 매달려 있는 히스코트. 내 눈물 속에는 죄책감도 있다. 어쩌면 우리가 그를 폭발시킨 건지도 모른다. 그를 압박해서. 무당벌레가 잡혔을 때 내뿜는 악취 나는 노란 액체. 그것은 오줌이 아니라 피다. 반사적 출혈, 최후의 방어.

집에 도착하자 벤젠이 나를 기다리고 있다. 불쌍한 것. 녀석은 해가 진 뒤 밖에 있는 것을 싫어한다. 평범한 새처럼 나뭇가지에 앉아 있지도 않고, 내가 만들어준 상자 안에 들어가지도 않고, 창턱에 앉아서 창문을 열어주기를 기다린다. 평소에는 어두워지고 시간이 좀 지나서 창문을 열어주면 녀석은 인사도 없이 분노의 날갯짓으로 자신의 횃대로 간다. 하지만 오늘 밤은 다르다. 녀석은 내 팔뚝에 앉아서 내 피부에 머리를 대고 나직하게 운다. 심지어 내가 손가락으로 가슴팍의 검은 솜털을 몇 차례 쓰다듬어도 가만히 있는다.

녀석은 눈에 연한 암자색을 번득이며 순막瞬膜―반투명한 속눈꺼풀―을 감았다 떴다 한다. 순막의 일차적 기능은 눈을 보호하는 것이다. 사냥을 할 때 눈이 다치지 않게 해주는 방패다. 하지만 어떤 동물행동학자는 그것이 감정을 표현하는 역할도 한다고 말한다. 까치 모스 부호인 셈이다. 녀석은 길고 느리게 눈을 깜박인다.

다음 날 아침, 동이 튼 직후에 새의 고약한 울음소리가 나를 깨운다. 아마 새는 인간의 감정을 다루는 일에 그렇게 능하지는 않은 모양이다. 비틀비틀 방을 나가보니 계단 꼭대기에 검은색 날개깃 하나가 떨어져 있다. 그리고 계단 중간쯤에 하나가 더 있다. 끄트머리가 섬세하게 꼬부라진 반半깃이다. 주워 들어보니 그 가벼운 모습이 해류에 슬로모션으로 흔들리는 해초 줄기 같다. 섬세한 아름다움이 있다.

벤젠은 아름다움에도 예민하다. 녀석은 내 손에서 깃털을 낚아채서 우리로 나간 뒤 가지에 앉아 즐겁게 깍깍거리며 부리로 깃털을 갈가리 찢는다. 그러다 멈추고 몸을 긁는다. 깃털이 또 하나 떨어져 나와서 글리세린을 뚫고 내려가듯 바닥에 떨어진다.

연례 깃털갈이가 시작된 것이다. 그것은 한꺼번에 일어나지 않고, 녀석은 천천히 타오르는 불사조가 된다. 이후 몇 달 동안, 낡은 깃털이 군데군데 떨어져나갈 것이다. 그리고 새 깃털을 품은 단단한 흰색 솜깃털이 피부를 뚫고 나올 것이다. 솜깃털은 피깃털이라고도 한다. 불편한 과정이고, 아마 아프기도 할 것이다. 녀석은 계속 몸을 쪼고 긁을 것이다. 하지만 반들거리는 보라색 깃털 끄트머리가 하나씩 나올 때마다 녀석은 조금씩 다시 태어날 것이다.

30

히스코트가 피를 쏟은 다음 날, 그러니까 까치의 털갈이가 시작된 날, 나는 의붓누나 세라의 결혼식 때문에 그리스로 간다. 벤젠은 야나의 자매 중 한 명에게 맡긴다. 한 가족에서 다른 가족으로, 더군다나 이렇게 극단적인 상황을 숨 가쁘게 오가는 일은 몹시 혼란스럽고 내 마음 한구석은 영국을 떠나지 못한다. 저녁 시간에 결혼식이 열리는 섬에 도착해보니, 사람들은 노을을 배경으로 삼아 폐허가 된 노천극장 옆에서 술을 마시고 있다. 공중을 채운 달콤한 사향 냄새에 따뜻한 무화과나무와 지저분한 골목길 냄새, 당나귀 똥, 오토바이, 로즈메리, 타임의 냄새가 섞여든다. 노천극장에서는 염소들이 종을 울리며 계단을 뛰어다니다가 고대의 돌들 틈에 자라난 풀을 뜯어먹는다. 우리 형제 전체—나와 함께 자란 일곱 명—가 거기 왔다. 남자형제들은 린넨 정장을 입고 맥주를 마신다. 누나들은 해파리 같은 드레스를 입고 둥둥 떠다닌다. 세라는 몹시 즐거워한다. 연회에서 나는 유령이 된 것 같다. 내 마음은 거기 없다. 작은 무덤.

　일주일간의 결혼식에서 조용한 순간이 올 때마다 나는 자꾸 중환자실로 돌아간다. 심해처럼 서늘하고 고요하고 푸른 방, 히스코트는 플랑크톤 섭식 동물처럼 이 빠진 입을 벌리고 웃는다. 그 순간으로 돌아가 내가 보고 싶은 것은 그 모습뿐이다. 나는 병동에 가득한 인간 고통을 외면하려고 하지만, 그런 방어벽을 뚫고 어느 아버지가 혼수상태에 빠진 산모에게 신생아를 데리고 가는 모습이 들어온다. 내가 느끼는 섬뜩함은 차이나와 릴리하고는 다른 것 같다. 나는 이 남자에 대해 아는 게 거의 없다. 그 사실은 가볍기도 하고 무겁기도 하다. 모든 것으로부터의 꺼림칙한 자유. 나는 여행객일 뿐이라는, 어느 가족의 비극을 맞닥뜨리고 잠시 멈추어 놀라는 배낭여행객일 뿐이라는 생각. 내가 느끼는 슬픔이 개인적인 것인지 누구라도 사타구니에서 피를 쏟는 노인을 보면 가질 만한 느낌인지조차 알 수 없다. 이것은 어쩌면 지겨운 옛 질문의 변주인 것도 같다. '이 사람은 누구고 나에게 무엇인가? 나는 그에게 무엇인가?'

　이 일에서 행복한 사람은 히스코트뿐이다. 그는 정신착란과 약 기운으로 어린애처럼 즐겁다. 이가 없는 얼굴이 함몰되어 그의 옆모습은 쪼그라든 캐슈너트 같다. 그는 우리에게 횡설수설 떠들다가 격한 기침을 쏟고, 그러면 간호사가 와서 입에 다시 산소마스크를 씌운다. 주변 기계들은 규칙적인 '삐삐' 소리를 내면서 부드럽게 맥박의 등락을 표시한다. 나는 그토록 행복하게 살아 있는 사람을 본 적이 없다. 의사의 사형 선고는 잠시 잊혔다.

그는 골판지 상자에서 튀어나온 아이처럼, 죽음을 영원히 속일 수 있다고 생각하는 사람처럼 우리에게 환한 웃음을 보인다.

그리고 어쩌면 정말로 속일 수 있을지도 모른다. 생선 튀김을 먹고 결혼 서약을 지켜보며 나는 또 다른 가족과 계속 연락한다. 릴리는 그가 회복 중이라고 생각하는 것 같다. 곧 퇴원할 수 있을지도 모른다고 한다. 그토록 연약하고 피에 젖고 새끼 새처럼 이도 없는 히스코트의 모습을 보니 그를 도울 수만 있다면 무슨 일이라도 하고 싶다. 그래서 그가 집에서 안전하고 편하게 지낼 수 있도록 입주 간병인이나 간호사를 구해보겠다고 하고, 그가 쓰는 반란에 대한 서사시의 자료 조사를 도와드려도 좋을지 묻는다. 놀랍게도 히스코트는 두 가지 제안을 모두 받아들인다. 지난 일주일 동안 우리 관계에 조용한 혁명이 일어난 것 같다. 내가 귀국하면 다시 찾아뵈어도 되겠냐고 이메일로 조심스럽게 묻자, 그는 신속하고도 전에 없던 답을 보낸다. "아주 좋지! 기다리마."

어떻게 된 일인지 나도 의사의 사형 선고를 잊었다. 그리스에서 나는 요나스라는 해면 채취 잠수부가 상어 배 속에 들어갔다가 살아 나왔다는 지역 전설을 듣는다. 나는 이 이야기를 엽서에 적고 낙관적 기대를 담아 히스코트의 집으로 보낸다. "이 카드가 도착할 때쯤 아버지도 괴물의 배 속에서 나오셨기를 바랍니다."

31

    나는 그리스에서 돌아와 옥스퍼드에 간다. 길 위에서 붉은 솔개 떼가 자동차 위에 몰려든다. 이번에는 나 혼자 가고 있기에 나는 그것들을 자세히 보려고 고개를 내밀어본다. 솔개는 무리지어 솟아올라 선사 시대의 생명체처럼 자동차 앞 유리창 위에 거대하게 떠 있다. 셰익스피어 작품에서 붉은 솔개는 불길한 새다. 그것들은 『율리우스 카이사르』에서 전사자들의 시체를 포식하려고 전장 위를 맴돈다. 카시우스가 솔개와 그 동료인 까마귀들을 '죽음의 덮개'라고 말한다. 하지만 내 머릿속에서 솔개와 까마귀 들은 희망과 재생, 벼랑에서의 귀환을 상징한다. 그 새들은 20세기 초 영국에서 멸종 직전까지 갔다가 1990년대에 재도입되었고, 이제 옥스퍼드행 M40 도로를 타면 누구나 이 맹금이 하늘을 맴도는 모습을 볼 수 있다. 그것은 좋은 징조라고 나는 생각한다.

    내가 붉은 솔개에게 희망을 거는 한편, 히스코트는 붉은 포도가 재생의 열쇠라고 생각하는 것 같다. 누군가 히스코트에게 붉은 포도 껍질의 어떤 성분이 그에게 좋다고 말해서, 그는 나에게 붉은 포도만을 부탁한다. 나는 그 말을 믿지 않으면서도 또 절실하게 믿고 싶어서 오전 내내 붉은 포도뿐 아니라 온갖 붉은 과일을 찾아다녔다. 자동차 조수석에는 제멋대로 흩어진 체리, 반짝이는 딸기가 담긴 상자, 흔들거리는 기다란 사파이어 포도송이가 놓여 있다. 위험한 희망을 감당하기에는 연약한 도구들이다.

존 래드클리프 병원 7층에서 나를 맞는 광경은 가슴이 미어진다. 히스코트는 창가의 침대에 반쯤 누운 자세로 앉아 지난번처럼 책과 종이와 우편물에 둘러싸인 채 더위 속에 아른거리는 풍경을 내다본다. 옥스퍼드셔의 우중충한 들판이 부글부글 끓어서 하늘과 합쳐질 것 같다. 그는 지난 두 주 동안 급격히 늙었다. 힘없고 희끗희끗한 턱수염은 움푹한 뺨을 제대로 가리지도 못한다. 입술에는 바셀린이 대충 듬뿍 발려 있다. 창턱에 인슈어Ensure 가 줄지어 놓인 모습에 나는 가슴이 철렁한다. 걸쭉한 밀크셰이크 같은 식사 대용 영양 음료인 인슈어는 나에게는 해적의 검은 점만큼이나 확실한 죽음의 신호다. 그것을 보면 병원에서 죽어가던 늙은 친척들이 떠오른다. 그리고 사실 이 노인도 그런 사람이다. 인슈어는 죽은 자의 식량이다.

이 노인은 기침을 하고 고개를 들어 미소 띤 얼굴로 나를 본다. "지난번에는 미안했다." 그가 말한다. "피 칠갑을 했어."

그는 나를 만나서 기쁜 것 같다. 내가 가져온 과일을 웃으며 받지만 바로 먹고 싶은 기색은 보이지 않는다. 붉은색 과일들 옆에 있으니 히스코트는 제단 위에 제물들과 함께 놓인 시신 같다. 빛이 적절한 각도로 내리비칠 때 생명을 얻는 고대의 원숭이 같은 조상祖上.

병동은 햇빛이 가득하지만 섬뜩한 장소다. 다른 환자는 둘뿐이다. 한 명은 방금 전에 다리 한쪽을 자르고 수술실에서 나왔다. 히스코트와 내가 대화하는 동안 그는 하얀 붕대를 감은 채 몸부림치며 아내를 찾아 운다. 간호사가 지나갈 때마다 아내가 어디 있느냐고 묻는다. 다른 환자는 황변한 얼굴 피부가 아래로 축 늘어진 깡마른 사내로 아무 말도 움직임도 없이 앞만 바라본다.

히스코트는 지난번 일을 잘 기억하지 못하는 것 같다. 수술 후 깨어나서 다시 살아났다고 격하게 기뻐한 일을 기억하지 못한다. 그의 여생이 얼마 남았는지에 대한 의사의 조심스런 말도 기억하지 못하는 것 같다. 자신은 죽음과 가볍게 접촉했지만, 붉은 포도의 힘으로 그 얼룩을 지워낼 수 있다고 판정을 내린 것 같다. 내가 전에 두어 번 들은 이야기도 한다. 자신이 120클럽의 회원이라는 이야기다. 120클럽은 120살까지 살기로 결심한 사람들의 단체다. "물론 강제적인 건 아니야" 그가 말한다. "백 살에 죽기로 한다고 무시하지는 않아." 지난번과 똑같은 표현이지만, 이번에는 거기 새로운 통렬함이 깃든다.

나는 히스코트에게 무슨 말을 할지 별로 생각을 해보지 않았다. 과거 이야기를 하고 싶지만 그가 원하지 않는 일을 강요하고 싶지도 않아서 그가 이끄는 대로 따르기로 한다. 히스코트는 이런 처량한 상태에서도 이야기 기계다. 숨을 헐떡이고 씨근덕거리고 기침하고, 때로는 목이라도 졸린 사람처럼 말하면서도 이야기를 계속 꺼낸다. 그는 임사 체험 이야기를 한다. 그 자신이 아니라 주변 사람들이 겪은 일들이다. 그가 남아프리카에서 영화 세트 일을 할 때, 드릴에 머리가 깨진 열여섯 살 소년에 대한 이야기를 오래도록 한다. 히스코트는 소년에게 구강 대 구강 인공호흡을 시도했지만 피 묻은 치아와 뼛조각들만 입 안에 들어왔다. 그는 소년의 가족을 위해 유품을 챙겨주고 감독을 설득해서 영화를 그 소년에게 헌정하게 했다고 말한다. 그리고 내가 감동했는지 곁눈질로 확인한다.

왜 이렇게 늦게야 자신이 좋은 사람이라는 것을 내게 납득시키려고 하는 건지 그에게 물을 겨를도 없이 히스코트는 다음 이야기로 넘어간다. 이번에는 그가 알코올 중독을 치료하던 시절에 겪은 전생 체험기다. 최면술사가 최면을 걸자 그는 스페인 내전에 참여했다가 스파이 죄로 잡혀서 혀를 잘린 상태였다. 이런 전생의 트라우마 때문에 그가 알코올에 의존하게 되었다는 게 치료사의 아무 도움 안 되는 설명이었다. 이어 내가 이 이야기를 해석할 새도 없이 우리는 다시 시간을 건너뛰어 에드워드 왕 시기의 영국으로 간다. 히스코트의 부친은 그때 제1차 세계대전 참전을 위해 훈련을 받았다. 그런데 곡사포가 물림쇠에서 풀리면서 다리가 으스러졌고, 그 결과 전쟁에 나가지 않게 된다.

"그 사건이 없었으면." 그가 말한다. "아마 너도 나도 이 세상에 없었을 거다."

내가 여기저기서 주워 모은 미미한 정보에 따르면 히스코트의 부친은 다정한 사람이 아니었다. 웨일스의 판사였던 히스코트 1세는 집안의 폭군이었다. 그가 히스코트를 때렸는지는 모르지만, 아들을 정서적으로 학대한 것은 분명하다. 그가 아들에게 관심을 보일 때는 오직 아들이 러디어드 키플링의 「만약에—If—」라는 시를 외워서 읊을 때뿐이었다. 그는 히스코트를 아주 어릴 때부터 기숙학교에 보냈고, 거기서는 분명히 맞았을 것이다. 나중에 히스코트는 법률가가 되라는 요구를 거부하면서 부친과 격렬하게 싸웠고, 부친은 첫 번째 심장 발작을 일으켰다. 그리고 두 번째 심장 발작으로 죽었다. 내 어머니 말에 따르면, 히스코트는 언제나 부친의 죽음이 자기 책임이라고 생각했다.

그리고 이번에 처음으로 히스코트가 나에게 자신의 부친 이야기를 꺼낸 것이다. 그가 다른 주제로 달아나기 전에 나는 얼른 이야기의 꼬리를 잡는다.

"아버지하고는 친하셨나요?" 내가 묻는다.

"안 친했어." 그가 말한다. "그분 형제는 16남매였어. 상상이 되니? 16남매라는 게? 아마 그래서 경쟁심이 강해진 것 같아. 아버지 형제는 각자의 접시에 완두콩이 몇 개 놓였나 가지고도 싸웠을 거야. 아버지는 어머니가 나를 다정하게 대하는 일도 싫어했어. '애를 망치지 마.' 늘 그렇게 말했지. 진짜 에드워드 시대 사람이었고, 거의 빅토리아 시대에 가까웠어. 얼마나 엄격했는지."

간호사가 점심 식사를 가지고 들어온다. 계란과 코울슬로를 넣은 샌드위치, 야채수프, 밀 푸딩(또다시). 히스코트는 고맙다고 말하고 샌드위치를 찔러본 뒤 쟁반을 옆으로 밀쳐둔다.

"내가 작가가 되고 싶다고 했을 때, 아버지가 뭐라고 했는지 아니? '네가 어떻게 작가가 된다는 거냐? 아는 게 하나도 없으면서'라고 했지. 그 뒤로 내가 집에 갈 때마다 아버지는 위스키를 따라 마시고 나를 외면했어."

히스코트는 그 말을 다시 반복하며 놀라워한다. "네가 어떻게 작가가 된다는 거냐? 아는 게 하나도 없으면서."

히스코트의 부친은 그의 첫 책 『발언자들』이 나오기 전해 여름에 돌아가셨다. 히스코트는 그때 스물두 살이었다. 그는 이제 완전히 환상에 빠진 것 같다. 만약 부친이 살아 계셨으면 책의 출간으로 관계가 극적으로 좋아졌을 거라고 말한다.

"아버지가 그 책을 읽었다면." 그가 말한다. "서점들을 돌아다니면서 왜 그 책을 창가에 진열하지 않느냐고 했을 거야. 분명해."

간호사가 돌아와서 손도 안 댄 식사를 가지고 나가며 히스코트에게 따뜻한 음료를 주면 어떨지 묻는다.

"좋지요." 그가 말한다. "그리고 여기 있는 내, 음… 내 친구가 마실 차도 한 잔 부탁합니다."

'친구'라는 단어가 나를 도발한다. DNA를 지우는 법률 문서는 없다. 우리는 여전히 핏줄이다. 나는 이 남자를 본다. 자기 부친과 풀지 못한 관계를 여전히 고통스러워하는 이 혼란한 사람. 그가 내 앞에서 자기 부친의 부재를 아쉬워한다는 아이러니에 나는 격렬한 충동이 솟는다. 그에게 충격을 주어서 환상을 깨고 현실을 깨닫게 해주고 싶다. 그에게 남은 것이 얼마 없다는 것을.

내 안에서 이중의 욕망이 움직인다. 벌하고 싶은 욕망과 변화시키고 싶은 욕망. 그러다 나도 모르는 새 히스코트를 따라 그에게 이야기 하나를 해준다.

그것은 화장火葬에 대한 이야기다. 나는 최근에 어떤 글을 쓰기 위해 화장에 대해 자세히 조사했다. 그런 이야기를 꺼내는 게 잔혹한 일이라는 걸 알지만, 일단 시작하니 이야기는 스스로의 힘으로 달려 나간다. 나는 히스코트에게 망자의 몸에는 섭씨 600도의 가스 불이 분사된다고 말한다. 근육이 쪼그라들면서 팔다리가 꿈틀거리고, 그런 뒤 살이 모두 타버린다고, 그을린 뼈는 강력한 전자석으로 스캔해서 치아 충전재나 인공 고관절 같은 것을 빼낸다고. 병실이 조용해진다. 움직이지 않는 누런 피부의 남자는 고개를 돌려 공포 어린 표정으로 나를 바라본다. 한쪽 다리가 없는 남자는 더 이상 아내를 찾지 않는다. 하지만 나는 멈출 수 없다. 만약 히스코트가 언제나처럼 모든 것이 아무런 문제가 없다는 태도를 유지한다면 아무것도 달라지지 않을 것이다. 과거는 계속해서 반복될 것이다.

"그런 다음에는." 나는 내 말들이 도로 입으로 들어오기를 바라면서 말을 잇는다. "갈퀴 비슷한 특별한 도구로 두개골을 박살 내요. 그다음에 산업용 커피 그라인더 같은 걸로 곱게 갈죠. 가루 굵기를 선택할 수 있다는 거 아셨나요?"

"오." 히스코트가 말한다.

간호사가 차를 가져오고 나는 얼른 화장실로 간다. 그런 뒤 얼굴에 물을 튀기고 거울을 한참 들여다본다. 죽음을 앞둔 사람

228

을 괴롭히려고 여기 온 게 아니다. 나는 그를 위로해야 한다. 왜 늘 이런 일이 일어나는가? 왜 내 느낌을 말하지 못하는가? 인간 감정의 이런 기만적 속성을 이해할 수 있는 사람이 있다면 바로 히스코트일 것이다.

"죄송해요." 내가 돌아와서 말한다. "체리 드릴까요?"

"아, 냠냠." 히스코트가 말하고 하나를 집어서 소매에 슬쩍 감추었다가 입에 넣는다. "맛있구나. 고맙다."

32

병원의 회전문을 나와 주차장으로 가면서 나는 다시는 여기 오지 않을 거라고 결심한다. 이 남자가 죽음까지 속이려고 하는 모습은 어이없고 좌절스럽다. 그리고 내가 분노를 이기지 못한 것도 부끄럽다. 다시 그러지 않을 거라 자신할 수 없다. 만약 히스코트가 기적적으로 살아남는다면 어쩌면 우리는 이 허약한 관계를 재건할 수 있을지도 모른다. 하지만 그때까지 내가 그에게 해줄 수 있는 건 없다.

누이들이 그의 건강 상태를 계속 알려준다. 나는 내 인생을 살아가려고 한다. 야나가 뉴욕에서 돌아온다. 일은 속도가 붙는다. 낡은 깃털을 떨구는 까치는 여기저기 맨살이 드러나서 못생겨진다. 녀석은 다시 저녁에도 대부분 실내에서 지낸다. 야나가 특별히 만들어서 빈 방의 벽에 붙여둔 스킨답서스 화분의 횃대가 녀석의 잠자리다. 녀석의 똥이 화분에 떨어져서 스킨답서스의 비료가 되게 하자는 생각이었다. 좋은 아이디어였지만, 까치

똥은 화분 식물에게 독성이 있는 것 같다. 건강하던 덩굴 식물이 앙상하게 시들고 말았다. 벤젠은 우리가 몇 달 동안 시골집에 가지 않았다는 것도 모르는 것 같다. 도망갈 기회가 아주 많았는데도—야나와 내가 창문 단속을 깜박할 때가 많아서—녀석은 딱한 번 바깥에 나갔고 그때도 주변을 몇 바퀴 돌아보고 바로 현관 안으로 들어왔다. 녀석의 이상적 서식지는 그냥 내 곁이라는 사실이 분명해지고 있다.

야나의 생일—우리는 이날부터 아이를 가지려고 노력하기로 했다—이 다가오지만, 나는 아직도 병원에서 죽어가는 아버지 생각에 내가 아버지가 되는 일에 대해 깊이 생각할 수가 없다.

아버지의 날 아침에 릴리가 전화해서 히스코트가 위독하다고 말한다. 폐에 물이 차고 의식이 있다 없다 한다고, 자신과 차이 나는 되도록 빨리 갈 거라고. 너는 원하는 대로 해도 좋지만 의사들은 그를 보고 싶다면 오늘 바로 오는 게 좋다고 말했다고. 나는 입술을 깨문다. 오늘은 시골집에 가서 아버지와 하루를 보낼 계획이었는데 이제 마음에 갈등이 인다.

"그만하면 되지 않았어?" 야나가 말한다. "그분은 네가 죽어가도 너한테 달려올 분이 아니야. 둘이서 부자 관계를 나눠왔다면 다르겠지만, 너한테 그분을 위로할 행복한 기억이 많은 것도 아니잖아. 그분의 영혼이 몸을 떠나는 걸 꼭 봐야 한다면 모르겠지만."

야나의 말은 가혹하다. 아버지들에 대해 그녀는 엄격하다. 하지만 그 말이 맞다. 나는 내가 무얼 주어야 할지 모른다.

시골집에 가니 부모님은 늙은 참나무 그늘에 여유롭게 앉아 있다. 아버지는 쌍안경으로 습지로 날아가는 왜가리를 관찰하고 있다. 앞쪽 목초지에는 갈까마귀와 까치 들이 점점이 내려앉아 있다. 말똥가리가 허공을 천천히 맴돌며 풀밭에서 먹잇감이 튀어나오기를 기다린다.

아버지는 쌍안경을 잔디에 내려놓고 내가 드린 카드를 펼친다. "넘버 원 아빠!"라는 글씨가 금색으로 돋을새김 되어 있다. 그는 킁 소리를 내고 눈썹을 들어올린다. 나는 아직도 그가 넘버 투를 질투할까 걱정한다. 특히 오늘처럼 그의 존재가 강력할 때면. 어머니는 그 모든 일을 겪고도 히스코트를 걱정한다.

"병원에서 항불안제를 주니?" 어머니가 묻는다. "그분은 불안증이 심하거든. 안 준다면 네가 병원에 말해."

나는 점심 식사를 하는 내내 강박적으로 휴대폰을 들여다본다. 아버지가 내 앞에 고기를 내려놓는 걸 제대로 보지도 못한다. 릴리는 일이 생기면 연락한다고 약속했지만 내 손의 휴대폰은 조용하다. 나는 인스타그램에 들어가 다른 사람들의 아버지의 날 사진을 멍하니 들여다보면서 히스코트의 사망 소식을 기다린다.

마침내 야나가 휴대폰을 빼앗고 나를 강으로 데리고 간다. 강에서는 잉어들이 수련 옆에서 일광욕을 하고 있다. 그녀는 옷을 벗은 다음 물에 뛰어들고, 물이 차가워 꺅 소리를 지른다. 잉어들이 흩어진다. 나도 따라 내려가서 황갈색 물 위에 눈만 남을 때까지 천천히 몸을 담근다. 그리고 무엇이 옳은가 하는 것만 생각한다. 호박벌을 닮은 뚱뚱한 꽃등에가 흔들리는 갈대 위에 나른하게 내려앉아 쉬고 있다. 하늘색 실잠자리들이 물 위로 튀어나온 줄기들에 꽃잎처럼 내려온다. 날개 끝이 먹물빛이다. 치누크 헬기처럼 묵직한 잠자리 한 마리가 두 쌍의 날개를 팔락이며 강하류로 사냥을 간다. 나는 생각을 내려놓고 살아 있는 몸으로 강물을 헤치고 간다.

히스코트는 그날 죽지 않는다. 의식이 돌아오고, 심지어 시도 다시 쓴다. 음식을 먹고 기력을 되찾는다면 퇴원할 수 있을지도 모른다. 1년이라는 의사의 시한부 선고는 이제 이루어야 할 목표처럼 보인다.

다음 주에 릴리가 다시 전화한다. 의사가 지금 못 보면 영원히 못 본다고 말했다고. 나는 그 말의 무게에 결심을 깨고 그날 저녁 야나를 조수석에 태우고 마지막으로 옥스퍼드의 병원으로 간다.

히스코트는 착즙기만큼이나 시끄러운 호흡기를 달고 있다. 그것이 그의 폐에 산소를 주입하고 있다. 공기의 압력으로 기관지가 닫히지 않게 해주는 것이다. 차이나와 아이들이 한쪽에 모여 있고, 릴리가 반대쪽에 서 있다.

"아버지의 날에 못 와서 죄송해요." 내가 침대의 노인에게 말한다. 그는 투명 마스크 안쪽의 이 없는 입으로 소리 내서 웃는다.

나는 자리에 앉아 히스코트의 차가운 손을 꽉 잡는다. 그는 나를 올려다보고 손에 힘을 준다. 차이나는 그에게 그들의 행복한 기억을 되새겨주려고 한다. 그녀의 여덟 살 생일에 그가 마술 쇼를 해주었다고 말한다. 차이나의 아이들은 그가 깃털과 풀을

캐러멜로 만든 일을 떠올린다. 릴리는 별로 말이 없고, 나는 물론 거기 더할 이야기가 없다. 행복한 기억이 별로 없다는 사실이 나를 슬프게 한다.

잠시 후 차이나는 아이들을 데리고 떠나고, 조용한 병실에는 릴리, 야나, 나만 남는다. 히스코트가 마스크를 벗겨달라고 손짓한다.

"아이(I)… 아이… 아이…" 그가 말한다.

"무슨 말씀을 하시려고요, 아버지?" 릴리가 묻는다. "'사랑한다(I love you)'고요?"

히스코트의 눈이 가늘어진다. 그는 망가진 폐의 힘을 전부 끌어 모아서 입 밖으로 소리를 낸다.

"아이… 아이… 아이스크림."

릴리는 잠시 당황했다가 굳은 얼굴로 내게 말한다. 지금 아버지가 신경 쓰는 건 저게 다야. 망고 아이스크림. 그녀가 간호사를 부르자 간호사는 직원용 냉장고로 아이스크림을 가지러 간다. 그리고 반쯤 녹은 망고 아이스크림 바를 가져와서 야나에게 건넨다. 히스코트는 탐욕스러운 눈길로 그녀를 바라보며 잇몸을 딱딱 부딪친다.

야나는 불편해 보인다. 그녀와 히스코트는 지금까지 딱 한 번 아주 잠깐 만났을 뿐이다. 무언가를 먹여줄 사이는 분명히 아니다. 하지만 히스코트의 소망은 분명하다. 야나는 그의 치아 없는 입에 불안하게 아이스크림을 대고, 그는 그것을 핥아먹는다. 실제로 그는 아이스크림 손잡이 부분까지 핥아내려가면서 야나

—그에게는 낯설고 아름다운 여자일 뿐이다—를 계속 바라보는데, 그 즐거운 기색—그럴 자격이 있는 아기 새 같은—은 보기도 좋지 않고 상당히 불쾌하다.

당을 충전하자 히스코트는 반짝 기운을 낸다. 그리고 정신이 오락가락하는 가운데에도 아주 재미있다. 그는 거대하게 발기한 음경을 자랑하는 세르네 아바스 마을의 거인 그림에 대한 시를 완성해야 한다며 큰 소리로 그 내용을 지시한다. 아이스크림도 더 달라고 한다. 세금 환급도 요청한다. 자신의 부친이 못생긴 여자 옆에 서 있는 사진을 가져오라고 한다. 급기야 지친 간호사가 그에게 조용히 해달라고 한다. 다른 환자들이 자고 있다고.

"자는 거 아냐!" 히스코트가 소리친다. "죽은 척하는 거야!"

아이스크림이 오고 떠들썩한 법석이 벌어지니, 우리가 아주 못나고 아주 버릇없는 어린아이를 위해 파티를 하는 것 같은 느낌이 든다. 그리고 정말로 어린아이처럼 그는 당이 빠져나가자 바로 추락한다. 릴리는 아마 내가 히스코트에게 하고 싶은 말이 있을 거라고 말하면서 우리만 두고 나간다. 나는 쇠약한 노인을 내려다본다. 그에게 하고 싶은 말이 많다. 그가 나에게 상처를 주었다는 말. 그의 부재가 내 인생에 구멍을 남겼다는 말. 하지만 그의 쇠약한 모습은 나를 다시 꼼짝 못하게 했다. 그래서 나는 몇 마디 착한 거짓말 정도만 한다. 히스코트는 다시 마스크를 쓴 뒤 눈을 감고, 우리는 떠난다.

다음 날 병실에 가보니 간호사들이 히스코트의 침대를 둘러싸고 있다.

"뭔가를 달라고 하시는데 뭔지 모르겠어요." 간호사 한 명이 나에게 말한다.

"걱정 마세요." 내가 말한다. "아마 아이스크림일 거예요."

간호사들이 나가고 나는 히스코트를 바라본다. 어젯밤의 법석 이후 나는 이 남자를 더 잘 알게 된 것 같다. 그가 가면을 벗은 모습을 보았다. 우리의 공통점도 발견했다. 나도 아이스크림을 좋아한다.

"아이스크림 갖다드릴까요?" 내가 큰 소리로 말한다. "망고 아이스크림요. 그런데 자꾸 드셔도 되는지 의사 선생님한테 물어봐야 돼요."

히스코트는 절박한 표정으로 고개를 젓는다. 그리고 폐로 공기를 밀어 넣는 시끄러운 장치를 가리킨다. 그 모습이 너무도 가련하고 가망 없어 보여서 나는 그가 왜 그렇게 애를 쓰는지 이해하지 못한다. 이런 상황에서 나라면 그러고 싶지 않을 것 같다. 그는 나에게 무언가를 간청하는 눈길을 보내고, 갑자기 나는 끔찍한 생각이 든다. 혹시 나에게 마스크를 떼어달라고 하는 건가? 죽을 수 있도록?

내가 이 생각을 말로 했는지 아니면 생각이 얼굴에 나타난 건지 모른다. 어느 쪽이었건 히스코트는 눈이 휘둥그레져서 비상 버튼을 누른다.

아무도 오지 않는다. 주말이고 스태프들은 업무 과부하 상태다. 그리고 어쨌건 나 때문에 이제 간호사들은 그가 시간만 낭비하는 아이스크림 중독자라고 생각한다. 내가 직접 그를 살펴본다. '삐삐' 소리도 없고 체액이 새지도 않는다. 나는 그가 별것도 아닌 일에 수선을 떠는 거라고 판단한다. 히스코트의 손이 비상 버튼에서 내려와 다친 게처럼 침대 반대편으로 기어가더니 펜을 집어 든다.

'마스크가 새.' 그가 분노해서 쓴다.

간호사가 드디어 마스크를 살펴보러 오지만 아무 문제 없다고 한다. 작동하지 않는 것은 히스코트의 폐다.

그게 내가 살아 있는 히스코트를 본 마지막이다. 그의 상태는 몇 차례 더 오르내리고, 거짓된 희망이 몇 차례 깜박거린다. 릴리가 그가 다시 음식을 먹기 시작했다고 말한다. 어쨌거나 죽한 숟가락을 삼켰다고. 나는 할머니의 쌀죽을 가져갈 계획을 세운다. 내가 아플 때 할머니의 쌀죽은 언제나 효과가 있다. 내가 그에게 꼭 맞는 음식을 가져다준다면 어쩌면 그가 회복해서 적어도 1년 또는 몇 달을 더 살 수 있을지도 모른다. 그다음 날, 그러니까 야나의 생일날, 릴리가 다시 전화한다. 히스코트가 죽었다고.

33

부엌 창밖에, 연한 색의 작은 거미가 아침 햇살 속에 밧줄 춤을 춘다. 섬세한 다리를 공중에 우아하게 들고, 삐침이 여덟 개 있는 한자 같은 모습으로 반짝이는 실을 잡고 돈다. 거미는 보이지 않는 도르래의 도움을 받아 이끼에 덮인 가지 위로 스르륵 올라가고, 거기에는 지금은 보이지 않는 까치가 기다리고 있다. 벤젠은 거미가 춤을 추며 사정권에 들어오는 모습을 뱀처럼 가만히 기다린다. 그런 뒤 단 한 번의 날카로운 부리질로 춤을 끝내고, 거미의 몸통과 다리를 으스러뜨린다.

나는 눈을 깜박이고, 새가 사냥 성공에 신이 나서 자신만의 춤—부리로 허공을 찌르며 꽁지를 까딱이는—을 추는 모습을 바라본다. 나는 그냥 텅 빈 느낌이다. 히스코트가 죽은 지 두 주가 지났고, 내 마음속에는 백색 소음 비슷한 감정뿐이다. 그토록 오랜 시간을 파국을 두려워하며 지냈는데, 실제로 이렇게 끝났다는 것이 기이하다. 아마도 히스코트는 내 일상에 그리움을 남길

만큼 큰 존재가 아니었던 것 같다. 나에게는 이 새가 떠나는 게 분명 더 큰일일 것이다.

다른 사람들은 내가 완전히 무기력해질 거라고 예상하는 것 같다. 친구들은 내게 음식을 해주겠다, 집을 청소해주겠다, 아니면 내가 갑자기 하기 힘들어진 이런저런 일들을 해주겠다는 친절한 메시지를 보낸다. 유혹적이었지만 그런 제안을 받아들인다면 거짓 슬픔으로 그들을 속이는 사기꾼이 될 것 같다. "고마워. 하지만 나는 그분을 거의 몰랐고, 울어서 눈이 붓지는 않았어." 나는 그렇게 답장한다. 그 말에 담긴 슬픔은 아주 가끔씩만 터져 나왔다. 나는 음악을 사용해서 제대로 슬퍼하려고 했다. 히스코트가 록밴드 킹크스를 좋아했다는 걸 알게 돼서 어느 날 오후 내내 '광대의 죽음Death of a Clown'을 눈물이 나올 때까지 반복해 들었지만 그것조차 공허하게 느껴졌다. 나는 개가 죽었어도 그 노래를 들으며 눈물을 흘릴 수 있다. 그 노래에 히스코트를 특별히 기릴 만한 것은 없다. 오히려 나는 그의 죽음에 약간의 의구심이 든다. 타이밍이 섬뜩하기 때문이다. 그는 우리가 처음 임신을 시도하기로 한 날 죽는다. 그의 영혼이 아래 세대들의 징검다리라도 놓아줄 듯이.

새가 창밖의 가지에서 맹렬히 몸을 긁자, 솜털이 보송보송한 작은 잿빛 깃털이 목에서 떨어져 나와 바닥으로 천천히 하강한다. 그다음 녀석이 꽁지를 쪼아서 밀랍질 튜브를 떼어내면 그곳에서 보라색 깃털이 동굴의 자수정처럼 자라난다. 벤젠에게 낡은 것을 떨치는 일은 나보다 더 고통스럽지만 그러면서도 훨씬 간단하다. 나도 이렇게 나직이 지글거리는 공허를 떨쳐내고 싶다. 적절한 감정이 없다는 게 걱정되지만, 이런 상황에서 적절한 감정이 뭔지도 모르겠다. 가진 적 없는 것을 어떻게 떨칠 수 있는가? 내가 잃은 것은 사람이 아니라—지난 20년 동안 내가 그와 함께한 시간은 20시간도 되지 않는다—사람을 알아갈 희망이다. 아마 내일 장례식에 가면 무언가 명확해질지도 모른다.

그날 야나와 나는 차에 천과 꽃다발을 가득 싣고 옥스퍼드로 간다. 히스코트의 장례식은 우리가 직접 준비하기로 했고, 어쩌다 보니 야나가 장례식 장식을 돕게 되었다. 지난 두 주 동안 차이나와 릴리는 장례식에 관한 모든 결정에 나를 참여시키려고 노력했다. 그들이 런던 서부에 있는 지인의 지하 스튜디오에서 심야 회의를 할 때 나도 계속 불려가서 히스코트를 위한 모든 선택에 의견을 보태게 되었다. 그가 어떤 형태의 관을 원할까, 어떤 음악을 좋아할까, 어떤 시신 처리 방법을 원할까. 그러니까 내가 히스코트의 삶에 참여하지 못하게 가로막은 원인은 살아 있는 그 사람뿐이었다. 이제 그가 죽었으니 나는 그의 일에 깊이 얽혀들고, 거기서 어리둥절해진다. 차이나가 나를 보고 아버지가 뭘 원하셨을까 하고 물을 때, 나는 그녀가 일부러 잔인하게 구는 건지 친절함을 베푸는 건지 아니면 나처럼 멍청한 건지, 아니면 어떤 차원에서 나에게 타고난 지식이 있다고 생각하는 건지 이해할 수가 없다. 내 마음대로 할 수 있다면, 그 망할 인간을 빵으로 구워서 공원의 새들에게 먹이로 주고 싶다. 아니면 그냥 태워서 없애버리거나.

나는 이 모든 일이 누구를 위한 것인지도 알 수 없다. 히스코트는 친구 없는 은둔자 아니었나? 시를 쓰는 데 몰두해서 사람은 안중에도 없던? 차이나와 릴리의 생각은 다른 것 같다. 그들은 수백 가지 서비스를 주문하고, 장례식을 치를 대형 교회 복도에 놓겠다고 사과나무 묘목을, 과수원도 만들 만큼 많이 샀다. 사람들이 장례식 후에 그걸 집으로 가져가서 심고 히스코트를 기억해 달라는 뜻이다. 나는 그들의 부탁에 따라 자동차 트렁크에 업소용 온수기를 설치했다. 차이나와 릴리가 철야 때 대형 다과를 베풀기로 했기 때문이다.

우리가 철야 장소—교회 근처에 있는 낡았지만 매력적인 이벤트 공간—에 도착해보니, 차이나와 릴리가 이미 테이블과 의자를 배치하며 열심히 일하고 있다. 나는 그 모습이 슬프다. 그들이 죽은 히스코트에게 베푸는 것이 히스코트가 살아생전 그들에게 베푼 것보다 더 많을 것이다. 그들이 왜 이렇게 신경을 쓰는지 알 수가 없다. 사실 내가 왜 이러는지도 모르지만, 어쨌건 나는 의무감을 느낀다. 내가 차에서 물건을 내리고 배치를 잘 해보려고 난리를 피우는 건 그에게 빚을 져서가 아니다. 그 반대다. 이것은 그가 나에게 빚지는 것이다.

우리는 초저녁에 장례식 전야 모임을 위해 히스코트의 집으로 간다. 그 집은 내가 8년 전에 마지막으로 갔을 때와 거의 똑같다. 키 큰 접시꽃들이 현관 앞에서 흔들리고, 복도에는 히스코트의 유화들이 걸려 있다. 다만 누군가 청소를 해놓았다. 이번에는 바닥에 고양이 사료도 널려 있지 않고, 시신이 있는데도 파리가 없다. 소풍 바구니 같은 히스코트의 관은 책이 가득한 거실 테이블에 놓여 있다. 라탄으로 된 관 뚜껑이 버클과 가죽 끈으로 단단히 묶여 있다. 관 옆에 놓인 커피 테이블로 만든 임시 제단에는 작은 봉헌초들이 히스코트의 사진들을 비추고 있다. 천사 같은 얼굴의 소년 히스코트. 카메라에 대고 손가락 욕설을 하는 히스코트. 까마귀를 옆에 두고 아서왕처럼 사람들과 원탁에 둘러앉아 있는 히스코트.

모임은 단출하다. 동네 주민 몇 명, 차이나와 릴리의 어머니의 친구 몇 명이 관 앞에서 가벼운 대화를 나눈다. 모퉁이 가게의 주인이 와서 애도를 표한다. 집배원도 들러서 히스코트와 잡담을 나눈 시간들을 다정하게 회고한다. 몇 집 건너 이웃집에서 자란 젊은 여자가 와서 히스코트가 정말 친절했다고, 언제나 너그럽게 시간을 내어주었다고, 자신에게는 아버지 같았다고 말한다. 히스코트는 '문호 개방 정책'을 썼다고 한다. 현관문을 잠그지 않아서 원하는 사람은 누구나 들어올 수 있었다고. 8년 전에 내가 왔을 때 문이 쉽게 열린 게 그 때문이었다. 나는 울컥해 목이 메인다. 마당에 나가 처음 만난 사람과 대마초를 피우고 와인 몇 잔을 마신다.

주변에 아무도 없을 때 나는 거실로 가서 관 뚜껑을 연다. 히스코트는 햇볕에 놓아둔 밀랍 인형 같다. 나는 검지로 그의 이마를 찔러본다. 차가운 피부가 문어의 살처럼 두개골 위로 미끄러진다. 아무 느낌도 없다. 있다면 이런 감정 결핍에 대한 실망감뿐이다.

나는 히스코트의 손가락 하나를 가져가려고 계획했다. 그건 계획이라기보다 병적인 환상이지만, 어쨌건 상당히 구체적이었다. 가방 안에 전정가위가 있다. 정신분석학자라면 대놓고 오이디푸스 콤플렉스를 지적할 것이고, 아마 그 말이 맞을 것이다. 나는 그의 손가락을 힘을 지닌 물체, 어떤 유물, 나의 것이고 오직 나만 가질 수 있는 히스코트의 일부로 간직하고 싶었다. 차이나는 이미 그의 머리카락을 잘라 갔고, 이유는 비슷할 것이다. 하지만 시신을 마주하고 보니 그 생각은 사라졌다. 결벽증 때문이 아니라 한때 그 몸 안에 있던 힘이 이제 다 빠져나간 것 같기 때문이다. 차이나와 릴리의 어머니 다이애나가 거실에 들어오자, 나는 민망해져 재빨리 관 뚜껑을 닫는다. 나는 오래전에 다이애나와 전화로 몇 차례 차가운 대화를 나눈 이후 그녀와 만나는 것을 두려워했지만, 치매로 인해 그 시절의 다이애나는 사라졌다. 그녀는 나에게 아이처럼 미소를 지어 보이고 모든 게 정말 아름답다고 말한 뒤 부엌으로 나간다.

액자에 넣은 갈까마귀 사진이 촛불 빛에 깜박이며 내 눈길을 끈다. 그 새는 이제 전처럼 깊은 수수께끼가 아니다. 아니면 어쨌건 더 큰 수수께끼의 일부가 되었다. 히스코트는 분명히 온갖 생명과 사람을 돌볼 능력이 있었다. 코끼리, 돌고래, 집배원, 이웃집 소녀, 친구의 자녀들, 그의 머리 위에도 올라간 마당의 닭들, 문호 개방 정책을 충실하게 활용한 길고양이들. 그러나 예외적으로 자신의 자녀—아니면 어쨌건 자신의 아들—에게는 그런 친절을 베풀 수 없었다. 그는 아버지 **같을** 수는 있었지만 **진짜** 아버지

노릇은 엉망이었다.

갈까마귀가 다시 윙크한다. 그렇게 잘 찍은 사진은 아니다. 뿌옇고 초점도 안 맞는다. 관 옆에 걸려 있는 까마귀를 보니, 까마귓과 새의 장례식의 기이한 광경이 떠오른다. 까치와 갈까마귀들은 내가 지금 히스코트의 시신 옆에서 하는 것과 똑같은 일을 하는 것 같다. 그 새들이 죽은 동료의 장례식을 여는 모습, 아니면 아무튼 죽음과 관련된 어떤 의식을 치르는 모습은 여러 차례 관찰되었다. 그 요란스런 회합의 정확한 목적은—슬픔 또는 분노의 표현인지, 남의 불행에서 교훈을 얻자는 것인지—분명하지 않다. 어쨌건 새들은 죽은 동료 옆에 모여서 시신을 면밀히 살펴보고 다른 동료들도 불러 모아 그렇게 하라고 시킨다. 감정이 이입된 사람들은 그 광경을 보고 새들이 애도를 한다고, 새들의 울음은 고통스런 심정을 표현하는 것이라고 말한다. 까치와 함께 산 경험으로 나는 그 새들이 복잡한 감정을 느낄 수 있다는 것을 안다. 그렇지만 새들은 현실적인 생명체이기도 하다. 나에게 타당해 보이는 해석은 새들이 죽은 동료를 조사한다는 것이다. 일종의 집단 부검을 해서 동료가 어쩌다 죽었는지 알아내고, 그 교훈을 통해 그런 운명을 피하려고 한다는 것이다.

나는 다시 관 뚜껑을 열고 히스코트의 시신에서 비슷한 교훈을 찾는다. 이 남자의 인생에서 무엇이 잘못되었을까? 그리고 나는 어떻게 해야 그런 실수를 반복하지 않을까? 내가 그의 망가진 육체에서 읽을 수 있는 교훈은 알코올과 담배에 빠져 살면서 운동을 거부하면 안 된다는 것뿐이다. 내가 다니는 동네 병원에는 그런 내용을 담은 포스터들이 붙어 있다. 내가 무엇을 찾건 이 시신은 그것을 줄 수 없다.

나는 뚜껑을 닫고 좁은 나무 계단을 올라가서 첫 번째 문을 연다. 그 방은 히스코트의 서재다. 녹색 가죽 상판이 놓인 검은색 나무 책상이 있다. 한쪽 벽 앞에 싱글 베드가 있고, 일회용 종이 변기가 여기저기 편리한 위치에 더미를 이루고 있다. 히스코트는 여기서 거의 나오지 않았던 것 같다. 포트엘리엇에서 꽃병과 냄비에 오줌을 누던 그의 이미지가 떠오른다. 사람이 어떻게 그토록 변화 불능일 수 있을까. 작은 서랍이 수백 개 달린 커다란 캐비닛이 있어서 마구잡이로 서랍을 열어본다. 한 곳에는 가짜 엄지손가락이 대여섯 개 들어 있는데, 내가 훔치려고 한 손가락처럼 속이 비어 있다. 또 한 서랍에는 마술 동전이 가득하다. 한 곳에는 히스코트의 사진이 뒤엉켜 있고, 또 한 곳에는 종이 상자가 있기에 열어보니 사용한 콘돔 몇 개가 있다. 나는 잠시 망설이다가 하나를 꺼내서 최근에 사용한 것인지 살펴본다. 재떨이에 연기를 피우는 담배가, 난로에 조용히 빛을 내는 재가 남아 있듯이, 콘돔에도 무언가 남아 있을지 잘 모르겠지만. 고무 재질을 당겨보니 안에 든 것이 조각조각 떨어진다. 그게 무슨 의미인지 나는 모른다. 1층에 있는 그의 충실한 파트너를 생각해본다. 그녀는 여기 있으면서도 여기 없다. 내 생각은 다른 방향으로 흘러간다. 그가 마지막으로 참여했던 몇 번의 공식 행사들. 나보다 겨우 몇 살 많은 여자가 자주 그의 옆에 있었고, 지금 보니 그 여자가 여기 없는 게 이상하다. 아마 히스코트는 끝까지 개자식이었을

245

것이다. 아니면 콘돔을 끼고 자위하는 걸 좋아했을지도 모른다. 그는 알아갈수록 더 낯설다.

나는 콘돔을 제자리에 돌려놓고 히스코트의 책상을 본다. 노트북 컴퓨터가 있지만 손대지 않는다. 그것을 열어 내 이름을 검색해본다면 내가 여기 와 있는 진짜 이유가 너무도 적나라하게 드러날 것이다. 나는 대신 병원에서 가져온 개인 물품을 담은 플라스틱 바구니로 관심을 돌린다. 몇 권의 노트, 갈수록 해독이 어려운 필체로 메모한 종이 몇 장. 그중 눈에 띄는 것은 영어와 웨일스어로 몇 차례 반복해서 쓴 표현 하나뿐이다. **Y Gwir Yn Erbyn Y Byd**. '세상을 반대하는 진실.' 드루이드교의 표어다. 히스코트는 이 문구를 자신의 부친에게서 배웠다고 했는데, 나는 그 말이 아직도 이상하다. 불행에 빠진 판사가 드루이드교나 마술과 관련이 있다고는 상상하기 어렵다. 나는 히스코트의 필체를 손가락으로 따라 그리며 이 말이 그에게 어떤 의미였을지 생각해본다. 그에게 물어보지 않은 것이 안타깝다. 진실이 어떻게 세상을 반대할 수 있는가? 히스코트가 자신의 임박한 죽음을 완강하게 부정하던 일, 의사의 진단을 믿지 않던 일, 120살을 살지 못한다는 증거를 분노 속에 외면하던 일이 떠오른다. 세상을 반대하는 진실. 말의 힘, 믿음의 힘, 자기기만의 힘이 현실을 반대하는 무기가 되었다. **Y Gwir Yn Erbyn Y Byd**.

그렇게 내가 히스코트의 책상을 기웃거릴 때 누가 문 앞에 나타난다. 마당에서 함께 대마를 피운 남자인데 이름은 잊었다. 나는 그에게 얼굴을 찌푸려 보여서 내가 나만의 시간을 갖고 있으니 나가달라는 뜻을 전하지만 그는 상관없이 안에 들어와서 앉는다. 이 사람도 히스코트가 아버지처럼, 형처럼, 현명하고 시간이 많은 노인처럼 돌봐준 사람이다. 그는 자신이 히스코트 작품의 열렬한 팬이라고, 히스코트가 현관문을 잠그지 않는다는 말을 듣고 어느 날 그냥 찾아왔다가 영광스럽게도—그리고 놀랍게도—오랜 인연을 맺게 되었다고 말한다.

나는 이 남자가 짜증나지만 그것은 내 잘못이다. 그의 잘못이 아니기 때문이다. 사실 이 사람 덕분에 나는 상황이 조금 더 이해가 된다. 히스코트는 이 대담한 팬을 기쁘게 안으로 받아들였는데, 그가 모든 것에 감사하는 것 같았기 때문이다. 히스코트에게 문제를 제기한다거나 그의 기분을 해치는 일은 상상도 못했을 것이다. '비굴한 개처럼.' 나는 그렇게 생각하다가 정신을 차린다. 하지만 그 혐오성 생각에 무언가 있다. 이 남자는 동물처럼—갈까마귀처럼—불편한 질문은 전혀 하지 않았을 것이다. 나는 그가 혼자 슬퍼하게 남겨두고 일어선다. 모든 것이 거꾸로 된 것 같다.

다음 날의 장례식은 정신없이 지나간다. 관은 거실 창문으로 나가서 교회까지 1~2킬로미터를 행진한다. 사람들은 어깨가 아프면 다른 사람과 교대하지만 나는 끝까지 관을 메고 간다. 앞에서 누군가 커다란 북을 친다. 야나와 내 어머니가 그 뒤를 따라간다. 어머니가 히스코트를 마지막으로 본 건 27년 전이고, 여기 모인 조문객 중 우리에게 우호적인 사람은 없다. 지난 세월 동안 히스코트가 어머니 험담을 했다는 이야기가 몇 번 내 귀에까지 들려왔으니, 그의 공격은 꽤나 지독했을 것이다. 어머니를 지켜보는데 조문객 수가 불어나는 모습이 보인다. 아픈 어깨 너머로 뒤를 돌아볼 때마다 히스코트의 인생에 이렇게 친구가 많았다는데 어안이 벙벙해진다.

교회에 도착한 나는 조문객 규모에 놀란다. 교회가 꽉 찼다. 이 남자는 은둔자가 아니었다. 스피커에서 클래식 음악이 흘러나오는 가운데 우리가 제단 앞에 관을 내려놓자, 히스코트의 우렁찬 목소리가 머리 위에서 온 교회를 울린다. 히스코트가 신처럼 하늘 높은 곳에서 바라보는 지구를 묘사한다. **"우주에서 지구는 푸르고…"** 나도 전에 들어본 적 있는 음성이다. 『고래 나라』도 입부다. 그는 그 시를 탈고한 직후에 어머니를 만났다. 그 목소리는 너무도 익숙하고 매혹적이고 강렬하다. 사제가 제단 앞에 서자 나는 익숙한 갈망이 솟는 것을 느낀다.

예배가 끝나고 관이 교회를 나갈 때 나는 자동으로 그 뒤를 따라간다. 다른 사람들은 아직도 자리에 서 있다. 영구차가 히스코트의 시신을 영안실로 다시 데려가려고 기다리고 있다. 시신을 어떻게 할지에 대한 계획은 아직 없다. 누이들은 그 문제를 생각하면 머리가 하얘지는 것 같다. 그래서 그는 일단 냉동실로 돌아간다. 나는 거친 자갈길에 불편한 가죽 구두를 신고 서 있다. 이제 무슨 일을 해야 할까. 이런 상황에서 어떻게 해야 할까. 사람들이 교회에서 나와서 말을 건넬 때 나는 히스코트를 아주 잘 알았던 척하면서 그의 노트에서 본 고양이와 쉼표의 차이에 대한 농담을 거듭한다. (고양이와 쉼표의 차이가 무엇일까? 하나는 발paws 끝에 갈고리발톱claws이 있고, 하나는 절clause 끝에 휴지pause가 있다는 것이다.) "너무도 그분답지 않나요?" 내가 계속 너스레를 떨자, 어머니가 내 어깨를 두드리며 그만하라고 말한다.

철야 때 나는 사람들에게 무슨 말을 해야 할지 모르고, 사람들도 나에게 할 말을 모르는 것 같다. 나는 그의 지인들에게 추모의 글을 써서 책으로 묶으라고 말한다. 그들의 글을 보고 싶다. 또렷하고 상세하고 강렬한 회고의 글들. 나는 아직도 이 남자의 일부를 취할 방법, 그를 이해할 방법을 찾고 있다. 사람들은 당황한 모습이다. 그 모습을 보니 어렸을 때 부친을 안다고 말하는 사람들을 만났을 때가 기억난다. "정말요? 어떤 분인가요?" 내가 밝게 물으면 그들은 예상하지 못한 난감한 상황에 처했음을 깨닫고 얼른 물러서곤 했다. 나는 경험을 통해 이것이 헛된 시도임을 안다. 이런 일은 모두 익숙하다. 히스코트가 없는 곳으로 그를 찾아다니기. 나는 왔을 때보다 더 공허한 느낌 속에 옥스퍼드를 떠난다.

34

장례식이 끝난 뒤 나는 강박적으로 히스코트와의 만남을 되짚어본다. 내가 놓친 많은 기회, 포착하지 못한 통로, 내가 무시한 신호들이 보인다. 나는 더 열심히 시도하지 않은 나를 나무란다. 더 자주 연락했어야 했다. 그의 집에 무작정 찾아갔어야 했다. 어쨌건 그는 문을 열어두고 있었고, 모든 사람이 그 문호 개방 정책을 알고 있었다. 나만 빼고. 나는 그가 곁을 줄 수 없는 사람이었다. 히스코트의 죽음 직후 모든 감정이 썰물처럼 빠져나갔던 것과 달리, 이제 수많은 감정이 거세게 밀려 들어왔다. 최종적으로 사라져버린 그의 행동은 나를 무너뜨렸다. 내가 화장에 대해 말할 때 그의 눈에 떠오른 무력한 빛, 내가 병원에 나타났을 때 그가 피를 쏟은 일, 내가 그에게 혈서를 보낸 일, 그리고 내가 그의 죽음을 바라고 그 소망이 실현될 거라고 믿었던 정신병적 시절이 계속 떠오른다. 끔찍한 책임감이 나를 소진시킨다. **내가 그랬어. 내 잘못이야.**

250

나는 비통함이 이런 것일 줄 몰랐다. 그것은 내가 검사에 판사에 무력한 변호사 역할까지 모두 맡은 끝없는 재판이다. 어쨌건 그 일은 그렇게 펼쳐진다. 나는 히스코트의 부재를 설명하는 증거를 탐색한다. 그것은 찾기 어렵지 않다. 내가 태어나서 지금까지 평생토록 저지른—현실에서건 상상에서건—모든 끔찍한 일이 머릿속으로 밀려든다. 마치 그 안에서 까마귀 떼가 나를 꾸짖으며 날개를 요란하게 퍼덕이는 것 같다. 그것들은 시간도 장소도 관계없이 마음 내킬 때마다 공격을 한다. 밤에 자려고 하다가 갑자기 누가 몸에 독이라도 넣은 것처럼 괴로워하며 몸을 웅크린다. 버스 2층에 앉아 내 머리를 때린다. 동네 카페에서 얼굴을 할퀴며 의자에 앉은 채 몸을 흔든다. 세수를 하다가 집에 다른 사람들이 있는 것을 잊고서 나에게 욕을 한다. "멍청하고 더러운 새끼." 유치원에서 오줌을 싼 기억이 머릿속에 얼룩처럼 번지면 나는 더러운 냄비에 대고 소리를 지른다. 돋보기 아래에 놓인 개미가 된 느낌이다. 하지만 동시에 돋보기로 초점을 맞추어 불을 피우려는 소년이기도 하다. 나는 생명 없는 사물들에 주먹을 날려서 손가락 사이로 피를 흘린다. 때때로 이러다 나를 해치거나 더 나쁘게는 다른 사람을 해칠지도 모른다는 생각이 든다.

이따금 히스코트에게 적어도 약간의 책임은 있다는 생각도 든다. 슈퍼마켓 과일 코너에서 붉은 포도를 보자 그것이 가망 없는 병을 치료할 수 있다고 생각한 그의 서글픈 믿음에 분노가 인다. "멍청한 노인네." 나는 포도에 대고 소리치고 과일 매대를 걷어찬다. 나를 향해 다가오던 쇠약해 보이는 노인이 걸음을 멈추

251

고 슬금슬금 피한다. 내 범죄 목록에 힘없는 노인을 겁주는 일이 추가된다.

이런 느낌은 전에 없이 강렬하기는 하지만 동시에 아주 친숙하기도 해서 나는 친숙한 해결책을 찾는다. 술을 너무 많이 마시고 대마도 너무 많이 하고, 코데인과 수면제도 과용하고, 결국 후회의 생태계가 만들어진다. 편집증—평소에도 잠잠하지 못한—에 날개가 달린다.

야나는 도움을 주고 싶어 하거나 적어도 나에게 무슨 일인지 이야기를 들어보려고 하지만, 나는 물리적 정신적 양면으로 그녀를 차단한다. 이전까지 아이 갖는 일에 대한 논의가 어려웠다면 이제는 불가능해진다. 나는 전에 없이 많은 시간을 새와 둘이 틀어박혀서 보낸다. 벤젠을 손목에 얹으면 머리가 깨끗해진다. 녀석의 검은 눈을 보면 상실감이 사라진다. 머릿속의 분노한 목소리를 벤젠의 날갯짓이 잠시나마 잠재운다. 녀석은 부리로 내 손의 상처를 찌르고 얇고 검은 혀로 찌꺼기를 맛본다. 녀석은 그게 먹이라고 생각한다. 어쩌면 녀석의 무심한 태도에서 내가 배울 게 있는지도 모른다. 어쨌건 까치에게 죽음이란—아니면 시신이란—성장의 기회 말고 달리 무엇이겠는가?

새와 많은 시간을 보낼수록 나는 녀석이 함정에 빠진 나를 구해줄 힘이 있을 것 같다는 생각이 든다. 예전에 아버지가 갑자기 죽은 뒤 매를 훈련시켜서 손목에 얹고 다니며 하늘로 날리는 여자의 책을 읽은 것이 기억난다. 왠지 팔에 얹힌 매의 엄청난 무게가 도움이 되어서 그녀가 껍질을 깨고 나오게 되었다고 한 것 같다. 까치가 시골집에서 보낸 시간들, 녀석이 신이 나서 멀리 날아갔다가 더욱 신이 나서 돌아오던 일이 기억난다. 어김없이 돌아오는 새는 상실의 해독제가 될 수 있다. 몽롱한 논리 속에서 그것은 완벽하게 말이 된다.

까치는 물론 매가 아니다. 하지만 내가 알게 된 한 동물 훈련사—까마귀 두 마리와 함께 사는 약간 특이한 남자—는 매사냥 기술을 배우면 까치도 완벽하게 되부를 수 있다고 말했다. 그는 몇 년 전에 그 기술을 써서 보석 광고를 찍었고, 나는 인터넷에서 그 이상의 증거도 보았다. 얼마 전에 그는 내게 교본과 각종 장비의 링크를 보내주었다. 이제 나는 시도해볼 때가 왔다고 판단한다. 새로 돋은 벤젠의 날개깃은 하늘에 맞서기를 요구한다. 그리고 나도 달아나고픈 충동이 있다. 나는 마침내 나의 환상이 실현된다고 생각한다. 공원에서 팔을 내뻗으면 새가 마술처럼 거기 홀연히 나타나는 일, 새를 나무 위로 날려 보내고 나의 일부도 함께 날려 보내는 일. 시골집에서 벤젠은 시간은 제멋대로였지만 언제나 돌아왔다. 도시에서의 비행은 위험 요소가 몇 개 더 있지만—아니 800만 개도 넘지만—그에 대한 보상은 훨씬 더 클 거라고 나는 확신한다.

매사냥 도구—가죽 족쇄, 실패에 말린 나일론 끈, 금속 클립, 가죽으로 된 실종 방지 끈—를 보자 벤젠은 가장 높은 가지로 날아올라간다. 그것은 예상치 못한 일이 아니다. 녀석은 새로운 것을 두려워하고, 장난감이나 횃대 등 새 물건은 항상 미심쩍어한다. 그래도 괜찮다. 나에게는 인내심과 벌레가 있다. 나는 일주일 동안 매일 조금씩 시간을 내서, 녀석이 가죽 족쇄에 익숙해지도록 그것을 가지고 놀게 한다. 그런 다음에는 산 벌레를 잔뜩 주어서 긍정적인 연상을 만든다. 첫 단계는 가죽 족쇄를 채우는 일이다. 그다음에는 벤젠을 연처럼 끈에 달아 띄워 올릴 것이다. 나중에 벤젠이 언제나 돌아오는 게 확인되면, 끈을 버리고 자유롭게 풀어줄 것이다. 약간의 훈련과 약간의 사랑으로 녀석은 내가 부를 때마다 돌아올 것이다. 그러면 어디를 가건 나와 동행할 수 있다. 24시간 동반자. 잡생각을 몰아내주는 머리 위에 새.

벤젠은 벌레 먹이가 늘고 관심도 더 많이 받는 것을 기뻐한다. 그리고 가죽 씹는 것도 좋아한다. 하지만 내가 다리에 족쇄를 채울 준비만 해도, 손이 닿지 않는 곳으로 날아간다. 내가 포기하지 않으면 우리 끝에서 끝으로 날아다닌다. 철망에 부딪혔다 튕겨 나오는 동작이 너무 격렬해서 녀석이 내 두개골 안에서 튕기는 것 같다.

하지만 나는 결국 실행한다. 어느 날 아침 일찍 녀석을 두 손으로 잡아 성난 울음과 부리질을 무시한 채 족쇄를 채운다. 동물 훈련사는 내가 이 방법을 써야 할지도 모른다고 말했다. "물건의 용도를 이해하면 새는 고마워할 거예요." 하지만 벤젠은 내가 그 물건의 용도를 일러줄 기회를 주지 않는다. 나와 말도 하지 않고, 내 곁에 오지도 않는다. 내가 나무 밑에서 벌레를 잔뜩 들고 흔들어도 소용없다. 나의 단 한 번의 배신이 우리 사이의 관계를 끊어버린 것 같다.

녀석은 여러 날 동안 자신의 가느다란 다리를 묶은 가죽 끈을 강박적으로 당기다가 피로와 우울에 싸여 가지에 가만히 앉아 있는다. 그렇게 일주일이 지나자 녀석은 책상으로 찾아와서 내 손목에 앉는다. 그리고 말없이 고개를 들어 나를 바라본다. 마치 나 자신의 죄의식과 눈싸움을 하는 것 같다. 기분이 몹시 괴롭다. 나쁜 짓 또 한 가지가 추가되었다. 나는 두 손으로 녀석을 부드럽게 잡는다. 그리고 손톱가위를 들고 조심스럽게 녀석을 풀어주는데, 이번에는 분노의 외침이 없다. 새는 부리로 다리를 더듬더니 오리처럼 꽥꽥거리다 날아가고, 나는 더욱 비참해진다. 나는 여기서 날아가버릴 수도 없고, 이것을 뚫고 나갈 수도 없다. 나는 내가 만든 덫에 갇혔다.

둥지

Nest

35

    내가 공원에서 팔을 내뻗자 새가 손목에 나타난다. 형광연두색 몸통에 날카로운 갈고리발톱과 다채로운 눈 색깔을 한 앵무새. 주변의 밤나무들에 이 낯설고 어울리지 않는 새 수십 마리가 앉아서 부리 안의 작고 빨간 혀를 끌끌 찬다. 두 마리가 더 내려와서 내 팔뚝 위의 공간을 다투고, 또 손바닥의 땅콩을 두고 싸우면서 내 피부에 조그만 상처들이 생겨난다. 옆에는 차이나와 차이나의 아이들이 팔을 내뻗고 서 있다. 그들도 곧 앵무새들에게 쩔쩔맨다. 이 이국적인 새들이 물고기 배처럼 보드라운 팔 위를 걸어가자 아이들은 즐거운 비명을 지른다.

    주변의 낯선 이들도 다 똑같이 하고 있다. 그을린 피부의 한 노인이 해바라기 씨를 백팩 가득 담아 와서 마술사가 허공에서 손수건을 꺼내듯 공중의 앵무새들을 불러내더니 솜사탕처럼 나누어준다. 혼자 온 여자 한 명은 주변을 의식하지 않고 자신만의 기쁨에 빠져 소리를 지른다. 무려 여섯 마리나 되는 새가 어깨를

259

쪼고 있기 때문이다. 베일을 쓴 어떤 여자는 앵무새 한 마리가 휠체어 팔걸이를 걸어 다니는 모습에 눈을 반짝인다.

100년 전에 새장을 탈출한 이 인도목도리앵무의 조상은 어찌 된 일인지 그들의 자연 서식지에서 멀리 떨어진, 지구 반대편에 있는 런던의 미기후微氣候에서 번성하게 되었다. 이제 그들은 수백 마리씩 무리지어 런던 하늘을 날면서 기쁨과 혼란과 걱정을 일으키고, 내려앉는 곳마다 소음도 일으킨다. 어떤 이유인지 몰라도 여기서—그리고 내가 아는 한 오직 여기, 하이드파크의 이 밤나무 구역에서만—이 야생 조류는 두려움이 없다. 셀카봉이 난무하는 에덴동산의 한 모퉁이 같다. 새들은 이제 사람을 받아들이고, 사람들도 새를 받아들이게 되었다. 길들이기는 쌍방향이다. 까치에게도 같은 일이 이루어질 수 있을까? 녀석이 자유롭게 날려면 세상이 훈련을 받아야 한다.

나는 내 팔의 앵무새들을 차이나에게 옮겨주고, 나무 위의 새들을 꾀려고 그녀의 어깨와 머리카락에 땅콩과 해바라기 씨앗을 놓아준다. 그녀는 곧 시끄럽고 무례한 새들의 장막 안으로 사라진다.

"으." 차이나가 웃음과 찡그림이 섞인 표정으로 말한다. 한 마리가 손에 묽은 똥을 쌌다. "유해 조수야."

나는 그녀의 질색에 웃지만 얼른 이유가 떠오르지 않는다. 그런 뒤 이 일—지저분한 앵무새를 옮겨주는—이 내가 처음 해본 남동생 역할이라는 생각이 든다. 히스코트가 죽은 뒤 나는 우리 사이가 어떻게 될까, 우리를 한데 묶어준 긴급 사태가 사라졌으니 우리의 관계도 풀어져버릴까 궁금했다. 하지만 그런 두려움은 근거 없는 것이었다. 그가 죽고 석 달이 지나서 지금은 가을이다. 차이나의 아들들은 자기들 주머니뿐 아니라 우리 주머니에도 도토리를 가득 채우고, 가을바람은 우리 주변의 나뭇잎들을 꾸준히 떨어내고 있다. 히스코트의 몸은 냉동고에서 나와 소각되었다. 피는 끓고, DNA는 해체되고, 그을린 조각은 대형 커피 그라인더에 들어가서 분쇄되었다. 그리고 우리는 여기 있다. 이렇게 만남을 이어가는 것은 작은 반항 행동—전지전능한 아버지의 사후 장악력이 무너지고 있다는 신호일지도 모른다.

물론 우리의 계속되는 만남은 아직 긴급 상황이 끝나지 않았다는 신호일 뿐인지도 모른다. 차이나는 흔들리는 미소에도 불구하고 후회에 시달리는 것 같다. 때로는 모든 게 자기 잘못이라고 생각하는 것 같고, 그런 생각은 내게 아주 익숙하다. 내 머릿속에서 펼쳐지는 그림자극도 그 못지않게 살풍경하다. 내가 점점 더 많은 시간을 보내는 대체 우주에서는 경찰이 문밖에 상주하고 있다. 전화만 오면 누가 내가 미쳤거나 끔찍한 일을 했다는 소식을 전할 것 같다. 노크 소리만 나면 누가 나를 죽이러 올 것 같다. 이런 심각하고 지루하고 반복적인 사이코드라마는 야나의 인생에도 영향을 미친다. 아이를 갖는 일은 기쁜 일이어야 하고, 그녀는 미래를 이야기하고 싶어 한다. 하지만 내가 하는 일은 과거의 석탄을 긁어모아 거기서 앞날의 지옥 불을 보는 것뿐이다. 그녀의 기대와 설렘은 철저히 외면한다.

씨앗 주머니를 들고 있는 낯선 사람들을 둘러보며 나는 저들의 인생에서는 무엇이 결핍되어 있는 걸까 생각해본다. 때로는 사람들이 새에게 가져오는 빵 봉지의 크기가 그 사람의 고통의 무게를 알려준다는 생각도 든다. 새에게 먹이를 주는 일은 단순하면서도 복잡한 즐거움이다. 우울한 사람이 명백하게 좋은 일을 하는 방법이다. 통제력이 없다고 느끼는 사람이 세상에 약간의 영향력을 발휘하는 방법, 구멍 난 곳을 메우는 방법이다. 동물과 교감하는 일은 사람에게 좋다. 심장 박동 수를 줄여주고, 스트레스 수준을 낮추고, 사랑의 호르몬인 옥시토신을 증가시킨다고 한다. 히스코트는 그 갈까마귀 시에 에밀리 디킨슨의 말을 인용했다. **당신도 새를 사랑했으면 좋겠어요. 아주 경제적이에요. 천국에 가지 않아도 돼요.** 새는 치유력이 있다.

우리의 앵무새들은 우리가 주는 해바라기 씨앗 껍질을 능숙하게 벗기고, 핀셋 같은 부리로 땅콩을 부순다. 한 소년은 앵무새를 쓰다듬으려다가 부리에 손을 찍힌다. 새들은 우리가 도움이 되는 동안만 우리 곁에 있다. 먹이가 동나자 녀석들은 곧장 나무 위로 날아가고 우리에게는 빈 껍질만 남는다.

우둘투둘한 참나무 줄기 중간쯤에서 갈까마귀 한 마리가 보석 같은 한쪽 눈으로 우리를 본다. 내가 차이나에게 녀석을 가리켜 보이자 그녀는 이상한 표정이 된다. 나는 자루에서 마지막 남은 땅콩 몇 알을 꺼내 들고 나무로 다가간다. 이 새를 확실히 불러 내릴 수 있을 것 같다. 나는 야생의 존재를 손 위에 불러 내리고, 길들일 수 없는 것을 길들일 수 있다. 내 손에 내려온 갈까마귀는 축복, 용서가 될 것이다. 그것은 영혼을 위한 샘물이 되어 이 책임감의 무게에서 나를 풀어줄 것이다. 나뭇가지 그림자 속에 거의 보이지 않게 자리 잡은 갈까마귀는 사람이 자기를 알아본 것을 깨닫고 긴장한다. 녀석은 이 상황을 싫어한다. 나는 걸음을 멈춘 뒤 고개를 숙여 앞을 보지 않고 참나무를 향해 땅콩을 들어 올린다. 다시 고개를 들어보니 새는 검은 날개로 허공을 가르며 아득히 날아오르고 있다.

　나는 알 수 없는 이유로 기가 죽어서 돌아오고 우리는 함께 주차장으로 간다. 차이나와 나는 아무 말 없이 나란히 걷는다. 그녀는 땅바닥을 보며 무슨 생각을 하는지 눈썹을 찌푸린다. 그러더니 결국 자신은 포트엘리엇에 가볼 생각이라고 말한다. 히스코트가 10년간 살았던 콘월의 영지. 그가 우리 모자와 함께 살던 곳. 그는 집을 나갈 때 짐도 전혀 가져가지 않았기에 거기에는 아직 그의 물건이 많이 있을 것이다. 편지도, 어쩌면 일기도 있을지 모른다. 갈까마귀에 대해 그 시 이상의 뭔가가 있을지도 모른다. 그의 내면세계에 대해 그가 내게 직접 말해준 것 이상이 있을지도 모른다.

　"내가 가면 너도 같이 갈래?" 차이나가 묻는다.

36

잎을 떨군 낙엽수들이 새순을 틔우고, 갈까마귀와 까치들은 겨울 식량을 묻었다 파냈다 한다. 그리고 이른 봄꽃이 피어날 때, 나는 차이나와 함께 콘월로 가는 남행 열차를 탄다. 아기 때 말고는 포트엘리엇에 가본 적이 없어서 그 시절에 대한 이렇다 할 기억이 없는데도 나는 익숙한 영토로, 이야기가 가득한 세계로 간다는 느낌이 든다. 달리는 기차의 창밖에서 풍경은 비에 젖은 녹색으로 뭉개져 지나가고, 나는 시간이 열린다는 느낌, 내가 이제 그 안에 들어가서 사태의 진실을 볼 수 있을 거라는 기이한 느낌을 받는다. 호두나무와 우물이 있는 숲속의 오두막. 험상궂은 얼굴을 한 대저택의 주인, 하늘에서 떨어져서 아기의 음식이 된 꿩들. 그런 어느 봄밤에 히스코트는 사라졌다.

내 좌석 맞은편에 앉은 차이나는 부실한 계란 샌드위치를 만지작거리고 있다. 꼭 다문 입술의 입꼬리가 처져 있다. 그녀에게 그 시절은 환상이 아니다. 그녀가 언뜻언뜻 비친 말들을 통해서 보면, 포트엘리엇은 그녀에게 그다지 즐거운 장소가 아니었다. 히스코트는 그들 세 모녀를 팽개치다시피 하고 거기 가서 살았다. 표면적인 이유는 창작에 집중하기 위해서였다. 그런 그가 느닷없이 거기에서 내 어머니와 함께 살고 있었으니 그 충격과 모욕감이 얼마나 컸을까.

"돌아가시지 않았어도 아버지가 달라지진 않으셨을 거야." 차이나가 우리가 조금 전에 하던 이야기를 이어받아서 말한다. 우리는 상처의 딱지를 가만두지 못하는 아이들처럼 자꾸 과거를 건드려서 상처가 치유될 기회를 주지 않았다. 나는 병원에서 가졌던 히스코트와의 만남에 대해 많은 생각을 했고, 그 시간들은 불완전한 가운데에도 나름대로 어느 정도 화해의 시간이었다고 생각했다. 그가 죽지 않았다면, 나는 그의 갈까마귀와 유물을 찾아가는 대신 그에게 내 머릿속을 두드리는 질문들을 했을지도 모른다. 하지만 안 했을지도 모른다. 아마도 차이나의 말이 맞는 것 같다. 체리와 연민만으로 평생의 습관을 깰 수는 없다.

기차가 목적지에 도착할 때쯤 해가 다시 났고, 포트엘리엇까지 걸어가는 마을 길 양옆에는 무성하게 자란 풀들 틈에서 앵초와 수선화가 웃고 있다. 꼬불꼬불한 길을 차이나가 앞장서 가고, 우리는 마침내 웅장한 석조 예배당의 서늘한 그늘 속에 들어간다. 탑이 두 개 솟아 있고, 벽에 깊숙이 박힌 오래된 문은 가장자리가 거대한 이빨들 같은 여러 겹의 V 꼴 문양에 둘러싸여 있다. 차이나는 그 앞을 그냥 지나쳐서 교회 묘지를 둘러싼 주목나무 산울타리의 틈새를 향해 간다. 그녀가 잠겨 있는 단철 문을 가볍게 뛰어넘자 나도 뒤를 따라서 다시 빛 속으로 나온다.

포트엘리엇의 웅장한 저택이 거대하고 게으른 두꺼비처럼 풍경 위에 웅크리고 있다. 길쭉하고 납작한 갈색 두꺼비. 꼭대기의 요철 방벽이 두꺼비의 등마루고, 둥근 탑이 머리다. 발아래 계곡에는 타마강이 갯벌로 흘러들고, 유명한 철교가 가는 교각에 얹혀 공중에서 비틀거린다.

수위실 앞에 경계를 선 독일셰퍼드가 우리가 언덕을 내려와 저택으로 다가가는 모습을 조용히 살펴본다. 우리가 어떤 종류의 환영을 받을지 나는 모른다. 히스코트의 친구였던 페레그린 엘리엇 경은 죽었고, 그의 후계자는 10대 소년이다. 가족 분쟁의 소문이 있고, 차이나의 말에 따르면 우리가 영지에서 우리 소유가 아닌 물건을 가지고 갈까봐 우리에게 보안 요원을 붙일지도 모른다.

개 앞을 조심조심 지나 열려 있는 두 쪽 문으로 들어가니 안뜰이 나온다. 관리인이 우리를 맞으러 나온다. 그는 호리호리한 몸집의 퇴역 군인으로, 직업적 습관 때문인지 우리에게 간략한 상황 보고를 한다. 집은 현재 대부분 폐쇄되어 있는데, 석면과 곰팡이 때문이지만 물건들이 자꾸 없어지는 이유도 있다고 한다.

"여기는 「왕좌의 게임」처럼 음모와 정치가 넘칩니다."

히스코트의 물건은 모두 지하의 '나이프 룸'이라는 데 보관되어 있다고 한다. 그를 따라 다시 밖으로 나와서 석면 제거 텐트 뒤로 가니 집의 토대 부분에 세월에 닳은 나무 문이 박혀 있다. 관리인이 열쇠도 없이 문을 때리고 당기자 문이 끼익 열리면서 차갑고 축축한 공기가 쏟아져 나온다.

　문 안쪽에는 집 전체를 가로지르는 듯한 터널이 있다. 채광 통로들이 침침한 빛을 조금 뿌리다가 사라진다. 저택의 어두운 배 속 어딘가에서 낮은 종소리가 들리고, 캄캄한 어둠 속에서 문득 검은색과 하얀색 털이 섞인 고양이가 나타나 내 발목에 몸을 문지른다.

　우리는 휴대폰 플래시로 길을 밝히고 석면 제거 인부들이 터널에 깔아놓은 하얀 플라스틱 깔개 위를 걷는다. 자연광과 물이 들어오는 곳에는 돌벽 표면에 축축한 녹조류가 피어 있다. 통로에 버려진 물건이 가득하다. 녹슨 철제 톱니바퀴, 아동용 자전거, 불발탄처럼 옆으로 누운 보일러. 나는 왼쪽으로 돌다가 파이프에 발이 걸린다. 페레그린이 아이들을 워낙 싫어해서 아이들은 복도에서 마주치는 일이 없도록 터널을 쓰게 했다는 이야기를 들은 기억이 있다. 나는 그게 사실인지 아닌지 모르고, 사실이라면 아이가 셋이나 있는 히스코트가 왜 여기서 그렇게 오래 살았는지도 알 수 없다. 무언지 모를 물체에 정강이를 찧고는, 나는 그 시절에는 터널의 조명이라도 지금보다 좋았기를 바란다.

　마침내 우리는 걸음을 멈춘다. 관리인이 스위치를 더듬어 켜니 희미한 전구가 나이프 룸을 비춘다. 그곳은 컨테이너만 한 크기의 습기 가득한 방이다. 내 옆에는 녹슨 도끼가 통나무에 박혀 있고, 바닥에는 축축한 나무 부스러기가 깔려 있다. 삼면의 벽이 골판지 상자로 거의 다 가려져 있고, 그 모두가 히스코트의 것이다. 그중 한 면의 벽과 천장은 벽에서 흘러내린 물로 보라색과 노란색의 곰팡이가 번져서 거기 닿는 모든 것이 바스러지고 있다. 차이나는 곰팡이 핀 상자 하나를 열어서 편지 뭉치를 꺼낸다. 그 것은 그녀의 손에서 질척하게 으스러진다.

"여기 어떤 걸작이 있었어도." 그녀가 말한다. "이제 영원히 찾을 수 없어."

그녀는 짐이 3분의 1 가량 손상된 것에 안도한 모습이다. 다른 두 면의 벽 앞에 놓인 상자들은 손상되지 않았다. 오래전에 죽은 가정부가 써 붙인 상자의 라벨을 보니 히스코트가 마침내 여기를 떠나기로 결심했을 때 그가 남긴 난장판이 어땠는지가 짐작된다. '라운드 룸, 옷장 위 칸'이라고 적힌 상자에는 수백 쪽에 이르는 손 메모, 갈변한 신문 스크랩, 팬레터가 들어 있다. '왼쪽 창턱'이라고 적힌 상자에는 썩어가는 책, 카세트테이프, 종이 낱장들이 가득하다. '바닥'이라고 적힌 상자에는 바지들이 있다. 그는 친구 페레그린을 떠날 때도 우리 모자를 떠날 때처럼 그냥 벌떡 일어나서 나간 모양이다. 나는 그가 정신 붕괴로 우리를 떠난 뒤 여기서 얼마나 지냈는지 모른다. 이 모든 혼란은 아직도 폐허 같던 그의 정신을 보여주는 것 같다. 하지만 어쩌면 그냥 그가 엄청나게 게을렀던 것일 수도 있다.

나는 상자에서 아무것이나 꺼내본다. 해럴드 핀터가 보낸 희곡 한 편, 그가 어머니에게 양육비를 보내지 않은 것에 대한 법률 문서, 고래 애호 동호회와 주고받은 엄청난 분량의 편지, 그가 한때 허공에서 실크 손수건을 만들어내고 불붙은 담배를 사라지게 하는 데 썼을 플라스틱 엄지손가락 등. 우표보다 살짝 더 큰 사진

슬라이드가 있어서 빛을 향해 들어 올리니 내 어머니가 들판에서 저글링을 하는 모습이다. 은색 공이 공중에 떠 있고, 어머니는 환하게 웃고 있다. 상자 더 안쪽에 바로 그 저글링 공 같은 망가진 물체가 있다. 가죽은 마르고 갈라졌고 속은 비었다. 나는 어머니 사진을 다시 본다. 어머니의 온 세계가 무너지기 일보 직전이다.

"여기는 나중에 다시 오자." 차이나가 말한다. "이 집 전체를 좀 보여줄게."

다시 밖으로 나오자 그녀는 저택 구내를 다니며 미로, 장식 가득한 수영장, 식물원을 가리킨다. 우리는 철쭉꽃 그늘의 벤치에 앉아서 전망에 감탄한다. 푸른 계곡에 갈까마귀와 떼까마귀들이 흑요석 구슬처럼 흩어져 박혀 있다. 그들 사이로 강물이 수평선을 향해 황갈색 뱀처럼 기어간다.

이 집에는 아직 히스코트의 흔적이 남아 있다. 차이나는 둥근 탑 3층에 있는 둥근 창문들을 가리킨다.

"저기가 아버지가 계시던 곳이야." 그녀가 말한다.

그곳은 이 집에서 가장 좋은 장소 같다. 저택 구내와 지역 일대가 파노라마처럼 보일 것이다. 웅장한 까마귀 둥지에서 사는 것 같았으리라. 갈까마귀를 키우기에도 괜찮은 곳이다. 나는 그가 새똥이 잔뜩 묻은 재킷을 입고 새를 어깨에 얹은 채 탑에서 밖을 내다보다가 창문을 열고 까마귀를 날려 보낸 뒤 새의 파란 눈으로 세상을 내다보는 모습이 떠오른다.

탑 밑단에는 히스코트가 직접 새긴 조각이 있다. 두건 쓴 악마 같은 형상의 실물 크기 조각으로, 뿌리째 뽑은 나무줄기를 깎

아서 만들었다. 나는 그 인물 앞에 서서―키가 나보다 살짝 작다
―조각의 옷 주름을 손가락으로 훑어본다. 차이나의 말에 따르
면, 이 지역의 수도승 단도라는 인물인데, 안식일에 술을 마시는
죄를 짓고 악마에게 직접 지옥으로 끌려갔다는 전설이 있다. 수
도승의 풍화되고 약간 여성스러운 얼굴에 이끼가 피부병처럼 번
져 있다. 웃는 것인지 비명을 지르는 것인지 알 수 없다.

물론 콘월 시절에 히스코트가 내내 탑에서만 지낸 것은 아니
다. 페레그린은 아이들을 몹시 싫어했으니 히스코트에게 식구들
이 오면 쓰라고 그에게 돼지 농부의 오두막을 내주었을 것이다.
그리고 가족이 거기 계속 살 것 같자 히스코트는 그리로 영구 이
주했다. 어쨌거나 그때는 그렇게 생각했다.

차이나는 이제 오두막에 가보자고 한다. 나는 그곳을 사진
으로도 본 적 없지만 상상은 자주 했다. 숲속 빈터에 자리 잡은,
초가지붕과 불 켜진 창문, 그리고 연기 오르는 굴뚝이 있는 생강
빵 집.

"그렇게 좋은 집은 아니야." 저택을 나서면서 차이나가 말한
다. "내가 살던 시절에 그 집은 춥고 어두웠어."

우리는 뚱뚱한 낚시꾼 두 명이 햇살 속에 낚싯대를 드리운
낚시 호수를 지나 이끼 낀 참나무와 빽빽한 덩굴이 가득한 숲으
로 들어간다. 숲 바닥은 산마늘의 바다다. 두꺼운 이파리들이 창
처럼 생긴 순을 감싼 채 흔들리고, 뾰족한 봉오리들은 하얗게 피
어나기 일보 직전이다. 차이나와 나는 산마늘을 조금 따서 입에
넣는다. 블루벨은 아직이지만 그것도 곧 필 것이다. 이맘때 히스

코트의 정신이 무너졌을 것이다.

차이나의 말이 맞았다. 오두막이 가까워질수록 숲이 우리를 향해 죄어드는 것처럼 공기가 어둡고 차가워진다. 자갈길은 지푸라기 길로 변하고 산마늘은 사라진다. 오두막은 실망스럽다. 돼지 농장이 있던 자리에 회색 석판으로 지은 작고 네모난 집이다. 근처 어딘가에서 수도관이 터졌고, 오두막 앞의 허물어진 창고들은 고인 물 위에 아슬아슬하게 서 있다. 내가 상상하던 아늑한 둥지와는 거리가 멀다.

내가 문을 두드리자 창백한 얼굴에 진회색 반삭 머리를 한 뚱뚱한 중년 남자가 나온다. 내가 전에 여기 산 적이 있다고 말하자, 남자는 불청객이 반갑지 않은 기색이지만 모질지 못해서 거절을 못하고 나를 안으로 들인다.

집 안은 밝고 유쾌하다. 식당에는 시골풍 나무 식탁과 주물 스토브가 있고, 자질구레한 물건이 가득한 나무 찬장이 있다. 오두막은 야트막한 언덕 사면에 있어서 부엌 쪽은 지하다. 창밖으로 숲 바닥이 눈높이에 있다. 창문에는 담쟁이와 죽은 가지들이 달라붙어 있다. 검은지빠귀 두 마리가 날아가면서 누가 이 구역의 주인인지 시끄럽게 다툰다. 나는 굴 밖을 내다보는 토끼가 된 것 같다.

이제 나는 우리가 어떻게 살았는지에 대해 좀더 현실적인 그림을 얻지만 이 모든 것이 왜 무너졌는지는 이 오두막에서 찾기 어렵다. 이렇게 고립된 환경에서 갓난아이를 키우는 일은 힘들었을 것 같다. 하지만 그래도 봄은 희망을 가져왔을 것이다. 히스

271

코트가 매일 이 숲으로 나가는 모습을 상상해본다. 덤불에는 새순이 파릇파릇 돋고, 계곡에서 안개가 올라오고, 새들의 노래가 새벽을 깨운다. 행복한 사람에게 그것은 천국이었을 것이다. 하지만 히스코트에게는 그렇지 않았다. 새봄의 잎새들이 솟아오를 때 그의 정신은 허물어졌다.

차이나와 함께 다시 숲길을 되짚어 나오면서 나는 어머니에게 들은 히스코트의 실종 이후의 사건들을 생각한다. 어머니는 나를 품에 안고 2킬로미터 가까이 걸어 포트엘리엇까지 갔지만 엘리엇 경에게 매몰차게 문전박대를 당했다. 포트엘리엇이 가까워지자 요철 방벽이 풀밭에서 솟아오르고 담장과 두꺼운 나무 문이 나타난다. 아기를 안은 어머니를 막아선 추악한 방벽.

우리가 돌아오자 페레그린의 작은아들 루이—부스스한 갈색 머리에 눈빛이 따뜻한 40대 남자—가 히스코트가 살던 구역을 안내해줄지 묻는다. 우리가 좋다고 하자 그는 낙심한 기색이다. 그 자신의 어린 시절 집에 들어가기만 하는 일조차 불안해 보인다. 그의 가족 드라마가 궁금해진다.

루이는 우리를 데리고 계단을 올라서 녹색 가죽을 두른 문을 지나 좁은 통로를 걸어간 뒤 옆문을 통해 저택의 메인 현관 홀에 들어간다. 그곳에는 누대에 걸친 엘리엇가 사람들의 초상화가 벽에서 우리를 내려다보고 있다. 머리 위에는 검은 샹들리에가 두꺼운 사슬에 매달려 있고, 묵직한 두 짝 문 옆에는 사브르 칼과 옛날 소총들이 스탠드에 세워져 있다. 모든 것이 낡고 망가진 모습이다. 그 집의 심장이 이제 세상에 없어서 집도 조용히 땅속으로 들어가려고 하는 것 같다. 대형 계단에 깔린 붉은 카펫은 한때 화려했겠지만 이제는 너덜거리는 누더기다. 값비싼 실크 벽지는 늘어지고 찢어져서 석회 벽에 검은 곰팡이가 피어 있다. 실제로 벽 여기저기 버섯이 자란다. 우리는 루이를 따라 곰팡이 핀 어두운 복도를 걸어 히스코트가 살던 구역으로 간다.

어머니는 며칠 동안 거듭 시도한 끝에 마침내 하인들 구역을 통해 이 복도까지 잠입했다. 히스코트가 편지 한 장 남기지 않고 자신과 아기를 버리고 간 일에 어머니는 크게 분노했을 것이다. 거기다 자신이 사랑하고 자신을 사랑한다고 생각하는 남자를 어떻게든 도와주고 싶기도 했을 것이다. 지난 세월 동안 나는 히스코트의 생각이 어떻게 잘못됐는지 이해하려고 어머니에게 여러 번 질문했다. 분명히 전조가 있었을 것이다. 사람이 하룻밤 새 미치는 일은 없다. 하지만 정말로 그랬던 것 같다. 어제까지 블루벨 꽃과 행복이 가득했는데, 다음 날 히스코트가 연기처럼 사라졌다.

우리는 2층의 울퉁불퉁한 나무 복도를 걸어서 그 끝에 있는 둥근 탑으로 간다. 어머니는 거기서 마침내 미친 눈빛으로 헛소리를 하는 히스코트를 만났다.

이 유령 탐험 길에서 드물게도, 히스코트가 지낸 이 방은 내가 상상하던 것과 비슷하다. 둥글고 환하고, 대리석 벽난로와 대형 나무틀 창문이 있는 호화로운 공간이다. 스페인 갤리언선의 선장실 같다. 페르시아 카펫은 올이 해지고, 벽에 칠한 연한 올리브색 페인트는 벗겨졌지만, 이 방은 집 나머지 공간을 파묻은 부패를 견디고 있는 것 같다.

히스코트는 어머니와 나를 떨쳐낸 뒤 자신의 사회적 특권, 그러니까 이튼 칼리지 동문 사회의 포근한 품에 기댔다. 엘리엇 경의 가정부가 식사를 가져다주었고, 그는 마침내 의무에서 해방되었다. 그러자 그는 자신의 정신이 붕괴한 게 아니라고 판단했던 것 같다. 자신이 그 일을 끝낸 건 창작을 위해서, 그러니까 예술의 음험한 적인 '복도의 유모차' 때문이었다고.

히스코트가 어머니와 나를 얼마나 쉽게 떨쳐냈는지 확인하는 것 말고 내가 이 방에서 무얼 기대했던 건지 모르겠다. 히스코트는 여기서 근 10년을 살았다. 여기서 글을 쓰고, 오줌을 싸고, 갈까마귀를 키우고, 자신의 모든 책임을 피했다. 하지만 지금 여기 남은 그의 흔적은 창가의 서랍장 위에 기대 세워진 그의 책—『신성한 코끼리』—한 권뿐이다. 내가 정말로 이곳의 직물들이 나에게 답을 주리라고 생각한 것인가? 마룻널에서 내가 원하는 대답이 튀어나오지는 않을 것이다. 히스코트가 포트엘리엇에 남긴 흔적은 지하의 축축한 상자들뿐이다.

차이나와 나는 남은 시간 동안 어두운 지하 통로로 히스코트의 쓰레기를 날라다가 유개 트럭에 싣는다. 그것들을 모두 런던 서부의 한 스튜디오 공간으로 가져가서 분류한 뒤 가능하다면 팔 계획이다. 차이나는 다시 한번 부친의 뒤치다꺼리를 해야 한다며 투덜거린다. 우리는 수십 년의 먼지를 뒤집어쓴다. 썩은 종이, 곰팡이, 쥐똥이 우리를 회색 유령처럼 만든다. 일을 마친 뒤 차이나와 나는 작별 인사를 하고, 그녀는 옷의 먼지를 턴 뒤 운전

기사 옆자리에 올라탄다. 트럭이 시동을 걸자 나는 다시 언덕을 올라 교회 쪽으로 간다.

아무도 없는 마을 기차역 플랫폼에서 나는 히스코트와 그가 망가진 이유보다 내 어머니와 어머니가 그 뒤로 보낸 시간을 생각한다. 아이 아버지에게 버림받고, 저택 주인에게 쫓겨나고, 갈 곳도 없는, 누구라도 무너질 수 있는 상황이다. 하지만 어떻게든 어머니는 그 엄청난 무게를 견뎠다. 지하실 상자에서 나온, 어머니가 저택 앞 잔디밭에서 저글링하는 사진이 떠오른다. 히스코트는 연애 시절 어머니에게 그 기술을 가르쳐주었다. 그는 어머니의 아파트에 불쑥불쑥 찾아왔고, 그러면 둘은 몇 시간 동안 함께 저글링을 했다. 처음에는 은색 공으로, 다음에는 막대기로, 나중에는 횃불로. 그는 어머니에게 옹이진 나무로 저글링용 공을 만들어주기도 했다. 어머니는 그걸 내게 주었고, 그것은 지금 내 책상 위쪽 선반에 있다. 그런 상실과 배신을 겪으면 어떤 사람들은 두 번 다시 저글링을 하고 싶지 않을 것이다. 모험도 다시는 하고 싶지 않을 것이다. 하지만 어머니는 파국의 잿더미에서 보물을 건져서 지금도 가끔 불 저글링을 한다. 파라핀을 적신 횃불봉을 밤하늘로 던져 올리면, 횃불이 이글거리면서 빙글빙글 돌지만 어머니는 화상을 입는 법이 없다.

갈까마귀 두 마리가 선로 건너편 가로등 꼭대기에 내려앉아서 내 생각의 흐름을 끊는다. 그들은 나를 한동안 유심히 살피더니 차례로 아래로 내려와 판석들 틈에서 음식 부스러기를 쪼아 먹는다. 그렇게 함께 플랫폼을 청소하더니 선로로 내려간다. 상대와 몇 미터 이상 떨어지지 않는 것이 짝짓기 상대인 것 같다. 히스코트의 갈까마귀가 죽지 않았다면 이 중에 그 친족도 있을지 모른다. 갈까마귀도 나와 일종의 형제가 될 수 있다.

녀석들은 나를 전혀 인식하는 기색 없이 당당하게 철로를 걸으며 과자 봉지, 병뚜껑, 담배 쪼가리를 뒤진다. 햇빛 속에 나란히 서 있는 녀석들은 발밑의 녹슨 갈색 트랙보다 더 금속성을 띤다. 블랙 스틸과 건메탈 그레이. 녀석들의 언어도 금속성이다. **척척**하고 또렷하게 울리는 소리가 거칠고 다소 섬뜩하다. 얼었던 호수가 봄에 갈라지는 소리 같다. 녀석들 울음에는 의미가 있다. 나 가자. 집에 가자. 위험해. 여기 먹이 있어. 그렇게 한동안 관찰하는데, 어느 순간 녀석들이 기척도 없이 뜻을 맞추어 동시에 날아오른다. 새들이 종종 그러듯 눈 깜박임, 제스처, 생각으로 교신한 것이다. 내 정신도 잠시 녀석들과 함께 날아올랐다가 다시 땅으로 돌아온다. 나도 까마귀 일을 해야 한다—그러니까 죽은 사람을 해부하는.

37

나는 욕조에 기대앉아 손가락으로 머리카락을 훑는다. 손가락이 머리카락 엉킨 부분에 걸린다. 고깃점과 새똥이 엉겨서 뭉쳐 있다. 나는 까치가 준 이 선물을 떼어내고—거기 얽힌 머리카락도 함께 뽑힌다—물에 몸 전체를 담근다. 그리고 집의 소리를 듣는다. 수돗물 소리, 웅웅거리는 소리, 머리를 때리는 맥박 소리, 그 뒤를 이어 **딸깍딸깍, 딸깍딸깍** 하고 두드리는 소리가 다른 소리를 모두 몰아낸다. 나는 물 밖으로 올라와 까치 부리에 코를 댄다. 벤젠은 허락을 기다리지 않고 욕조 가장자리에서 내 무릎에 뛰어오른 뒤 허벅지로 내려와서 목욕물을 즐긴다. 내 가슴 위에 서서 허리까지 물에 담그고 내 얼굴과 콧구멍에 신나게 물을 튀겨서 내 몸을 새 기름으로 된 얇은 막으로 덮는다. 그리고 내가 욕조에서 나오자 녀석은 내 수건에 몸을 문질러 물기를 닦는다.

내가 옷을 입을 때, 벤젠은 샤워헤드에 뛰어올라서 꽁지까지 온몸을 흔든다. 깃털이 흔들리면 녀석은 놀라서 몸이 부푸는 복

어처럼 크기가 세 배가 된다. 녀석은 부리를 빗 삼아 깃털을 순서대로 하나하나 정돈한다. 그리고 내가 셔츠를 입자, 내 팔에 뛰어내려서 옷소매에 뺨을 닦는다.

나는 백팩에 몇 가지 물건을 챙겨 넣는다. 오늘 정리 작업이 시작된다. 히스코트의 문서는 모두 런던 모처에 보관되어 있다. 거기서 무엇이 나올지, 또 나오지 않을지 걱정이다. 사람을 죽은 뒤에 알게 되는 일이 가능한가? 만약에 사람들이 내가 남겨놓은 문서만 가지고 나를 파악해야 한다면 나에 대해 아주 왜곡된 상을 가질 수도 있다는 생각이 든다. 법원 기록, 위령비 사건 관련 비난 기사, 새에 대한 무수한 메모가 가장 두드러질 테니. 나는 히스코트가 지면 앞에서는 사람 앞에서보다 더 솔직했기를 바랄 뿐이다.

벤젠이 휘파람을 분다. 녀석은 방 바깥 계단 꼭대기의 거울 앞에서 자신의 모습을 사랑스레 들여다보며 퍼레이드를 벌인다. 그러다 이따끔 까악 달그락 소리를 내면서 펄쩍 뛰고 빙글 도는 등의 곡예를 펼친다. 자신의 민첩함과 멋진 날개깃에 자부심이 넘쳐난다. 내가 손을 내밀자 녀석이 그 위로 뛰어오른다. 나는 녀석의 생각을 읽으려 하지만, 녀석이 내 생각을 모르는 만큼 나도 녀석의 생각을 모른다. 녀석이 내 손마디를 쪼면서 오리 같은 소리를 낸다. 잠시 후 나는 손목을 가볍게 돌려서 녀석을 날려 보낸다.

포트엘리엇 방문 이후, 벤젠은 내 일상의 밝은 별이다. 녀석의 가벼운 영혼은 내가 히스코트의 정신이 내뿜은 산물들에 잠기려 할 때, 나를 가라앉지 않게 해준다. 우리가 콘월에서 가져온 습기 차고 곰팡이 핀 상자들에서는 생각, 이미지, 꿈, 기억이 뭉텅이로 쏟아진다. 그 내용은 내가 상상했던 것보다 더 깊고 더 노골적이며 때로는 훨씬 더 어둡다. 쉽게 들여다보기 어려운 경우도 종종 있다. 일기가 있다. 음란한 그림. 비행 기계 설계도. 자살 시도. 동성 섹스의 황홀함에 대한 묘사. 사용한 콘돔. 내가 읽은 어떤 글보다 불쾌한 정신병원 생활에 대한 악다구니. 내가 태어나고 정신이 무너진 상태에서 쓴 절망과 분노의 글. 그리고 사진도 있다. 양지바른 마당에서 두 손으로 사과를 들고 찍은 어린 시절 사진. 아름다운 20대에 기어가는 자세로 찍은 나체 사진. 페니스가 젖소의 젖꼭지처럼 길고 가늘게 늘어져 있다. 중년 시절에 항문에 지폐를 쑤셔 넣고 찍은 사진. **날 보고 싶어 했지?** 상자들이 말하는 것 같다. **보니까 어때? 이제 만족해?**

누이들과 나는 이 상자들을 '아카이브'라고 부르게 되었는데, 우리는 이것을 런던 서부의 어느 스튜디오 공간에 보관하고 정리해서 팔 생각이다. 나는 수익금에 지분이 없지만—히스코트의 짧은 유서는 나를 언급하지 않고 나도 내 몫을 기대하지 않았다—누이들을 위해 최고가에 경매를 붙이고 싶다. 그들이 이제와서 작게라도 아버지 덕을 보지 못할 이유가 무엇인가? 하지만 그들은 생각이 다르다. 아무리 큰돈을 준다고 해도 히스코트를 텍사스 대학에 보내고 싶어 하지 않는다. 그들은 가까운 곳, 특히 영국의 기관에 팔아서 나중에 찾아볼 수 있기를 원한다.

육신을 화장한 히스코트가 어딘가에 존재한다면 그것은 분명히 이 방대한 말의 더미 속일 것이다. 말은 상자에서, 쓰레기봉투에서 흘러넘친다. 포트엘리엇에서 가져온 것뿐 아니라 그의 서재, 지하실, 심지어 임대 창고에서 가져온 것들도 있다. 커피 자국과 곰팡이로 얼룩진 그의 인생의 자취는 여름이 지난 뒤 호박벌이 남긴 벌집처럼 세밀하고 섬세하다.

아카이브는 왠지 포트엘리엇보다 시큼한 곰팡이 냄새가 더 강하다. 자료들이 빛에 반항하는 것 같다. 매일 하루를 마치면 나는 먼지와 재채기와 우중충한 기분에 싸여서 나오지만 그러면서도 계속 거기 간다. 나에게는 이것이 필요하다. 내 방식은 중구난방이다. 송장을 먹는 새처럼 그의 말과 이미지 덩어리를 타격해서 그 부리질에 허물어질 상처, 그 사람의 실마리를 풀어줄 근원적 상처를 찾는다. 그렇게 해서 겹겹의 가죽을 벗기고 뼈를 바르면서 사태의 심장부로 조금씩 들어간다. 그리고 이런 조각들을 통해 어설픈 일대기가 나타난다. 쓰레기 더미가 들려주는 거친 이야기가. 그 일은 거의 도둑질처럼, 도굴처럼 느껴지지만, 나는 보물에 관심이 없다. 히스코트의 영광은 내 눈길을 받지 못한다. 내가 찾는 것은 트라우마다. 똑같은 질문의 답. 사람이 왜 사라지는가? 무엇 때문에 남자가 자기 아이를 버리고 달아나는가? 히스코트는 왜 그렇게 가족을 두려워한 것인가? 그 옛날의 봄밤에 그의 야반도주를 이끈 것은 무슨 힘인가?

내가 찾은 것 중 가장 시작에 가까운 것은 어린 소년이 두 손으로 사과 같은 것을 들고 햇볕이 내리쬐는 마른 잔디 위에 서 있는 사진이다. 히스코트가 다섯 살 정도로 보이니 제2차 세계대전

종전 후 1~2년 뒤였을 것이다. 옷차림은 단정하다. 발목을 덮는 하얀 양말에 가죽 샌들을 신었다. 튀어나온 무릎, 허리선이 높은 넉넉한 반바지, 목까지 단추를 채운 흰색 반팔 셔츠. 하지만 격식을 갖춘 사진은 아니다. 사랑과 다정함이 깃들어 있다. 소년이 한여름에 놀고 있는 모습이다. 그의 어머니—나의 할머니—가 찍은 사진이 분명하다. 히스코트가 어머니의 박스브라우니 카메라에 대해 쓴 글이 있다. 어머니가 그 기계 안에 슬픈 난쟁이가 산다며 그 난쟁이를 위해 춤추고 미소 지으라고 했다고. 망가지기 전의 히스코트다. 아니 정말 그런가? 사진 한 장을 보고 너무 많은 이야기를 만드는 일을 조심해야 하지만, 그가 사과를 든 모습이 약간 불안하고, 미소도 약간 어정쩡하다는 느낌을 떨치기 힘들다. 히스코트의 부친도 그 사진에 있다. 웃음기 없는 작고 움푹한 눈의 남자가 판사 가발을 쓰고서 카메라를 내려다보고 있다. 그가 이 작은 아이를 때렸나? 그때는 때리지 않았다 해도 나중에는 분명히 때렸다. 히스코트의 여동생 프루가 아카이브에 며칠 와서 나와 오후 시간을 함께 보냈지만, 부친의 공포 정치에 대한 이야기는 회피한다.

"어쨌건 아버지가 어머니는 안 때리셨어." 그녀가 말한다. "어머니 머리에 양갈비는 한 번 던졌지만."

정원 사진 이후 얼마 지나지 않아 히스코트는 부친의 명령에 따라 기숙학교로 갔다. 이렇게 어린 아이를 영국 기숙학교에 보내는 일은 대리 학대라고 나는 생각한다. 그는 몇 살 때부터 사랑 대신 훈육을 받았을까? 다섯 살? 여섯 살? 어머니 품 안의 소년이 남자가 되기 위해 집을 떠났다. 체벌. 제도적 괴롭힘. 더 심한 것들도 있었을 것이다. 히스코트는 어리고 자신을 방어할 수단이 없었다. 그는 탈출, 도피를 꿈꾸며 버틴 것 같다. 갈까마귀 시는 수십 년 뒤에 쓴 것인데도 도입부에서 그가 그 시절에 품었던 환상, 자기에게 말도 걸어주고 보호도 해주는 신비한 갈까마귀를 친구 삼고 싶었다는 이야기를 한다. 외롭고 힘없는 아이의 환상. 그는 이른 시절에 던롭 고무사에 편지를 보내서 자신을 싣고 날아갈 만큼 커다란 풍선을 보내달라고 부탁한다. 던롭 고무사가 보낸 답장은 날짜가 7월이라서 히스코트가 학교와 집 중 어디서 탈출하려고 했던 건지 알 수가 없다.

그다음으로 그는 옥스퍼드 대학에 가서 부친의 바람대로 법학을 공부하고 있다. 아마 그는 거기서 평생 처음으로 편히 숨을 쉬고 자신이 걸어가는 길이 어디로 이어지는지 볼 수 있었을 것이다. 그 길 끝에 자신이 부친처럼 말총 가발을 쓴 모습이 있다는 사실은 악몽이었다. 그는 마침내 용기를 내서 탈출 풍선을 사용하기로 한다. 부친에게 공손하고 조심스럽고 약간 불안하기도 했을 편지를 보내서 공부를 그만두고 예술가와 작가가 되겠다고 말한다. 그때 그가 들은 말은 죽는 날까지 그의 귓속에 맴돈다. "네가 어떻게 작가가 된다는 거냐? 아는 게 하나도 없으면서."

이와 관련된 자료는 아카이브에 없지만, 프루가 히스코트가 그 편지를 보낸 뒤 집에 내려갔을 때 부친이 그의 머리에 내리친 길쭉한 나무 자를 보여준다. 내가 그 자의 울퉁불퉁한 모서리를 손으로 훑다보니, 그녀가 이것을 지금껏 간직하고 있는 게 특이하게 느껴진다. 증거로 간직했던 것 같다. 그런 일들이 정말로 있었다는 증거. 히스코트가 내 어머니에게 해준 이야기가 다시 생각난다. 그의 부친이 그의 방에 들어와서 아들의 정신 상태를 뜯어고치려고 했고, 히스코트가 평생 처음 부친과 싸웠는데 부친이 경미한 심장 발작을 일으켰다는. 그는 그 순간부터 부친의 죽음을 소망했을지 모른다. 어쩌면 자신이 부친을 바닥에 밀쳤다고 말했는지도 모른다. 그리고 얼마 후 닥친 치명적인 심장 발작. 히스코트의 부친은 1964년에 죽었고, 아마 그때부터 히스코트는 자신에게 끔찍한 힘이 있다고 믿기 시작했을 것이다.

그 뒤로 도피와 탈출의 꿈은 더욱 어두운 기조를 띠게 된다. 많은 글이 나온다. 그는 목을 매려다가 발각된다. 날짜를 알 수 없는 글에서 그는 또 한 차례의 자살 시도를 자세히 묘사한다. 그가 채링크로스 다리 난간에 올라가서 하느님에게 기도하고 난간 가장자리로 조금씩 다가간다. 도로에서 한 남자가 차를 세우고 내리더니 "채링크로스는 어디 있나요?" 하고 묻는다. "여기가 채링크로스 다립니다." 히스코트가 발밑의 강물에 눈길을 고정한 채 짤막하게 말한다. 남자가 계속 말을 건다. 자기 이름은 반스고 캠버웰에 산다고. 집에 가서 베이컨을 굽고 계란프라이를 할 생각인데 같이 가지 않겠느냐고. 히스코트는 산을 움직이는 듯한 엄청난 힘을 들여 고개를 돌린다. 그리고 낯선 남자와 눈이 마주친 순간 자살 의지는 사라진다. 그는 난간에서 내려온다.

그다음에 히스코트는 집에 내려가 있다. 나는 그가 빽빽한 줄 간격의 A5 용지에 타자로 쓴 일기를 따라 그가 20대 초반에 이 방 저 방에서 부친의 유령을 쫓는 행적을 추적한다. 부모님의 방에서 그는 부친이 옷을 입고 벗는 모습, 그의 각다귀 같은 다리, 하얀 오금에 모세혈관이 터진 모습, 뻣뻣한 옷깃 때문에 목이 빨갛게 일어난 모습, 셔츠 밑단이 투실한 엉덩이 사이에 끼어서 갈색 얼룩이 묻은 모습을 떠올린다. 사랑스러운 묘사는 아니다. 욕실에 가면 면도용 지혈 스틱에 부친의 피가 남아 있다. 그는 면도할 때마다 왼쪽 뺨의 사마귀를 베었다. 히스코트는 자신의 왼쪽 뺨에도 약간 돌출된 곳이 있는 것을 발견하고 매일 그곳의 털을 뽑아서 괴롭힌다. 욕실 거울에도 여전히 부친의 형상이 있다. 집 안의 직물들이 부친을 기억한다고 히스코트는 확신한다. 부친 서재의 직물들은 특히 그렇다. 그는 책상에 앉아 부친과 똑같이 손톱으로 책상을 두드린다. 부친을 다시 살려내려는 것 같다. 부친의 유령이 그 방을 돌아다니는 궤적을 보고 그 패턴을 흡수하려고, 부친의 머릿속으로 들어가보려고 하지만 실패한다. 그리고 나 역시 똑같은 일을 하고 있다는 것을 생각해본다. 나는 장례식 전날 밤에 히스코트의 책상에 앉아보고, 포트엘리엇의 복도와 그가 살던 방에서 그의 유령을 찾고, 그의 패턴을 감지하려하고, 그의 머릿속에 들어가보려 하지만 실패하고 있다—지금까지는.

일기는 프랑스 생활로 이어진다. 그는 스물세 살에 특별 치료센터에 들어간다. 표면적으로는 알코올 중독을 치료하기 위해서다. 그곳은 히스코트에게 도움이 되지 않는다. 당시는 정신의학계의 서부 개척기고, 그는 불행히도 데니스 켈시 박사와 그의 아내 조앤 그랜트의 손에 떨어진다. 그녀는 유명한 신비주의자로, 자신이 알려지지 않은 여자 파라오 세키타Sekeeta의 현신이라고 주장했다. 그들은 최면으로 히스코트에게 전생 체험을 시켜서 그의 혼란스런 영혼이 상처 입은 순간들을 탐색하게 했다. 그는 일기에 쓴다. "전생에서 나는 온갖 잡일을 하는 인부였다. 조앤 그랜트는 내 옆에서 내가 그녀보다 유명한 적이 없었다는 것을 확인해주었다."

이런 치료를 몇 차례 한 뒤 그는 진력이 나서 술집으로 달아난다. 그리고 인사불성 상태로 도랑에 빠져 있다가 다시 치료센터로 끌려오고 다시 최면 치료를 받는다. 이번에는 최면이 강하게 걸린다. 히스코트는 경련한다. 누군가 그의 혀를 자른다. 그러다 정신이 돌아오는데 말을 할 수가 없다. 당신은 스페인 내전의 스파이였다고 그들이 말한다. 당신이 정보를 주지 않아서 사람들이 혀를 잘랐다고, 이 일로 당신의 에테르적 신체—육체를 초월하는 존재—에 흉터가 남았다고, 당신은 지금껏 과음으로 이 존재를 달래온 것이라고. 히스코트는 일기에 쓴다. "익히 짐작할 수 있듯이 나는 스페인 내전의 포로였다는 사실에 아주 우쭐해졌다." 그는 다음 날 파리로 떠난다.

파리에서 그는 알자스 호텔 7층에 투숙한다. 오스카 와일드가 죽은 그 호텔이라고 그는 일기에 쓴다. 그는 실내 중심부가 통으로 뚫린 호텔의 구조에 숨이 막힌다. 복도에서 낯선 이들의 말소리가 몰려온다. 계단 난간 너머 아래쪽 단단한 1층 바닥을 바라보며, 어쩌면 다시 한번 투신을 생각한다. 공작새 한 마리가 나타나서 타일 바닥을 달그락거리며 걸어 다니고 이어 또 한 마리가 나타난다. 관리인이 나와서 호들갑을 떨며 화려한 공작 꽁지에 어떤 액체를 뿌린다. 관리인이 새들을 그냥 두고 떠나자 그는 공작을 불사조로 만들기 위해 공작에게 불붙은 담배를 던진다.

영국에 돌아오자 그의 머릿속에서 부친의 욕설이 폭발한다. 그런 뒤 얼마 지나지 않아 그 자신이 아버지가 된다. 물론 자료에 그 사실은 거의 드러나지 않는다. 이복누나 차이나가 1968년 여름에 태어나지만, 나는 히스코트가 그 사건에 대해 바친 문장을 한 줄도 찾지 못한다. 그는 사랑과 섹스에 대해 강력한 글을 많이 쓴다. 하지만 그것의 소산에 대해서는 입을 꾹 다문다. 그런 침묵은 그가 자신의 생각과 감정을 살펴볼 용기가 없었기 때문일 것이다. 그것을 보면서 나는 나의 침묵과 소리 없이 백열하는 공포의 덩어리가 생각난다. 차마 바라보기 힘든 덩어리. 어쩌면 히스코트는 아버지가 되면서 가혹했던 자기 아버지를 떠올리고, 아이를 보면서 자신의 불행했던 어린 시절을 떠올렸는지도 모른다. 내막은 그렇게 단순했을 수 있고, 또 그렇게 복잡했을 수 있다.

차이나가 아직 아기일 때 히스코트는 그들 모녀를 버리고 최초의 슈퍼모델인 진 슈림프턴과 연애를 한다. 애니메이션 「레이디와 트램프Lady and the Tramp」 같은 관계다. 히스코트도 인정하듯이 그는 같은 도시에 살면서도 아이를 몇 달씩 보지 않고 지나갈 때가 많다. 진 슈림프턴은 히스코트에게 대리 엄마 비슷했던 것 같다. 그녀는 그의 생활비를 대주고, 창작 활동을 지원해주고, 그가 살 집도 준다. 진이 다른 남자를 만나 히스코트를 버렸을 때, 그가 보인 반응은 어린애처럼 무절제하다. 유명한 이야기지만 그는 그녀의 집 앞에서 분신하는데, 그게 실패한 마술인지 광기의 자해 행동이었는지는 분명하지 않다.

자료들이 이끄는 길은 한동안 끊겨 있다. 다시 길이 나타난 때는 1970년대 초반이고 이제 서른 살인 히스코트는 런던 남부의 스프링필드 정신병원에 입원해 있다. 스프링필드 시절에 대해서는 파편적인 기록밖에 없다. 종이에 끼적인 짧은 실마리, 편지 초안, 다른 환자들과 나눈 성관계를 이상하게 자랑하는 글, 전기충격 치료를 받은 듯한 암시. 때로 그는 자신이 있는 장소와 시간도 모르는 것 같다. 다시 기숙학교에 다니는 것처럼 '엄마와 아빠'에게 편지를 써서 거기 와서 자신을 데려가달라고 부탁한다. 그리고 그 편지를 넣은 봉투에 진 슈림프턴과 새 남자친구의 집 주소를 쓴다. 그가 꼬꼬마 브리짓이라고 부르는 환자가 별채에서 그와의 섹스를 허락한다. 그는 이 일이 자랑스러워서 그 이야기를 쓰고 또 쓴다. 때로 그는 자신의 상황을 별로 심각하게 여기지 않는 것 같다. 정신과 진단서 용지를 훔쳐서 자신이 내용을 채워 넣는다. 진단: 마법 손상. 하지만 때로는 고통스런 자의식에 빠진다. "내가 여기 들어온 건 아버지를 죽여서다." 그는 종이 위에 갈겨쓴다.

진 슈림프턴—'엄마'—이 병원을 찾아오지만, 피해를 되돌릴 수는 없다. 그것은 두 사람이 만나기 한참 전에 이미 이루어진 것이 분명하다. 이 방문 이후 히스코트의 불행은 분노로 변한다. 그는 더 이상 그녀를 엄마라고 부르지 않고, 다른 이름으로 부른다. 그리고 그녀가 자신에게 상처를 준 모든 사람의 부두 인형 voodoo doll인 것처럼 모든 분노, 공포, 미움을 그녀에게 집중한다. 그의 편지는 읽기 곤욕스러워진다. 그는 진의 머리 가죽을 벗겨서 아마존강 유역에 사는 코카인 도리스라는 사람에게 보낼 거라고 협박한다. 그리고 그녀에게 죽음의 심령 광선을 쏠 거고, 전 세계 사이코들이 그 광선을 보고 그녀를 죽이려고 모여들 거라고 한다. 자신은 집시에게서 저주와 축복을 내릴 힘을 받았다면서 진 슈림프턴에게 7년 동안 절망과 불임을 겪을 거라 저주한다. 그는 자신의 궁벽한 처지에 대해 그녀를, 오직 그녀만을 탓하는 것 같다. 자신은 피터 팬인데 그녀가 자기 날개를 찢었다고 쓴다. 그리고 이 편지들의 엑기스를 그가 찍은 진의 누드 사진과 함께 그녀에게 재정 지원을 받아 창간한 급진적 섹스 잡지 『석Suck』에 발표한다.

이런 일이 모두 지나간 뒤 차이나의 어머니 다이애나는 어떻게 해서 다시 히스코트를 받아들이고, 그들은 1979년에 둘째 릴리를 낳는다. 차이나는 나와 함께 쓰레기봉투를 뒤지다가 히스코트가 아기 릴리를 안고 있는 사진을 보고 따로 챙긴다. 히스코트가 어린 릴리와 함께 있는 사진은 거의 없다고 한다. 그가 또다시 사라지기 때문이다. 이번에는 다른 여자의 품이나 정신병원이 아니라 포트엘리엇으로 간다. 그들이 사는 곳에서 수백 킬로미터나 떨어진.

거기서 히스코트는 방종한 수도승처럼 산다. 옷도, 침구도 빨지 않고 몸도 씻지 않는다. 악취가 그의 구역을 채우고 독가스처럼 계단을 타고 내려와서 엘리엇 경의 코에도 들어간다. "뜨거운 물로 목욕을 하고 옷들을 좀 버리시게. 온 집 안 구석구석이 엘리엇 경을 욕하는구먼." 페레그린은 히스코트에게 이런 편지를 전달했다. 그리 놀랍지 않은 일이지만, 히스코트는 이 금욕의 시기를 호기롭게 자랑한다.

하지만 그가 포트엘리엇에서 맡은 역할은 수도승이 아니다. 사람들에게 보낸 편지를 보면 그는 자신을 식객이나 은둔자로 말하지만, 현실은 그보다 못했던 것 같다. 히스코트는 생계를 위해 글을 써야 한다. 그는 저택 내 예배당의 아름다움, 엘리엇 가문과 그 영지의 역사를 찬양하는 시들을 열의 없이 쓴다. 그는 아나키스트 같은 태도에도 불구하고 거의 봉건적인 지위—궁정 광대와 서기의 중간쯤 되는—를 누리는 것 같다.

두 딸의 어머니 다이애나는 자주 편지한다. 그 편지들은 가슴 아프다. 응답 없던 생일 초대, 아이들이 여름 방학 때 아버지를 찾아갔다가 무시당한 일, 런던에서, 그리고 런던을 떠난 뒤에는 옥스퍼드에서 혼자 어린 두 딸을 키우는 고통의 상세한 내용이 가득하다. 그러는 내내 히스코트는 문학의 화수분에 숨어 있다. 그녀는 자신이 최대한 절약해서 살고 있으니 돈 걱정은 하지 않아도 된다고, 아이들도 혼자서 돌보고 있으니 책임에 얽매이지 말고 자유롭게 창작을 하라고 한다. 히스코트는 그에 대한 답으로 말없이 그녀를 인생에서 잘라내는 것 같다. 그녀의 길고 가슴 아픈 편지들을 보면 그는 그녀에게 어떤 일도 제대로 설명하지 않은 것 같다. 하지만 그녀는 언제나 스스로 이유를 생각해낸다.

이런 다이애나의 편지들에 내 어머니가 처음 등장한다. 다이애나는 히스코트의 새 장시 『고래 나라』의 출간 기념행사에서 어머니를 면밀히 살펴본다. 출판사의 이 젊고 아름다운 새 직원 때문에 그가 자기 가족에게 시간을 내지 못하는 것인가? 이때는 히스코트와 어머니가 사귀지도 않을 때였지만, 다이애나는 그의 눈에서 위험을 감지했던 것 같다. 그녀의 편지는 점점 참담해진다. 만약 히스코트가 다시 사람들과 관계를 갖고자 한다면, 그녀와 아이들의 허락을 받아야 한다고 그녀는 안타깝게 요구한다.

히스코트는 이 시기에 일기를 쓰지 않아서 그가 어머니와 사귄 시절의 일들은 이 슬픔과 분노에 찬 다이애나의 편지들을 통해서 알 수 있을 뿐이다. 이 편지들도 읽기 힘들다. 그녀는 히스코트를 강하게 비난하지 못하고, 그래서 내 어머니가 모든 악담의 대상이 된다.

나는 히스코트의 어머니가 보낸 편지에 처음으로 등장한다. 그녀는 1989년 여름에 내 어머니의 임신 소식에 기겁했다는 편지를 보낸다. "나는 널 사랑하고 이해하고 싶다. 그런데 어떻게 가족을 버리려고 하는 거니? 제발 편지나 전화를 좀 해다오. 걱정이 이만저만이 아니다."

그해 겨울 히스코트와 내 어머니에게 득남을 축하하는 편지들이 올 때, 그 이후의 사건들은 이제 불가피하게 느껴진다. 훌륭한 마술사는 같은 트릭을 두 번 사용하지 않지만, 여기서 우리는 세 번째로 똑같은 일을 본다. 히스코트는 같은 행동을 반복하지 않을 수 없는 저주를 받은 것 같다. 10년에 한 번씩 아이를 낳고,

10년에 한 번씩 도주하는 사람. 같은 행동을 하면서 다른 결과를 바라는 미친 사람. 전체적인 맥락 속에서 보니 그 일은 이제 전혀 개인적으로 느껴지지 않는다.

이곳이 바로 내가 도달하려고 애썼던 곳이다. 붕괴의 심장. 절망의 표시를 새긴 수많은 종잇장이 수십 년의 세월을 건너뛰어 내 손에 들어온다. 히스코트는 내 어머니를 욕하고, 자신을 욕하고, 부친의 유령을 욕한다. 나는 그가 포트엘리엇의 둥근 탑 안에 앉아서 그 장식적인 필체로 피라도 뽑듯이 포트엘리엇 공식 용지를 채워나가는 모습을 본다. 그는 계관 시인 테드 휴스에게 편지를 쓰려고 한다. 그들은 전에 편지를 주고받은 적이 있지만 그때는 작품 이야기였고 이런 것은 아니었다. 페이지 가장자리를 감싼 채 서로를 밀어내는 말들. 히스코트의 깨끗하고 장식적인 필체가 무너져서 글자들을 잘 알아볼 수 없고, 글은 가독성도 논리도 엉망이다.

"일 년 동안 않았습니다." 히스코트가 쓴다. "가족 때문에요. 이제 가족이 두 개가 됐어요. 감당할 수 없어서 무너졌어요. 나는 어느 가족도 원하지 않았어요! 나는 프란치스코회 수도사가 될 자질이 있었는데, 부친이 야만적으로 가로막았죠. 나는 어렸고, 내가 하늘을 날 수 있다고 믿었어요! (세상에는 늘 공중 부양을 말리는 사람이 있습니다.) 사태가 악화되면 내 입장을 고수하는 게 답이라고 생각해요. 그 기도가 유일한 수단이에요. 망가지고 녹아내린 두뇌. 자살 생각. 쉼 없이 기도하라. 맹렬하게."

자살 고민을 테드 휴스에게 털어놓는다는 아이러니—테

드 휴스는 두 명의 여자를 자살로 몰아넣었다는 비난을 받는 사람이다—에도 불구하고 나는 편지에 매혹된다. 아카이브의 모든 자료 가운데 이 편지는 내가 거듭 열어보는 글이 될 것이다. 그 이유 중 하나는 거기서 펼쳐지는 기이한 동시성이다. 테드 휴스 역시 까마귓과 새와 친밀한 유대를 맺은 사람이다. 물론 그의 시 「까마귀Crow」는 순전히 문학적 창작이다. 내가 감옥에 있을 때 그의 까마귀 시집이 나에게 날아왔고, 송장을 먹고 신을 거부하는 작품 속의 신화적 새는 한동안 내 수인 생활의 동반자였다. 이제 우연히도 그가 일종의 해방의 서막을 알린다. 히스코트가 동정을 바라는 건지, 테드 휴스와 더 긴밀해지고 싶은 건지 이유는 알 수 없지만 어쨌건 그에게는 나에게 주지 않은 것, 그러니까 약간의 솔직한 설명을 준다. 그는 가족을 감당할 수 없었고, 그래서 무너졌다고. 내 잘못도 아니고 어머니의 잘못도 아니었다. 심지어 그의 잘못도 아니었다. 그의 부친의 무자비함 때문에 그는 가족을 덫으로 보게 되었고, 거기서 탈출하고자 했다. 공중 부양, 기도, 도피, 자살로. 광기도 일종의 도피처가 될 수 있겠지만, 그것은 진정한 탈출구가 되지 않는다.

히스코트가 이 편지를 보냈다면 테드 휴스가 어떻게 받아들였을까? 나는 집에 돌아와서 인터넷에서 테드 휴스의 자료들을 검색해본다. 그의 문서는 대부분 미국의 에머리 대학에 소장되어 있는 것 같다. 거기 사서에게 이메일을 보냈더니, 그녀는 답장에 친절하게도 히스코트와 테드가 주고받은 서신 전체의 복사본을 첨부해준다. 나는 이미 본 것들—서로의 시에 대한 예의바른 편지들—을 스크롤해 내려가며 내가 읽은 편지 초안의 최종본을 찾아본다. 그것은 거기 없다. 히스코트는 그 편지를 보내지 않은 것 같다. 그 시절에 보낸 다른 편지는 있다. 히스코트가 무너진 이후, 우리 곁에서 사라지고 어머니에게서 완전히 돌아선 이후.

히스코트가 휴스에게 보낸 한 편지에는 아직 갓난아기인 내가 어머니 다리 사이에 놓인 욕조에 있는 사진도 있다. 나는 토실토실한 얼굴에 까만 눈으로 사진을 찍는 히스코트를 올려다보고 있다. 나도 어머니도 나체지만, 어머니는 허리를 숙여서 과도한 신체 노출을 막는다. 나의 노출은 그다지 잘 가려져 있지 않다. 카메라 플래시 때문에 주변의 물이 깨진 거울처럼 반짝인다. 히스코트는 사진 가장자리에 두꺼운 필체로 테드에게 자신은 아버지 노릇을 하느라 시간이 하나도 없다고 말한다. 그 말은 그가 사실이기를 바라는 현실인 것 같다. 아마도 그는 그렇게 글을 쓰고 그 말을 믿으면, 그렇게 만들 수 있다고 생각했던 것 같다. 세상을 반대하는 그의 진실. **Y Gwir Yn Erbyn Y Byd.**

38

나는 피 묻은 부리를 닦고 소화를 시키려고 물러앉는다. 이 상처투성이 이야기가 내가 이해할 수 있는 형태를 갖추는 데는 오랜 시간이 걸린다. 어떤 일들은 다시 살펴봐야 한다. 정신병원의 메모는 여러 차례의 시도 후에야 제대로 볼 수 있었다. 광증을 전염병으로 보는 시대는 지났지만 내게는 그런 일이 닥친 것 같다. 나는 간접 도취° 또는 간접 우울감을 겪는다. 머리는 뜨겁게 타오르고 생각은 조각조각 갈라진다. 금주 끝에 통음한 사람처럼 어지럽다. **축복할 힘과 저주할 힘.** 나는 손바닥을 펼쳐서 공중의 새를 불러 내리고, 허공에서 불을 만들려고 해보지만, 그럴 수 없다는 사실에 실망과 안도를 동시에 느낀다. 현실은 내 의지에 따르지 않는다. 세상은 내 말에 움직이지 않는다. 나는 이렇게 나를 통제한다. 생각은 아무런 물리적 힘이 없다고. 히스코트

° contact high, 마약 도취자와 접촉하는 것만으로 경험하는 도취.

의 광기와 직면할 때 가장 견디기 힘든 것은 그가 쏟아내는 순도 백 퍼센트의 혐오다. 처음에 그 혐오는 진 슈림프턴을 향했고, 나중에는 내 어머니를 향했으며, 그보다는 간접적이지만 다이애나를 향한 혐오도 있다. 이 사람은 그냥 인간 말종이라고 규정하고 던져버리고 싶은 마음을 다스리기가 여간 힘들지 않다. 인간 말종이라면 아무 설명이 필요 없어지는데, 나는 히스코트의 행동을 절박하게 이해하고 싶기 때문이다.

나는 그의 이야기, 우리의 이야기—사실 이 책의 시작—를 글로 쓰기 시작한다. 우리 둘 사이의 몇몇 유사점은 나를 섬뜩하게 한다. 불안, 편집증, 힘에 대한 망상, 해결되지 않은 중대 문제—누가 네 아버지인가? 왜 그런가?—에 대한 광적인 집착. 우리가 병원에서 나눈 이상한 대화를 떠올리자, 나는 그가 죽음을 앞두고서도 여전히 정신의 방에서 부친의 유령을 쫓는 모습, 수십 년 전에 잊었어야 할 말다툼을 계속 품고 있는 모습이 보인다. **네가 어떻게 작가가 된다는 거냐? 아는 게 하나도 없으면서?** 나는 그의 시를 생각한다. 그의 시들은 방대한 자료 조사가 밑바탕이 되고, 그는 주제를 완벽하게 이해한 뒤에야 글을 썼다. 어떤 시들은 시라기보다 그가 아는 것을 전부 나열한 수준에 그치기도 한다. 나는 그렇게 죽은 자와 다투고 유령이 틀렸다는 것을 증명하려 애쓰며 내 시간을 보내고 싶지 않다.

나는 다시 히스코트가 병원 침대 옆에 두었던 노트북으로 돌아간다. 그의 부친이 그가 어렸을 때 가르쳐준 웨일스어 문장들 옆에 J. M. 배리의 『피터 팬*Peter Pan*』과 관련된 표현들이 있다. 그것은 하늘을 날 수 있고 자라지 않는 소년의 이야기다. 어머니에게 배신당했다고 느끼지만, 여자친구를 어머니로 만들려고 한 소년. 폭군 부친 같은 인물인 후크 선장을 죽음으로 몰아넣은 소년. 사람들에게 잡혀서 비행 능력을 빼앗기고 어른이 될까봐 집으로 돌아가지 않는 소년. 새처럼 자유롭지만 불변하는 자신 안에 갇힌 영원한 아이. 어쩌면 히스코트는 내 생각보다 자신을 더 잘 알고 있었는지도 모른다. 처음으로 이 모든 일의 지독한 슬픔이 밀려든다. 일찍 끝나버린 인생의 비극, 정서적인 성장이 멈춘 인생, 그가 도움을 받으려고 했지만 처절하게 실패한 순간들, 그가 필요했던 주변의 많은 사람들—그의 파트너들, 딸들, 그리고 나—을 뒤흔든 충격들.

나는 우리 동네 길 끝에 있는 카페에서 커피잔을 만지작거리며 이 이야기의 심장부에 있는 매듭을 풀어보려고 하다가 다시 한번 막막한 위압감을 느낀다. 글을 쓰는 일은 왠지 상황을 현실적으로 만들거나 적어도 그것을 새로운 관점으로 보게 해주는 것 같다. 오래 묻어둔 감정들, 과거의 거대한 물결이 불쾌하게 솟아오른다. 한 가지 생각이 나를 사로잡는다. 내가 과거—나의 과거와 히스코트의 과거 모두—를 반복하고 싶지 않다면 외부의 도움을 받아야 한다는 것이다. 이것은 나 혼자 감당할 수 있는 일이 아니다. 히스코트도 도움을, 그것도 많이 받았지만, 그것은 제대로 된 도움이 아니었다. 그가 정신병원에서 받았던 이상한 최면이나 전기충격 치료는 해악을 끼쳤고, 다른 도움은 그가 전과 다름없이 똑같은 잘못을 계속 저지르게 했다. 나는 그가 받지 않은 도움을, 나 자신을 새로 만드는 도움을 받아야 한다.

　일단 그 생각이 들자—이미 많이 늦은 생각이었다—그것을 떨칠 수가 없다. 어머니는 오래전부터 조용히 그리고 나무라는 기색 없이 치료사들에 대한 이야기들을 전하고 있었다. 나는 어머니의 그런 친절한 제안에 대해 나한테는 아무런 문제가 없다고 대답하고, 심리치료계 전체를 조롱하고, 치료사들의 전화번호와 이메일 주소를 받아도 휴대폰 메모리 깊숙이 처박아두었다. 하지만 이제 약간 절박한 심정으로 어머니와 나눈 메시지 전체를 살펴본다. 사랑, 걱정, 농담, 이모티콘, 재미난 사진들—정상적인 관계에서 벌어지는 평범하지만 놀라운 일들—을 훑는데, 왠지 모르게 이 모든 것에 눈물이 나려고 한다. 전화번호를 찾아서 상담을 예약하자마자 마음에 안도감이 밀려온다. 더 이상 강한 척할 필요가 없다는 안도, 내가 그렇게 괜찮지는 않다는 것을 마침내 인정했다는 안도, 이제 나의 길과 히스코트의 길이 완전히 갈라진 것 같다는 안도. 나는 그를 생각하고 그의 부친을 생각하고, 어쩌면 그 이전의 부친을 생각한다. 모두 부지불식간에 저주를 대물림하듯 다음 세대에 상처를 안겨주었다. 나는 다행히 그것을 떨쳐내려는 노력을 시작할 수 있고, 후대에 저주를 물려주지 않을 가능성이 있다. 내가 이 단계까지 오는 데 걸린 시간을 생각하자, 나보다 훨씬 어려운 치료의 장벽이 있는데도 그 일을 해낸 사람들에게 감탄이 인다.

　차가운 봄 햇살 속을 걸어 집으로 돌아가는데, 어째서인지 전보다 가벼운 느낌이 든다. 새로운 틈이 벌어지면서 신선한 공기가 들어왔다. 내가 내디딘 건 무슨 혁명적인 걸음이 아니다. 약물정신병 등의 이력이 있는 사람이 심리치료를 받기로 한 것뿐이다. 하지만 때로 혁명적인 걸음은 문제가 될 수 있다. 힘의 망상, 상징의 조작, 절묘하고 시의적절해서 세상에 물결을 일으키는 말. 이것은 그것의 반대다. 세상이 나보다 힘이 세다는 인정이다. 감옥에서 나왔을 때가 생각난다. 그때 나는 그런 상황에서도 어떻게든 내가 이겼다고 생각했다. 쓰레기통 뒤에 숨고, 테이블 밑에서 웅크리고, 맹목적인 분노에 펄펄 뛰면서도, 나에게 어떤 식으로건 문제가 있다고 인정하지 않았다. **내가 심연을 응시했는데 심연이 먼저 눈을 깜박였다**고. 그렇다면 나에게 이것은 획기적인 걸음이다. 인간됨을, 나약함을, 그 혐오스러운 취약성을 획기적으로 인정하는 것. 정상 생활을 향한 획기적인 걸음. 프로스페로가 마법 지팡이를 부러뜨리고, 피터 팬이 자신에게 불가능한 유일한 일—불멸과 도피를 포기하고 삶을 끌어안는 일—을 하는 것이다.

현관을 열고 들어가자 부엌에서 수상한 달그락 소리가 난다. 내가 집을 비운 동안 새가 바쁘게 일을 했다. 빗자루를 부엌 바닥에 쓰러뜨리고, 빗자루 머리 부분의 지푸라기를 열심히 뽑고 있다. 내가 다가가자 녀석은 잘못한 걸 아는 듯 꽥 소리를 지르고 살해당한 빗자루의 조각을 부리에 문 채 뛰어다닌다. 그러다 내가 창문을 열자, 얼른 날아올라 우리 한구석으로 달아난다. 그곳은 녀석이 작년 이맘때 첫 둥지를 지은 곳이다. 나는 녀석이 지푸라기를 엮어 둥지의 초석을 만드는 모습을 지켜본다. 녀석도 나름의 방식으로 다음 세대를 생각하는 것 같다. 까마귓과 새를 키우는 우연이 대를 이어 반복된 것을 보면 반복이 항상 나쁜 것은 아니라는 생각이 든다. 히스코트의 갈까마귀, 나의 까치. 전설에 따르면 그들은 모두 흉조, 죽음을 알리는 신의 전령이다. 하지만 그 메시지가 무엇이었나? 어쩌면 때로 저주가 축복의 다른 이름일 수 있다는 것.

알

Egg

39

　야나와 까치와 내가 욕실 거울 앞에 가만히 서 있다. 우리가 거기 얼마나 오래 서서 우리 모습을 멍하니 바라보았는지 모른다. 야나는 내게 몸을 바짝 붙이고 있다. 그녀의 눈빛이 새로 돋은 이끼처럼 파랗다. 새는 박제처럼 조용히 내 손목을 움켜쥐고 있다. 내 두 눈은 땅굴처럼 검다. 까치가 침묵을 깬다. 부리를 열고 심호흡을 한 뒤 우렁차게 외친다. "아기!" 그 말에 거울에 비친 모습이 산산조각 난다.

　강력한 꿈이다. 처음에 그것은 단순한 전조 같다. 까치가 다시 신의 전령이 되어서 생명을 알리는 일. 그리고 그 무렵 야나가 몸의 변화를 알아차린다. 여덟 달 동안 아이를 가지려고 노력한 뒤 이제 봄의 한복판에 들어서 새들이 알록달록한 알을 품고 있을 때, 그녀의 가슴이 커지고 배가 난자를 감싸고 부푼다. 소중한 한 개의 알. 나는 누군가 나에게 그 알을 던지고 그것을 코에 올려놓고 외줄타기를 하라고 시킨 것처럼, 불안과 행복과 두려움

303

이 뒤섞인 가운데 비틀비틀 중심을 잡으려고 한다. 기쁜 순간이라는 걸 알지만, 내가 중심을 잃을 때 치를 대가도 그만큼 혹독해 보인다. 나는 아직도 내가 이 일을 맞을 준비가 되어 있는지 알지 못한다. 그리고 이 일 자체가 가진 불안한 취약성이 있다. 아이가 살지 죽을지는 우리가 손쓸 수 있는 영역이 아니라는 사실. 아이는 신비롭게 온 만큼 그렇게 사라질 수 있다. 그 사실은 감당하기 힘들다. 나는 불안을 잠재우려고 전형적인 딴짓 전략을 사용해서 연못의 올챙이를 잔뜩 잡아다가 열심히 밥을 먹이고, 그 결과 부엌에는 새끼 개구리들이 가득 뛰어다닌다. "좋아, 아주 좋아." 내가 기뻐하며 그 모습을 보여주자 야나가 말한다. "하지만 이제 바깥으로 돌려보내야 하지 않을까?"

야나는 유산의 위험이 급격히 줄어드는 12주가 되기를 기다리지 않고 사람들에게 소식을 전한다. 나에게 그 일은 불운을 재촉하는 것처럼 느껴지지만, 만약 유산을 해도 친구와 가족들이 알게 하고 싶다는 것이 그녀의 현실적인 지적이다. 그래서 사람들이 왜 술을 마시지 않느냐고 물으면 그녀는 가볍게 그 이유를 말한다. 이야기를 들으면 사람들은 아낌없이 축하를 한다. "복받은 아기네." "너는 좋은 아빠가 될 거야." 처음에 나는 그런 말이 어리둥절하지만, 그게 거짓말이 아니라 진심으로 하는 말이라는 걸 알게 되자 마음에 약간의 안심 같은 것이 느껴진다.

현실의 까치도 우리에게 지기 싫어서 둥지를 마무리하고 재빨리 여섯 개의 알을 낳는다. 그리고 알을 낳을 때마다 자랑스럽게 알린다. 마치 알들이 위대한 여왕의 궁정에 입궁하는 얼룩무늬 고관대작인 것처럼 까치 집 성채의 가장자리에 서서 요란하게 나팔을 분다. 아마 나도 자신의 영광에 함께하기를 바라는 것 같다. 그래서 어느 날 아침 나는 녀석의 둥지 안에 있는 이끼 가득한 그릇에 천천히 손을 뻗어서 손끝으로 알들을 느껴본다. 따뜻하고 의외로 미끌미끌하다. 까치가 내 어깨에서 태평하게 수다를 떨기에 나는 조심조심 알 하나를 꺼내서 눈앞으로 가져와 본다. 그것은 완벽하다. 색은 청록색이고, 모양은 타원형이며, 크기는 내 가운뎃손가락 마디보다 살짝 더 크다. 나는 그것을 코끝에 살짝 대보고 둥지에 돌려놓는다.

야나도 까치도 변화한 생명체다. 벤젠은 둥지를 떠나기를 거부하고, 평소에 빈둥거리는 일이 없던 야나는 몸속에 생겨난 생명이 몸을 아래로 잡아당기는 것처럼 침대에서 오랜 시간을 보낸다. 나는 양쪽 모두에게 최고의 남편이 되려고 노력한다. 내가 아침에 야나의 차를 만들 때면, 새는 창밖에서 식사를 가져오라고 재촉한다. 하지만 안타깝게도 나는 벤젠을 만족시킬 만큼 새가 아니고, 아직 야나를 만족시킬 만한 인간도 되지 못한다. 야나는 만약을 대비해서 언니 한 명을 출산에 동반시키기로 한다.

내 머릿속에서는 새와 아기가 점점 뒤엉킨다. 밤이면 작고 검은 새들의 꿈을 꾼다. 전에는 새들이 나를 등에 태우고 하늘을 나는 꿈을 꾸었는데, 이제 꿈속의 새들은 내 손바닥에 무력하게 앉아 있는 날지 못하는 병아리들이다. 나는 녀석들을 돌보고 키운다. 때로 녀석들은 아직 알 상태다. 그러면 나는 그것을 겨드랑이에 따뜻하게 품거나 내 머리카락 속에 엮인 둥지에 잘 간직해야 한다.

벤젠의 알은 아무리 오래 품고 있어도 부화하지 않을 것이다. 나는 혹시 녀석이 우리의 틈새로 짝짓기를 했을까 싶어서 알하나를 꺼내서 플래시로 비추어본다. 얼룩덜룩한 녹색 껍질 안쪽에는 노른자의 그림자만 있고, 다행히 그 이상은 없다. 내가 알을 둥지에 돌려놓자, 까치는 그것을 다른 알들 옆에 가볍게 밀어 넣고 노인이 안락의자에 앉듯이 그 위에 편안히 앉는다. 언젠가 우리는 녀석의 짝을 찾아볼 것이다. 벤젠과 비슷한 괴짜 까치가 어딘가 또 있을 것이다. 하지만 지금은 인간 아기의 등장만으로도 벅차다.

5월이 되고, 새가 우리 집에 온 기념일이 다시 돌아온다. 녀석이 우리와 함께한 지 2년이 지났다. 야나의 언니가 녀석을 배수로에서 주워서 집에 데려오지 않았다면 살지 못했을 2년이다. 그 기간 동안 녀석은 많은 역할을 했다. 말벗, 뮤즈, 애도 치료사, 금파리 사냥꾼, 쥐 잡이 등. 녀석은 슬픔을 보고 기쁨도 보았다. 내 인생을 조감鳥瞰한 녀석이지만, 녀석이 나를 무엇이라고 생각할지는 모르겠다. 이동식 횃대. 먹이 공급자. 고양이 퇴치자. 나에게 악착같이 매달리는 모습을 보면 나를 좋아한다고 생각하고 싶다. 하지만 내가 그냥 쓰러져 죽기를 바랄 수도 있다. 녀석의 정신세계는 그렇게 낯설다. 어머니, 아버지, 할머니, 형제자매, 친구들이 축하하러 몰려와서 가정식 중국 요리와 벌레로 이루어진 점심 식탁에 앉을 때 녀석이 무슨 생각을 하는지 나는 짐작밖에 할 것이 없다. 거대한 덩치에 깃털도 없는 우리가 아주 이상해 보여도 녀석은 표현하지 않는다. 벤젠은 사실 까치로서는 완벽한 파티 호스트다. 녀석은 몇 주 만에 처음으로 둥지를 떠나서 테이블 위를 걸어 다니며 덤플링을 찌르고 쌀 알갱이를 부리에 붙인다.

"벤젠이 오늘이 무슨 날인지 아는 것 같니?" 할머니가 말한다. "개하고 고양이들은 아는 것 같거든"

"특별히 더 다정한 모습은 없는데요." 야나가 심드렁하게 말하고, 벤젠은 부리를 재빨리 놀려 생일 벌레를 뭉개 죽인다.

"새하고 아기는 어떻게 같이 지낼 거니?" 할머니가 묻는다.

벤젠은 이 질문을 기다리고 있던 것 같다. 타이밍이 완벽하다. 야나와 내가 대답할 겨를도 없이 아버지의 머리에 뛰어올라서 부리를 벌리고 완전한 인간의 웃음소리를 낸다. 우리는 깜짝 놀란다. 새는 두 번을 더 웃더니 부리를 닫는다. 우리가 아무리 부추겨도 다시는 웃지 않는다.

녀석의 요란한 웃음은 할머니의 질문에 만족스런 답이 되지 않는다. 그리고 나 역시 그 질문을 하고 있었다. 벤젠에게 부리를 조심시킬 수는 없고, 아기들은 너무도 연약하다. 어쩌면 거울에 비친 까치의 꿈은 또 한 가지 예언을 하는 건지 모른다. 아기의 탄생은 인간과 새로 이루어진 이 가족을 해체할 거라는. 아버지는 아기에게 양봉업자들의 옷을 입히는 게 어떨까 제안한다. 어머니는 까치 목을 비트는 시늉을 한다.

"괜찮을 거예요." 야나가 식구들의 걱정을 물리치면서 말한다. "새는 아기가 잘 때만 집에 들일 거예요. 아기가 깨면 밖에 나가야 돼요. 저희가 잘 조율해야겠죠."

까치, 까마귀, 갈까마귀가 나무에서 떨어지기 시작한다. 해마다 봄이면 둥지에서 새끼들이 떨어진다. 사람들—친구들뿐 아니라 낯선 이들도—이 나에게 연락해서 새끼 새를 발견했다고 도움을 청한다. 새가 다치지 않았고 부모가 근처에 있으면 나는 새를 나무에 돌려보낸다. 만약 다쳤다면 벤젠에게 했어야 할 일을 하고 전문가—인생을 바쳐서 동물을 제대로 돕고 있는 동물 구조사들—를 부른다. 그들은 까마귀, 까치, 갈까마귀처럼 미움받는 동물도 구조한다.

정원의 송장까마귀들은 나의 새-아기 콤플렉스를 피하지 않고, 이웃집 단풍버즘나무에 다시 둥지를 지었다. 막대기들을 어수선하게 쌓아서 만든 그 둥지는 나무줄기를 타고 오르는 담쟁이의 꼭대기에서 약간 떨어진 가지에 놓여 있다. 작년에 그들의 둥지는 실패했지만 올해는 알이 있는 것 같다. 암컷은 몸을 두꺼운 검정색 이불처럼 펼쳐서 알들을 지키고, 수컷은 먹이를 물어온다. 알들이 부화하고 새끼들이 먹이를 달라는 울음으로 존재를 알린다. 나는 녀석들을 지키면 나에게 행운이 오기라도 하는 것처럼 그 모습을 열심히 지켜본다. 스크램블드에그와 닭의 생간을 밖에 내놓으면, 어미가 멀떠구니를 가득 채우고 둥지로 돌아가서 기름기 묻은 부리를 그림자 속에 부드럽게 담근다. 오래지 않아 거뭇거뭇한 머리 세 개가 둥지 안쪽에 나타난다. 생명에 매달린 파란 눈의 새끼 까마귀들.

그 뒤로 몇 주 후 우리 아기가 처음으로 모습을 보인다. 동네 병원에서 초음파 기사가 야나의 배 속을 비춘다. 야나는 침대에 눕고 상의를 젖혀서 초음파 기사가 배에 젤을 바를 수 있게 한다. 우리 앞의 화면에 불분명한 형체가 꼬불꼬불 움직이더니 아주 작고 울퉁불퉁한 인간 형체가 나타난다. 그 생명체는 새우처럼 꼼지락거리며 발길질을 한다. 야나는 기뻐하며 웃는다. "아기가 활발하네요." 기사가 유쾌하게 말하고, 긴장한 우리에게 태아의 몸을 구석구석 보여준다. 그러면서 장기들과 팔다리의 수를 센다. 심장이 있네요. 콩팥도 하나 둘. 위장도 있고, 손이 하나 둘. 나는 무언가 빠져 있을까 걱정과 두려움 속에 바라본다. 야나는 웃기만 한다.

"아기 등뼈가 아주 예뻐요." 기사가 이상하게 말한다.

아기는 머리에서 발끝까지 7센티미터다. 정어리만 한 크기다. 나는 손을 내밀어 내 손바닥에 아기를 담을 수 있을지 본다. 화면에 얼굴 옆모습이 나타나서 진해졌다 흐려졌다 하며 머리 표면에서 두개골을 지나 두뇌까지 보여준다. 기사가 아기 머리는 크기가 2센티미터라고 말한다. 명금류의 알만큼이나 작고 연약하다.

집에 오자 나는 소파에 쓰러진다. 누가 보면 내가 임신한 줄 알 것 같다. 꿈속에서 나는 벤젠의 둥지에서 알을 꺼내서 손바닥에 놓는다. 내 손이 닿자 알이 윤기를 잃는다. 알은 썩고 갈라져서 갈라진 배에서 창자가 쏟아지듯 내용물을 쏟는다. 나는 두려움에 떨며 깨어난다. 심리치료를 시작한 이후 이런 꿈을 자주 꾼다. 심리치료 맞춤형 꿈 같다. 하지만 이것의 의미를 파악하는 데 전문가의 도움은 필요 없어 보인다. 나는 마당으로 나간다. 어른 까마귀 두 마리가 인사를 한다. 날갯깃이 돋은 세 마리 새끼가 모두 살아남아서 이제 뚱뚱한 검은색 양초처럼 단풍버즘나무 가지에 퍼져 앉아 있다. 그들은 아직도 눈 색깔이 놀랍도록 파랗고 또 여전히 시끄럽게 먹이를 달라고 한다. 나는 그들에게 먹다 남은 소시지를 주고, 조용히 앉아서 바라본다.

까마귀들은 내가 무슨 일을 하는지 보고 그제야 가지에서 움직인다. 이미 수도 없이 반복된 행동이지만, 그들은 여전히 조심스럽게 다가온다. 오늘 그들은 너무도 느리다. 딱총나무 덤불에서 야생 까치가 불쑥 튀어나와서 소시지를 쪼기 시작한다. 나는 이 새를 본 적이 있다. 부리가 유난히 크고, 태도도 이상하기 때문이다. 녀석은 이웃집 새 모이대에 거꾸로 매달려 있기를 좋아한다. 때로는 창밖에서 나를 노려보고, 때로는 아마 우리 부엌에 들어와서 물건들을 바닥에 떨굴 것이다. 까마귀들은 분노의 외침을 내지르고 어미가 그 부리 큰 까치를 향해 대포처럼 날아간다. 그러자 놀랍게도 야생 까치가 내게 달려온다. 내려다보니 녀석이 안전을 찾아 내 두 발 사이에 피신해 있다.

40

시골집은 영락없는 8월의 모습이다. 라벤더 꽃밭은 저희끼리 나직한 노래를 부르고, 잔디는 간절히 물을 원하며, 껑충한 그린게이지나무는 머리에 다시 에메랄드들을 이었다. 하지만 정확히 어떤 8월인가? 나는 지난 100년 동안 매년 여름 정확히 이 순간에, 정확히 이 장소에 있었던 것 같다. 풍경은 오르내림이 있는 배경막 같다. 항상 변화하면서 항상 반복되는 영원한 순환. 하지만 그것은 착시다. 자연에 진정한 반복은 없다. 나는 특정한 것들의 실마리를 끄집어본다. 그린게이지나무에 난 주먹만 한 구멍은 딱따구리들의 명함이다. 말 목초지 너머 어딘가에서 들리는 붉은 솔개의 높은 울음소리. 여기서 붉은 솔개를 보는 것은 20년만에 처음이라고 아버지가 말한다. 까마귀, 떼까마귀, 까치, 갈까마귀의 사회도 변화하면서 우리 곁에서 복잡한 삶을 이어간다.

내 안의 생태계도 변했다. 히스코트의 죽음은 이상한 방식으로 풍경을 청소했다. 그의 내장을 헤집는 일은 처음에는 구역질이 났지만, 나는 그것을 이해 가능하게 정돈했고, 그러자 기분이 좋아지기 시작했다. 광기는 대물림되지 않고, 번개처럼 내리치지도 않는다. 그것도 실마리가 있고, 특정한 것들에 뿌리를 내리고 있다. 나는 분명 내 정신이 폭발하는 순간들을 겪었고, 어쩌면 앞으로도 계속 그럴 것이다. 금이 한 번 생기면 완전히 봉합하기는 어렵다. 하지만 그것은 내가 물려받은 피 때문이 아니다. 우리는 모두 과거에 깊이 박힌 뿌리가 있고, 그것이 우리의 현재를 어둡게 한다. 자신의 과거를 무 자르듯 떨쳐낼 수는 없지만 어쩌면 약간의 호미질로 그 힘을 약화시킬 수는 있다. 그 뿌리를 햇빛에 노출시켜서 시들게 해야 한다.

이 단순하고 명백한 깨달음으로 나는 다시 가벼워졌다. 내가 지고 있는지도 몰랐던 짐이 머리에서 내려간 것 같다. 히스코트의 유령은 이제 천천히 증발한다. 그렇게 오랜 세월 동안 내가 잡으려고 애썼던 유령이 이제 나를 잡은 손을 푼다. 내가 어린 시절 처음 그를 알고 싶어 했을 때, 그 이유 중 하나는 나 자신을 알고 싶어서였다. 나는 그에게서 나 자신의 미래, 나 자신의 본성을 볼 수 있을 거라고 생각했다. 이제 그를 알게 되면서 나 자신도 어느 정도 알게 되었지만, 내가 생각하던 방식은 아니다. 내 아버지가 누구인지가 나를 규정하지는 않는다. 어떻게 길렀느냐가 어떻게 타고났느냐를 이긴다. 그래야 한다.

나는 집을 돌아본다. 까치가 1층 창문에서 나를 바라본다. 살아 있는 그림자 같다. 둥지와 알은 잊힌 지 오래다. 그 일은 순식간에 일어났다. 하루 전까지도 녀석은 맹렬하게 알을 보호하는 어미였는데, 다음 날 아침에는 내 머리맡에서 깡충깡충 뛰며 놀아달라고 졸랐다. 그리고 그다음 날 털갈이가 시작되었다. 낡은 깃털이 떨어지고 새 깃털이 났다. 녀석은 쓰임을 잃은 과거를 떨치고, 새것을 키워낸다. 그리고 내일이면 자유 비행을 한다. 어쩌다 한 번씩 우연히 현관문 밖으로 나갈 때를 빼면 녀석은 지지난 크리스마스 이후로 진정한 자유 비행을 한 적이 없다. 크로우 포럼의 전문가들이 벤젠처럼 길든 새에게는 자유가 죽음을 의미한다고 주의를 주었기 때문이다. 나는 세상이 위험하다는 핑계로 녀석을 기꺼이 감금하는 공범이었다. 1년이 넘는 실내 생활. 그것은 옳지 않아 보인다. 녀석은 내 불안의 수인 생활을 충분히 오래 했다. 녀석을 풀어주고, 녀석이 원하면 돌아올 거라고 믿어야 한다. 어떤 장비도, 끈도, 매사냥 기술도 필요 없다. 행복, 자유, 이런 것은 위험을 동반한다. 안전은 때로 포근한 감옥이 될 수 있다. 나는 내가 취할 수 있는 조처들을 취했다. 그것이 철저히 과학적이지는 않을지 몰라도, 어쨌건 야생 까마귀와 까치 들을 일종의 지표로 사용했다. 최근에 그들은 만나기만 하면 서로를 공격하는 일을 멈추었다. 그것은 번식기의 호전적인 태도가 누그러들기 시작했다는 신호고, 나는 지금이 보호 장비 없이 새를 날리기 좋은 때이기를 바란다. 그것은 믿음의 훈련이 될 것이다. 그 일이 녀석과 나 중 누구에게 더 도움이 되는 일인지는 잘 모르겠지만.

야나가 나와서 나와 함께 정원 문 옆에 선다. 그녀도 변화를 겪었다. 정원 나무에서 익어가는 배처럼 천천히 몸이 부풀고 있다. 그리고 아기 울음소리, 페이스북에 올라온 엄마 잃은 원숭이

비디오, 버스에서 자리를 양보하는 사람들 같은 작은 일에도 눈물을 흘린다. 우리는 강으로 가는 흙길을 걷는다. 그 길은 고대 로마 시대의 도로였다는 이야기가 있고, 나는 그 길을 걸을 때마다 잠시 땅바닥을 보며 고대의 머리핀이나 반지, 동전, 말편자 같은 것을 찾아본다. 어느 해에는 금속 탐지기도 써봤지만 찾아낸 것은 낡은 병뚜껑과 사람들이 버린 파이프와 철사 조각뿐이었다. 까치의 보물이 될 만한.

굽이를 돌자 노루 가족이 있다. 붉은 여름털에 덮인 암노루 한 마리와 크기가 절반 정도 되는 새끼 두 마리다. 새끼들은 어미 뒤로 몸을 숨기면서 어미와 함께 어린 참나무와 나무딸기가 있는 안전지대로 달아난다. 세 마리가 그림자 속에서 우리를 본다. 오른쪽 어딘가에서 말똥가리 새끼가 운다. 다시 노루 가족을 돌아보자, 녀석들은 저 멀리 산울타리 절반쯤까지 뛰어가 있다. 하얀 꼬리 세 개가 하늘을 나는 비둘기들처럼 까딱이며 지나간다.

강가의 젖은 목초지에는 떼까마귀, 까마귀, 갈까마귀 들이 점점이 박혀 있다. 이 새들은 제각기 집합명사가 다르다. 까마귀 무리는 '머더murder'라고 하고, 떼까마귀 무리는 '팔러먼트parliament'라고 하며, 갈까마귀 무리는 '클래터링clattering'이라고 한다. 하지만 이런 잡다한 까마귓과 집단은 뭐라고 불러야 하나? 우리가 다가가자 녀석들은 일제히 하늘로 날아오른다. 우리가 고함을 지르고 박수를 치며 달려들기라도 한 것 같지만 우리는 방향이 그쪽일 뿐 천천히 걸어가고 있다. 그들이 있던 자리에 깃털이 흩뿌려져 있다. 급하게 달아나느라 옷을 제대로 입지 못했다. 늦여름에 까마귓과 새들이 하는 일을 가을에는 나무들이 한다. 나는 길에서 깃털 몇 개를 주워서 코에 대본다. 까마귀 깃털은 냄새가 고약하다. 어쨌거나 이 길쭉하고 튼튼한 날개깃은 그렇다. 감지 않은 머리 냄새와 양고기 기름 냄새가 난다. 그보다 작은 날개깃은 갈까마귀의 것인데 냄새가 상당히 다르다. 햇볕에 달궈진 그 깃털은 달콤하고 어지러운 향기가 나고, 이상하게 친숙하다. 갈까마귀 깃털은 그들이 교회 제단 위에서 지내는 것처럼 교회의 향 냄새가 난다. 녀석들이 퍼레이드하던 장소를 보니 풀들 틈에 작고 슬픈 물체가 놓여 있다. 새끼 사슴의 머리와 몸통이다. 돈이 되는 부위인 다리는 밀렵꾼이 잘라갔다. 나머지는 청소동물들이 빠르게 처리한다. 눈알은 사라지고, 흉곽은 열리고, 부리에 쪼인 입술은 으르렁거리는 모양을 하고 있다. 시체를 먹는 새들에 대한 집합명사 또 한 가지가 생각난다. 독수리 무리는 '웨이크wake'라고 한다. 그 말은 우리가 방해한 시체 잔치에 걸맞아 보인다.° 까마귓과의 '웨이크'. 그 새점의 점괘는 모호하다.

완만한 강둑 사면의 풀은 물과 너무 가까워서 어수선하다. 어떤 곳은 누렇게 마르고, 또 어떤 곳은 싱그러운 초록색이다. 군대에서 위장용으로 쓰는 커다란 천 조각들을 가져다 꿰맨 것 같다. 야나는 버드나무 그늘에 누워 금세 잠이 든다. 요즘 그녀는 잠을 많이 자고 나는 아기의 잠과 보조를 맞추느라 그런 건가 궁금해진다. 그녀의 몸속에 있는 사람도 잠을 자고 있을까, 아니면 전

° wake에는 '장례 전의 철야'라는 뜻도 있다.

기 도둑처럼 그녀의 에너지를 훔쳐서 뇌를 만드는 등의 비밀 계획에 쓰고 있을까.

나는 옷을 벗고 물가로 간다. 물가에 높이 자란 쐐기풀들을 예쁜 메꽃 덩굴이 한데 엮고 있다. 메꽃의 부드럽고 하얀 나팔이 소리 없는 달콤한 노래로 벌들에게 최면을 건다. 실잠자리들이 창처럼 솟은 화려한 보라색 부처꽃 사이를 날면서 느린 강물 위를 떠도는 모기와 각다귀를 잡아먹는다.

나는 추위에 대비해서 빠른 호흡을 다섯 번 쉬고 물속에 들어간다. 살갗이 뜨거운 물에 들어간 개구리처럼 파들거리고, 나는 평영으로 엄벙덤벙 강 반대편으로 헤엄쳐 가 수련 옆에서 쉰다. 발끝이 강바닥에 살짝 닿는다. 나는 거기 붙박여 서서 양서류처럼 눈만 살짝 내밀고 주변을 둘러본다. 큼직한 접시만 한 수련 이파리에 고운 날개를 등에 접어 얹은 실잠자리와 뚱뚱하고 게으른 꽃등에가 쉬고 있다. 비스듬히 들어오는 햇빛이 수련의 길고 가는 줄기를 비추는데도 그 줄기들은 닻사슬이나 심해 파이프라인처럼 어둠 속으로 섬뜩하게 사라진다.

나는 다시 강 중간으로 나와서 헤엄을 친다. 여기는 깊이가 사람 키를 훌쩍 넘는다. 나는 폐에서 공기를 내몰고 아래로 가라앉는다. 이 더러운 강물은 아주 많은 순간을 정화해주었다. 나는 천천히 내려가지만, 빛은 황갈색에서 탁한 녹색을 지나 캄캄한 먹빛으로 빠르게 변한다. 발이 바닥에 닿자 나는 천천히 뒤로 눕는다. 손바닥, 팔 뒤쪽, 다리에 따뜻한 강바닥이 느껴진다. 부드러운 침전물의 막이 등뼈를 감싼다. 태양은 이 두꺼운 물의 담요 바깥에 있어서 안으로 뚫고 들어오지 못한다. 나는 고치에 감싸였다. 내 귀에는 심장 박동 소리가 희미하게 들리고, 물살은 속삭이면서 지나간다. 어디선가 여자 목소리가 들린다. 아니 환청인지도 모른다. 그 말은—그게 말이라면—뭉개지고 불분명하다. 자궁 속에 있는 느낌이 이럴 거라고 나는 멍하니 생각하고, 그런 뒤 모든 생각이 사라진다. 고요가 밀려든다. 내가 갈망하는 내적 고요—이것은 어떤 약물 못지않게 중독적이다. 내가 그 상태로 얼마나 오래 있는지 모른다. 몇 초일 수도 있고 몇 분일 수도 있다. 내 마음은 멋대로 표류한다. 몇 시간도 이렇게 있을 수 있을 것 같다. 그러다가 무언가 바뀐다. 어둠이 편하지 않고 공포스러워진다. 더 이상 강바닥에 있고 싶지 않다. 나는 꼼지락거려 몸을 일으키고 빛을 향해 올라가서 부활한 사람처럼 탐욕스럽게 공기를 빨아들인다.

야나는 아직도 강둑에서 자고 있고, 가볍게 코도 곤다. 배경에는 영원한 사운드트랙이 돌아간다. 산비둘기의 높고 낮은 울음, 두 개의 음정을 끝없이 오가는 말똥가리의 피리 소리, 까마귀와 떼까마귀의 낮고 거친 깍깍 소리. 야나의 둥근 배가 햇빛에 무섭게 드러나 있다. 껍데기 없는 알 같다. 살갗에 물결이 인다. 그 안쪽에서 생명을 가진 무언가가 움직이고 발길질을 한다.

그날 저녁, 우리는 집 근처에 불을 피우고 올빼미가 일어나서 기척을 하기를 기다린다. 아버지는 프라이팬에 기름을 두르고, 할머니는 하얀색 헤드폰을 쓰고 아이슬란드 록 음악을 들으며 나무 벤치에 앉아 있다. 어머니는 정원 문 앞에서 담배를 피운다. 어머니 등 뒤, 집을 둘러싼 등나무 안쪽에서 산비둘기가 부스럭거린다.

"쟤들은 해마다 저기다 둥지를 틀어." 어머니가 말한다. "그리고 해마다 뚱뚱한 고양이가 창문으로 나가서 새끼를 잡아먹지."

야나는 무릎에 나뭇가지 묶음을 얹고 불가에 앉아 있다. 우리가 아까 낮에 숲에서 주워 온 물푸레나무 가지들이다. 그녀는 작은 칼로 나무껍질을 벗겨서 그 안의 깨끗한 흰색 목질을 드러낸다. 그것은 아기 침대의 갈빗대가 될 것이다. 나도 야나를 거들고, 연장 자랑할 기회를 놓칠 수 없는 아버지도 헛간에서 주물 대패를 가지고 와서 함께 한다. 나무 곳곳에 작은 구멍이 나 있고, 거기에는 다양한 성장 단계의 딱정벌레 유충이 있다. 발밑의 풀밭은 곧 가느다란 나무껍질 조각으로 덮인다. 야나는 다듬은 가지를 수합하고 그걸 어떻게 엮을 건지 설명한다. 물론 그것은 비둘기 둥지보다 말끔하고 깨끗하겠지만 그 원리는 크게 다르지 않은 것 같다.

어쩌다보니 대화는 요람에서 무덤으로 흘러간다. 부모님은 이 새로운 시작에서 당신들의 끝을 보는 것 같다. 어머니가 당신의 장례식 때는 이렇게 저렇게 해달라고 말한다. 농장 어디에 묻고—개들 옆이 좋다—자식들 각각이 어떤 시를 읽었으면 하는지 같은 것들이다. 아버지가 당신은 퇴비 더미에 던져져서 벌레밥이 되면 좋겠다고 하자, 할머니가 헤드폰을 벗고 퇴비 더미에 당신 자리도 있느냐고 묻는다. 악어 배 속에서 똑딱거리는 시계처럼, 곧 태어날 이 아기는 윗세대들에게 죽음을 상기시키는 것 같다. 마치 지구에 하나가 들어오면 하나가 나가는 원칙이라도 있는 듯이. 노인은 젊은이가 자라날 수 있게 버려지거나, 아니면 퇴비 더미에 던져져야 한다. 하지만 그들은 그런 일이 행복해 보인다. 사실 내가 여태 본 그 어떤 모습보다도 더 행복해 보인다.

산비둘기가 등나무에서 바스락거리다가 둥지를 떠나 날아간다. 나는 눈을 감고도 그것이 어떤 새인지 알 수 있다. 녀석의 빳빳한 날개깃이 공기를 가른다. 녀석은 공중에서 연분홍색 가슴을 드러내고 가볍게 노래하며 두 마리 새끼에게 줄 먹이를 구하러 간다.

다음 날 아침 나는 벤젠을 찾는다. 녀석은 거실의 책 더미 위에서 계곡 저편을 바라보고 있다. 하늘은 흐리다. 창문에는 벌레 거품이 점점이 찍혀 있다. 조건이 그렇게 좋지는 않다고 나는 희망 속에 생각한다. 새는 내 손과 창턱을 오가며 깍깍거린다. 언어와 종의 간극이 있지만, 녀석이 무슨 말을 하는지는 분명하다.

나는 새를 손목에 얹고 집 안을 돌아다닌다. 녀석은 갈고리 발톱으로 내 손목을 꽉 움켜쥔 채 고개를 까딱이며 모든 것을 모든 각도로 다 보려 한다. 모퉁이를 돌 때면 미지의 것에 대비해서 발톱에 힘을 주다가 아무 문제 없다는 것이 밝혀지면 천천히 긴장을 푼다. 부엌에서 녀석의 눈은 야나, 어머니, 아버지의 익숙한 얼굴을 빨아들인다. 내가 서재를 지나 집 뒷문으로 갈 때 식구들이 나를 따라온다. 새는 하늘을 찌르는 창처럼 날카로워진다. 나는 녀석이 나에게 준 모든 것을 생각하고, 녀석도 똑같은 것을 기억하기 바라며 문을 활짝 연다. 녀석은 돌아올 수도 있고 돌아오지 않을 수도 있다. 녀석의 선택이다. 나는 풀어준다.

새는 튀어 나가서 솟아오른다. 낯선 동풍에 하늘에서 흔들리지만 이내 중심을 잡는다. 녀석은 타고났다. 내가 이 새를 통해서 배운 것들은 말로 다 할 수 없다. 녀석은 내게 새롭게 보는 방법, 새롭게 돌보는 방법을 가르쳐주었고, 돌봄의 한계도 가르쳐주었다. 나는 녀석에게 다시는 반복하면 안 될 실수도 저질렀다. 과도한 돌봄은 속박이 된다. 이제 녀석은 우리 머리 위로 솟아오르며 존재의 단순한 기쁨을 가르친다. 하늘을 나는 것은 그런 것이다. 어쨌건 나에게는 그렇다. 하늘을 나는 것은 오직 그 순간에 존재하는 것이다. 과거를 생각하지 않고 현재를 살며 미래를 향해 날갯짓하는 것이다. 나는 녀석을 따라 달린다. 녀석이 그린게이지 나무를 넘어가고, 꽃사과나무를 둘러가고, 도랑을 지나 들판으로 나아갈 때 나는 새와 함께 난다. 꽃밭을 밟고, 울타리를 뛰어넘고, 허리까지 오는 풀밭을 헤치고, 벤젠을 따라 웃음을 띠고 간다. 까치는 하늘에서 즐겁다. 그곳이 녀석이 있어야 할 곳이다.

41

크리스마스 이틀 후 야나는 꿈에서 깨어난다. 누군가의 영혼이 문을 두드리며 들여보내달라고 하는 꿈이다. 유령의 뒤에 희미한 빅토리아 시대 유모차가 있다. 동트기 직전인데, 아래쪽이 축축한 걸로 보아 양수가 터진 것 같다고 한다. 그녀는 잠시 가만 누워서 첫 번째 자궁수축의 강렬한 느낌이 몸을 흔들고 지나가기를 기다린다. 영혼이 노크를 하고 있다.

해가 뜰 때 야나가 내 옆구리를 찌른다. 나는 차와 수건을 준비하고, 천천히 출산용 욕조에 물을 받는다. 자궁수축이 올 때마다 야나는 숨이 거칠어진다. 우리는 준비를 갖추었다고 생각한다. 분만 수업에 다니고, 자기 최면기법을 배웠으며, 진정시키는 만트라를 외웠다. 야나는 밤마다 자기 몸을 부드럽게 열리는 장미꽃으로, 조용한 연못에 번지는 잔물결로, 하늘을 떠가는 열기구로 상상하는 훈련을 했다. 나는 이제 그녀의 손을 잡고 그 기법들을 시도한다. 야나가 방귀를 뀌자 다시 자궁수축이 일어나고,

그녀의 입에서 말이 우는 듯한 소리가 난다. 땀과 열기와 낯설고 달큰한 냄새—그리고 물론 소음도 있다—때문에 우리 방은 마구간 같은 느낌이 든다. 자궁수축이 올 때마다 야나는 내게서 물러나고 심지어 자신에게서도 물러나는 것 같다. 그녀는 자신에게 벌어지는 동물적 현상의 대상이자 주체가 된다.

자궁수축의 빈도가 일정 수준에 이르자 나는 지역 가정 출산 지원 시설에 문자를 보낸다. 한 시간 뒤 산파 두 명이 온다. 한 명은 큰 키에 마른 체형이고 머리가 희끗희끗하다. 다른 한 명은 키가 작고 뚱뚱하고 담배 냄새가 난다. 연장자인 세이디가 가죽 손잡이가 달린 멋진 스톱워치를 꺼내서 야나의 자궁수축 시간을 재고 얼른 상태를 확인한다.

"아주 좋아요." 세이디가 말한다. "잘하고 있어요. 아기가 거의 다 내려왔어요. 곧 나올 거예요."

야나는 출산용 욕조에 들어갔다가 나와서 계단을 올라갔다가 내려오고, 욕조에 들어갔다가 다시 나와서 스쿼트와 런지를 하다 오줌을 누려고 애를 쓰고, 신음하고 땀 흘리며 끙끙댄다. 그래도 아기는 나오지 않는다. 해가 지붕 위를 지나가고 우리 방 창문으로 들어와서 출산용 욕조에서 올라오는 수증기를 비춘다. 아기는 팔다리 중 하나로 야나의 배꼽 안쪽에서 배를 밀기만 하고, 그 이상 내려오는 신호를 보이지 않는다. 야나는 자궁수축 때문에 온몸을 떤다. 해가 지붕 너머로 사라지고 아기 심장 박동 수가 떨어진다.

"아기가 지쳤어요." 세이디가 말한다. "이제 병원에 가셔야 할 것 같네요."

　푸른 불빛들이 거리를 비춘다. 나는 야나를 앰뷸런스까지 부축해가서 함께 야나를 들것에 묶은 뒤 그 옆에 앉는다. 세이디와 유쾌한 구급요원이 함께 탄다. 앰뷸런스가 뒷길을 통해 가까운 병원으로 달려갈 때 내게는 공황감이 밀려들기 시작한다. 야나가 없다면 내 인생은 어떻게 될까? 그녀가 만든 아름다운 것들이 내 손에서 모조리 박살나고, 아기는 어머니를 기억할 물건 하나 없을 것이다. 눈에 눈물이 차오른다. 나는 야나를 위해서 눈물을 삼키려고 한다. 하지만 성공하지 못한 모양이다. 세이디가 내 팔을 잡고 힘을 꽉 준다.

　병원에 도착하자 야나는 대기하던 휠체어를 물리고 내 부축을 받아 엘리베이터까지 걸어가려고 한다. 하지만 그 속도에 답답해진 병원 직원이 그녀를 번쩍 들어서 휠체어에 태우고 검사실로 밀고 간다. 야나가 병원 침대에 누워서 숨을 헐떡이는 동안 간호사들은 바쁘게 오가며 바이탈을 확인하고, 야나의 몸에 깜박거리는 기계를 여러 개 연결한다. 피곤해 보이는 의사가 초음파 검사를 한다. 그리고 아기가 엉뚱한 방향으로 돌아서 당장 수술실로 가야 한다고 말한다. 처음에는 겸자를 써보고 안 되면 제왕절개를 하자고. 다양한 장단점을 고려하느라 시간을 보내고 싶지 않은 기색이다.

　"어떻게 하는 걸 원하시나요?" 의사가 야나에게 묻는다.

　야나는 눈을 감고, 또 한 차례의 수축 속에 몸이 경련한다.

　"몰라요." 그녀가 숨을 헐떡이며 말한다.

나는 의사를 잠시 옆으로 데리고 간다. 이런 일은 우리가 계획한 가정 출산과 거리가 너무 멀다.

"그냥 자연스러운 방식을 택하면 어떻게 될까요?" 내가 묻는다. "조금 더 기다리면서 상황을 보면 안 될까요?"

"저는 이 일로 밥을 벌어먹어요." 의사가 약간 날카롭게 말한다. "수술실에 가야 해요."

의사는 야나에게 돌아간다.

"수술 준비에 한 시간이 걸리니까 지금 답을 해주셔야 해요."

야나가 그러겠다고 하자 의사는 신속하게 방을 나간다. 그 뒤로 일은 빠른 속도로 진행된다. 간호사들이 야나의 목걸이를 풀고 반지 위에 테이프를 감는다. 마취과 의사가 와서 척추 마취에 대해 설명한다. 다른 간호사가 와서 우리가 하게 될지 모르는 여러 가지 처치에 대한 동의서에 서명해달라고 한다. 겸자 분만, 회음 절개, 제왕절개. 나는 병원에서 준 낡은 청색 수술복을 옷 위에 입고, 야나와 함께 수술실로 간다. 세이디도 내내 곁에 있다.

수술실에 가니 의사가 기다리고 있다. 30분 만에 의사는 걱정스러울 만큼 피곤한 기색의 사람에서 활기 넘치는 사람으로 변해 있다. 야나가 휠체어를 타고 밝은 전구들이 비추는 수술 침대로 들어갈 때 의사의 눈은 열정 비슷한 것으로 반짝인다.

나는 야나의 머리맡에 있는 플라스틱 의자에 앉아서 그녀의 팔에 꽂혀 투명한 수액을 공급하는 카테터를 방해하지 않도록 조심하면서 그녀의 손을 잡는다. 자궁수축이 다시 일어나자 야나는 내 손을 꽉 잡는다. 이번 수축은 이전의 어떤 수축보다 강력해 보인다. 그녀가 내 손을 어찌나 세게 잡았는지 카테터로 피가 역류해서 플라스틱 관을 지나 수액 봉지까지 들어간다. 투명한 액체가 분홍빛으로 물든다. 간호사 한 명이 휘파람을 불면서 야나의 강인함에 감탄한다. 수축과 수축 사이에 마취과 의사가 가늘고 긴 바늘로 척추 주사를 시도한다. 하지만 한동안 잘 되지 않는다. 야나의 등 근육이 돌덩이 같다고 한다. 그러다 마침내 틈새를 찾아서 바늘을 찔러넣는다.

"이제 자궁수축은 느끼지 않으실 겁니다." 의사가 만족스럽게 말한다.

간호사들이 야나의 두 다리를 묶고, 그중 한 명이 그녀의 몸에 차가운 스프레이를 뿌리면서 느낌이 있느냐고 묻는다. 차가운 것과 고통을 느끼는 수용체가 같다며.

나는 침착한 표정을 유지하려 하지만 공포심을 누르기 어렵다. 척추에 꽂힌 주삿바늘. 반짝이는 수술 도구들. 수술실 전체가 비극과 죽음을 연상시킨다. 야나가 눈을 감고 있어서 다행이다. 내 얼굴이 새하얗게 질린 것이 내게도 느껴지기 때문이다. 세이디가 다가와서 내 어깨에 손을 얹는다.

"사람들이 다 웃는 얼굴로 대화하잖아요." 그녀가 이번에는 약간 나무라듯이 말한다. "일이 잘못될 것 같으면 저렇게 표정이 밝을까요?"

나는 정신을 차리고 미소를 지으며 야나의 손을 부드럽게 움켜쥔다. 그녀도 손에 힘을 줘서 응답하는데, 의사와 조수가 수술 도구를 가지고 와서 그녀의 몸 안에 넣고 벌리며 겸자 분만을 시도한다.

야나는 다행히도 그 모습을 보지 못하지만 나는 볼 수 있다. 나는 겸자 분만이 얼마나 무지막지한지 전혀 몰랐다. 의사는 헐거운 이를 뽑듯 부드럽게 움직이지 않는다. 자궁수축이 일어나자, 의사는 아기를 빛으로 인도하는 의사라기보다 삭구를 당기는 선원처럼—거의 온 체중을 싣듯이—몸을 뒤로 눕힌다. 그리고 그냥 한두 번 당기는 게 아니라 계속 거듭해서 당긴다. 기계가 수축의 시작을 알릴 때마다 의사는 손목을 X 자로 엇갈려서 겸자를 잡고 힘을 주는데 그 모습이 너무 과격해서 나는 아기 머리가 목에서 떨어지거나 익은 콩처럼 으깨지는 것은 아닐까 걱정이 된다.

"다음 번에는 아기가 나올 거예요." 세이디가 말한다.

다시 한번 힘을 주고 당기고 하자, 피가 분출되면서 야나의 다리 사이에서 퉁퉁 부은 보라색 덩어리—생명도 없어 보이는—가 나온다. 그다지 사람 같지 않은 얼굴, 작은 몸통. 사람들은 서둘러 아기를 옮기면서 신생아 전문의를 긴급 호출한다. 나는 생각한다. '왜 신생아 전문의가 미리부터 대기하고 있지 않은 거지?' 그때까지 몰랐지만 수술실 한쪽에 야나 주변의 장비들과 똑같이 생겼지만 크기가 작은 장비들이 있다. 작은 병원 침대가 있고, 전선과 관이 연결된 작은 모니터가 여러 개 있다. 아직도 움직이지 않는 보라색 아기가 거기 누워서 청색 수술복과 얇은 녹색 모자를 쓴 의료진에 둘러싸여 있다. 그들은 아기를 씻고 문지른다. 누군가 아기의 입에 에스프레소잔만 한 산소마스크를 씌운다.

"따님에게 산소를 공급하는 거예요." 누군가 말한다. "목이 탯줄에 감겨 있었어요." 딸이구나, 나는 생각한다. 숨을 쉬지 않는 딸. 야나와 나는 수술실 불빛 아래서 기다린다. 얼마 동안 기다렸는지 나는 모른다. 시간은 의미를 잃는다. 그러더니 조그맣고 거칠고 흔들리는 목소리가 공중에 솟는다. 그 소리에 나는 눈물이 솟고 야나도 마찬가지다. 기쁨과 안도의 눈물이다.

"이제 따님한테 인사하세요." 간호사가 말한다.

나는 가서 아기를 처음으로 제대로 본다. 아기는 맹렬하게 움직인다. 빙 둘러서서 자신을 찔러보는 의사들 사이에서 두 팔과 두 다리를 마구 휘두른다. 겸자로 잡았던 부위인 눈 위쪽과 두 뺨에 긁힌 상처가 있지만, 이미 아주 친숙한 느낌이다. 보자마자 알아본 낯선 이. 검은 머리에 작고 둥근 코, 뾰족한 턱. 눈은 한쪽만 뜨고 있다. 한쪽은 부어서 감겨 있다. 나는 아기의 눈을 들여다보고―점판암 같은 파란색이다―아기에게 말을 걸어본다. 아기는 내 목소리를 듣고 내게 초점을 맞춘다. 그리고 내가 내민 검지를 손으로 꽉 잡는다. 나는 간호사에게서 받은 가위로 30센티미터 가량 남은 탯줄을 자르고 아기를 체중계에 올려 체중을 잰 뒤 마침내 야나의 품에 안겨준다. 아기는 자신의 기원의 품에 이르기 위해 그렇게 길고 힘든 여행을 했다. 야나는 아기에게 첫 키스를 하고 역시 손가락을 내밀어 아기가 잡게 한다.

"강한 이름을 지어주셔야 할 것 같네요." 간호사가 말한다. "큰 고생을 했으니까요."

직원이 야나와 아기를 휠체어에 태워 신생아 병동으로 데리고 간다. 신생아 병동 창가 모퉁이에서 나는 아기가 야나의 젖을 빨아먹는 모습을 본다. 야나는 아기의 힘에 놀란다. 우리는 감탄 속에 아기를 주고받는다. 아기는 울 때 아주 조용히 울면서 아랫입술을 떠는데 그 모습이 무한히 사랑스럽다. 야나는 잠든 아기를 품에 안고 잔다. 나는 침대 옆 의자에서 둘을 바라본다. 아기는 이따금 어떤 꿈이나 소리, 또는 불안 때문인지 깜짝 놀란다. 그러다 결국 나도 곯아떨어진다.

나는 새벽에 아기 울음소리에 잠을 깬다. 기저귀를 보니 검은색의 끈끈한 오물이 가득하다. 내가 기저귀를 갈아주고 의자에 앉아 아기를 어르는 동안 야나는 계속 잔다. 아기 머리는 내 손바닥에 쏙 들어온다.

주변 어둠 속에는 이상한 소리가 가득하다. 다른 아기들이 울고 끙끙대는 소리. 침대 커튼을 치는 **드르르르** 소리는 쥐들이 천장을 달리는 소리 같다. 바깥에 비계飛階를 세우는 소리. 버스들이 무겁게 덜커덩거리며 달리는 소리. 희미한 노란빛 속에 내 품 안의 아기를 내려다보자 다른 것은 모두 희미해진다. 아기는 한쪽밖에 뜨지 못한 신비한 파란 눈으로 나와 눈을 맞춘다. 우리 얼굴은 몇 센티미터 거리다. 나는 아기가 폐와 횡격막에 적응하면서 불규칙하게 헐떡이는 숨소리를 듣고, 아기는 내 뜨거운 숨결을 얼굴에 느끼고, 또 자신의 몸 아래에서 쿵쿵 뛰는 심장의 편안한 리듬을 느낀다. 내 머릿속은 온통 아기에 대한 사랑, 아이를 보호하겠다는 마음, 최선을 다해 아이 곁을 지키겠다는 다짐뿐이다. 보이지 않지만 끊을 수 없는 유대가 형성되었다.

에필로그

이른 봄의 어느 날 까치는 사라진다. 그 일은 내 눈앞에서 벌어지지만, 나는 그 사건을 눈으로 본다기보다 피부로 느낀다. 목덜미의 차가운 바람, 녀석이 나를 지나 문의 좁은 틈으로 날아갈 때 내 뺨에 닿는 날개 끝. 녀석은 한순간 시골집 새 우리의 양지바른 곳에 앉아서 연금술사의 불처럼 청색과 금색으로 반짝이다가, 다음 순간 빈자리만 남기고 떠났다. 나는 빙글 돌아서서 녀석이 닭 우리 위로 날아올라 하늘로 사라지는 모습을 간신히 본다. 나는 이제 녀석의 변덕스런 비행에 익숙해져야 한다. 녀석은 떠났다가 돌아온다. 하지만 이번은 이전의 나들이와는 다르다. 벤젠은 확고하다. 나는 팔을 내밀고 휘파람을 불면서 보이지 않는 끈이 녀석을 당기기를 바란다. 벤젠은 계속 하늘을 난다. 잠시 후 나는 녀석이 내려올 생각이 없다는 것을 깨닫는다. 녀석은 참나무보다 높고, 구름 같은 포플러나무 꼭대기보다도 높다. 당혹스럽게도 다른 까치들이 덤불에서 나와서 자기 영토를 지키기 위해 벤젠과 시끄럽게 싸운다. 녀석은 다른 새와 이중나선을 그리며 돌고, 둘은 서로 부리질을 하고 소리를 지르고 하다가 꼭대기에 이르자 갈라선다.

나는 도랑에 빠지고 산울타리의 틈새로 뛰어들면서 점점 멀어지는 녀석을 시야에서 놓치지 않으려고 애쓴다. 내가 덤불을 헤치고 가니 말똥가리가 놀란다. 토끼들이 흩어진다. 야생 까치가 앞뒤로 날아가서 나를 헷갈리게 한다. 녀석들이 늘어날수록 내가 맞는 새를 쫓는지 아리송해진다. 까치들이 제각기 다른 방향으로 가자 나는 어떤 녀석을 쫓아야 하는지 오리무중이 된다. 벤젠은 십여 마리 새들 속에 섞인다.

시골집이 내려다보이는 언덕 꼭대기에서 나는 내가 녀석을 놓쳤음을 깨닫는다. 아마도 이번이 마지막일 것이다. 나는 숨을 헐떡이고 땀을 뻘뻘 흘리며 우리로 돌아가는 길에 만나는 모든 사람에게 까치를 보았느냐고 묻는다. 시골집은 봄맞이 새 단장 중이라 많은 일이 이루어지고 있다. 썩은 문을 고치는 목수들은 친절하게도 내 질문을 진지하게 듣지만, 나는 내 어리석은 질문에 스스로 소리를 지르고 싶어진다. 물론 그들은 까치를 보았다. 모두가 까치를 보았다. 나는 머리에서 나뭇가지를 떼어내고, 가시에 긁힌 팔뚝을 핥는다.

닭 우리 근처에 돌아오자 익숙한 재재거림이 들린다. 내 얼굴에 미소가 떠오른다. 또 한 번의 익숙한 트릭. 벤젠은 참나무 낮은 가지에서 이끼를 쪼고 있다. 내가 휘파람을 불자 녀석은 원숭이처럼 가볍게 나무 꼭대기로 뛰어오르더니 다시 눈앞에서 사라진다. 나는 녀석을 더 잘 보려고 블루벨 꽃밭을 달려서 넓은 풀밭으로 간다. 까치는 참나무 꼭대기에 앉아서 햇살 속에 금빛을 떨구고 있다. 참나무의 새순들은 이 빛 속에서 거의 액체 같다. 새로 돋는 멧누에나방 날개처럼 싱싱하고 촉촉하다. 벤젠은 나부끼는 나뭇잎들 사이에서 유쾌하게 꾸룩거린다. 나는 두 팔을 허우적거리며 녀석을 불러 내리려고 한다. 망가진 허수아비처럼. 녀석은 재재거리며 돌아서 지평선을 바라본다.

"어떻게 해야 하지?" 야나가 집에서 나를 소리쳐 부르자 내가 묻는다.

"뭘 할 수 있는데?" 그녀가 되묻는다.

그 말이 맞는 것 같다. 내가 한 질문은 내가 어떤 감정을 가져야 하는가 하는 것이다. 우리는 길든 까치는 야생에서 살아가기 힘들다는 이야기를 수백 번 들었다. 하지만 나는 이 녀석이 벌레와 쥐를 수도 없이 죽이고, 심지어 우연히 마주친 불쌍한 개구리도 죽이는 것을 봐서 녀석에게 먹이 사냥 능력이 있는 것을 의심하지 않는다. 지금도 무언가를 먹고 있는 것 같다. 나무껍질 고랑에서 파낸 쥐며느리나 딱정벌레. 그런 뒤 녀석은 부리를 딱 다물고 산들바람에 가지와 함께 흔들린다. 나무 위에 있는 녀석은 지난 몇 달 동안 중에 가장 차분하고 만족스러운 모습이다—그러니까 아기가 태어나고 녀석의 서열이 한 단계 내려간 이후로. 녀석은 행복해 보인다.

"아마 그게 답인 것 같아." 야나가 말한다. "행복감을 느끼는 거, 그게 필요해"

까치는 나를 이끌고 나무에서 나무로 이동해 계곡으로 들어간다. 그리고 더 많은 덤불과 산울타리를 넘어가더니 마침내 습지에 들어간다. 내 발이 땅속으로 절반쯤 꺼졌을 때, 녀석이 마침내 내려와서 내 팔에 앉는다. 나는 녀석을 붙잡아서 집으로 데려갈까 생각하지만 그럴 수 없다. 대신 나는 녀석의 구석구석을 기억하려고 한다. 갈고리발톱의 부드러운 감촉. 그 발의 의외의 온기. 동굴처럼 파랗다가 햇살 머금은 강물 같은 갈색이 되는 눈. 보는 각도에 따라 녹색, 보라색, 파란색으로 변해서 녀석을 매번 다른 새로 만드는 환상적인 광채의 깃털. 녀석은 마지막으로 내 손목에 부리를 문지르더니 어깨를 들썩여 하늘로 날아오른다. 이번에는 따라가봐야 소용없다. 나는 녀석이 호수와 강물 위를 지나 탁한 보라색 숲으로 날아가는 모습을 검은 별을 추적하듯 바라본다. 녀석은 먼 수평선을 향해 공중을 가르며 나아가다가 혜성처럼 순식간에 자취를 감춘다.

야나는 집 앞 사과나무 아래 담요를 깔고 앉아 있고, 아기가 옆에 누워 있다. 낮은 가지들에 걸려 있는 작은 돛단배 모빌들이 아기 머리 위에서 산들바람을 따라 빙글빙글 돈다. 난산의 상처는 오래전에 사라지고 지금 아기는 두 눈을 활짝 뜨고 있다. 눈동자 색깔은 각도에 따라서 다르게 보인다. 때로는 탁한 파란색이고, 때로는 녹색, 때로는 밤색이다. 아직도 색깔을 결정하지 못한 것 같다. 내가 다가가자 아기의 눈이 돛단배를 떠나 나에게 온다. 지금 이 순간 아기의 눈동자는 금색 반점이 찍힌 진청색이다. 아기는 내 익숙한 얼굴을 알아보고 잇몸으로 웃는다. 아기가 하품

하는 고양이처럼 혀를 내밀자, 나는 아기의 뾰족한 턱 아래 코를 댄다. 아기의 얼굴에는 조상들의 얼굴이 지나간다. 때로는 돌아가신 사랑하는 할아버지 얼굴이 강보에서 나를 올려다봐서 깜짝 놀란다. 때로는 할머니 얼굴도 보이고, 때로는 야나와 내가 통통해진 모습도 보인다. 그리고 당연히 히스코트도 거기 있다. 엄숙한 표정을 지으면 아기는 사과를 불안하게 움켜쥔 그 어린 소년과 비슷하다. 물론 나는 이제 그것을 내가 물려받은 저주로 보지 않는다. 태어난 지 넉 달이 된 아기는 이 모든 사람의 흔적을 간직하고 있지만 그러면서 무엇보다 아이 자신이다.

머리 위에서 날개가 파닥거린다. 산비둘기다. 야나가 나에게 벤젠이 떠나는 일을 기뻐하도록 허락했지만, 나는 분명 그 후 며칠을 시골집에서 쓸데없이 까치들을 쫓으며 보낼 것이다. 사방에서 벤젠이 보인다. 검은지빠귀, 갈까마귀, 떼까마귀, 산비둘기, 저공비행하는 까치는 모두 한순간 벤젠으로 보인다. 반짝이는 깃털을 뽑힌 오리의 성난 울음에서도 벤젠의 소리를 듣는다. 멀리서 어떤 개가 깽 하는 소리가 나도, 벤젠이 꼬리를 당기거나 어쩌면 항문을 쪼았나 하는 생각이 든다. 푸른 박새의 헬륨 삼킨 듯한 울음소리를 들어도 그렇다. 어쩌면 그게 핵심 같다고 야나는 말한다. 벤젠은 이제 수많은 새들 중 하나고, 우리는 어떤 새도 그냥 새 한 마리로 볼 수 없다고.

일주일 동안 하늘을 탐색한 뒤 우리는 결국 집으로 돌아간다. 나는 까치 우리를 열고 새의 보물을 구석에 쓸어 놓는다. 까치의 날들은 끝났다, 아이를 키우면서 이제 까치를 키우는 시간은 끝난다고 나는 생각한다―아니면 그렇게 착각한다.

다음 날 동이 트기 전, 야나와 아기가 아직 잠들어 있을 때, 나는 몰래 일어나서 계단을 내려간다. 그리고 복도의 유모차를 지나 부엌에 들어가서 글을 쓴다. 히스코트는 어쨌건 한 가지는 옳았다. 글을 쓰려면 사라져야 한다는 것. 나는 사라지는 순간들, 나를 환경과 단절시킬 방법을 찾아야 한다. 하지만 그것은 끝이 아니다. 나는 언제나 돌아온다. 야나와 아기는 내가 날아가지 못하게 하고, 그것은 좋은 일이다. 나는 키보드에서 고개를 들어 햇빛이 나무 사이로 스며드는 것을 본다. 어제는 텅 비어 보였던 까치 우리에 황록색 빛이 어룽거리고 명금류 새가 가득하다. 울새, 굴뚝새, 박새, 참새 들이 열린 문으로 쏟아져 들어와서 다른 새의 차지였던 가지들에서 노래한다.

그러는 한편, 시골집 서쪽으로 몇 킬로미터 떨어진 폐차장에 까치 한 마리가 내려온다. 주변에는 망가진 차들이 쌓여 있고, 엔진과 배기관이 더미를 이루며, 석유화학 물질들의 웅덩이가 아침 햇살에 보라색으로 반짝인다. 새는 이런 인간적인 환경이 이상하게 편해 보인다. 폐차장 일꾼 두 명은 처음에는 자기들 발치에 겁 없이 서 있는 생명체를 알아보지 못한다. 그들은 라디오에서 흘러나오는 소리를 따라 노래 부르며 낡은 미니 쿠퍼에서 값나가는 부품을 떼어내고 있다. 새는 그들과 함께 틀린 음정으로 깍깍거린다. 그리고 스패너와 볼트를 툭툭 차며 폐차장 앞마당으로 우쭐우쭐 걸어간다. 직원들은 하던 일을 멈추고 바라본다. 까치지만, 여태껏 본 적 없는 종류의 까치다. 한 명이 휴대폰을 꺼내서 동영상을 찍는다. 새는 우쭐거리는 걸음을 멈추고 그들을 똑바로 바라보면서 부리를 벌린다.

"컴온!" 새가 말한다. "컴온!"

감사의 글

이 책이 태어나는 데 없어서는 안 될 도움을 주신 분이 아주 많습니다.

먼저 나를 일찍부터 믿어주고 전문적 조언을 베푼 멋진 출판 에이전트 너태샤 페어웨더와 이 책의 출간을 위해 노력한 RCW 의 모든 분께 감사드립니다. 편집자 레티스 프랭클린의 혜안과 우정에도 감사드립니다. 비상한 상황에서도 이 책이 알을 깨고 나오도록 힘써준 오리온 출판사의 모든 분들께도 감사드립니다. 미국판 출간을 가능하게 해준 스크리브너 출판사의 모든 분과 특히 밸러리 스타이커에게 감사를 드립니다.

내가 가장 큰 사랑과 감사를 보낼 사람은 사랑과 응원과 강철 같은 의지력을 베풀어준 야니나(야나) 페단입니다.

더불어 다음의 분들께도 감사의 말씀을 드립니다. 어느 봄날 새끼 까치를 발견하고 그 생명을 구하기로 결심한 크세니야 페단. 당신들의 인생에 나를 허락하고, 내가 이 책을 쓸 공간을 내어

336

준 차이나와 릴리 윌리엄스, 파리잡이의 달인인 나의 할머니 에스더 샘슨, 비만 고양이의 수호신 로머니 길모어, 새들의 질병에 대해 훌륭한 조언을 해준 조 길모어, 멋진 새 우리를 지어준 게이브리얼 길모어, 새의 속삭임을 들려준 재즈 롤런드, '구더기 파이'를 만들어준 존 서덜랜드, 뛰어난 눈의 세라 리, 비둘기들의 신 릭 새매더, 현명한 알인 짐.

나의 부모님 폴리와 데이비드에게 사랑과 감사를 드립니다. 두 분 모두 그동안 불을 저글링했습니다.

나에게 포트엘리엇을 보여준 루이 엘리엇, 그리고 페레그린 엘리엇의 말을 수록하도록 허락해준 엘리엇 재단에 감사드립니다. 대영 도서관 열람실 직원들, 에머리 대학 내 '스튜어트 A. 로즈 원고와 희귀서 도서관'의 캐슬린 슈메이커에게도 감사드립니다.

많은 작가가 나에게 영감을 주었습니다. 까마귀와 문화에 대해 글을 쓴 보리아 색스, 까마귀와 갈까마귀 무리에 존재하는 문화를 연구한 존 마즈러프, 『까마귀 행성Crow Planet』의 작가 리안 린 하우프트, 까치의 사회생활을 정밀 관찰한 팀 버크헤드, 까마귀 부락을 감동적으로 묘사한 에스터 울프슨, 『슬픔은 날개 달린 것 Grief is the Thing with Feathers』의 악당을 창조해내고 가려진 길들을 보여준 맥스 포터, 내가 그 뒤를 따르고픈 작가 헬렌 맥도널드에게 감사드립니다.

조언과 격려를 아끼지 않은 까마귀 커뮤니티 회원들에게도 감사드립니다. 그리고 벤젠이라는 이름의 까치에게 감사를 전합니다. 벤젠은 나에게 자신도 모를 만큼 많은 것을 가르쳐주고, 네 번째 봄이 오기 전에 자연사했습니다.

매일매일 감추어진 보물을 꺼내는 올가 샘슨 페단 길모어에게 하늘보다 더 큰 사랑을 바칩니다.

위험에 빠진 동물을 보았을 때

동물 구조를 시도할 상황이 생기면 먼저 그들에게 정말로 도움이 필요한지 확인해야 합니다. 많은 새가 비행을 익히기 전에 둥지를 떠납니다. 동물이 연약하고 버림받은 것처럼 보여도, 아직 부모가 돌보는 경우가 많습니다.

야생 동물 단체들은 일반인이 어리거나 다친 동물을 직접 돌보는 일을 권장하지 않습니다. 그런 동물의 생존 확률을 높이는 데는 전문가의 손길이 필요하기 때문입니다.

판단이 어려우면, 지역 야생 동물 구조 단체에 연락해서 조언을 구하십시오.

옮긴이의 말

나이가 들면서 알게 된 비교문화적 사실 중에 신기했던 것 하나가 서양에서는 까치가 흉조라는 것이었습니다. 우리 문화에서는 칠석날 전설을 빼면 대체로 까치와 까마귀를 구별해서 까치는 길조로, 까마귀는 흉조로 보기 때문입니다.

하지만 정서적 거부감은 없을지라도 까치가 우리와 어떤 긴밀한 관계를 맺고 사는 새는 아닙니다. 비둘기 밥은 누구나 한 번씩 줘봤어도 까치하고 무슨 일을 해본 사람은 드물 것입니다.

이 책은 그런 까치를 반려동물로 돌보며 산 사람의 이야기입니다. 잘 몰랐던 까치에 대한 이야기가 가득합니다. 하지만 작가가 까치를 잘 키웠다고 이 책을 쓴 것은 아니고, 당연히 우리도 까치에 대해 알려고 이 책을 읽는 것이 아닙니다. 우리가 읽는 것은 까치 이야기에 스며든 작가의 삶과 통찰입니다. 그리고 그 삶은 우리가 주목할 만한 매혹을 담고 있습니다.

작가는 기인이라는 말로도 설명이 부족한 생부에게 버림받으며 인생을 시작하고, 굴곡진 가족사에서 헤어 나오지 못한 채 젊은 인생을 파란으로 점철시키며 살아갑니다. 그러던 중 다친 까치 새끼를 만나서 좌충우돌하며 까치를 키우게 됩니다.

번역을 하면서 작가의 행동이 온전히 이해되지 않는 경우도 많았습니다. 돌도 되지 않은 자식을 버린 아버지, 그런 뒤 어떤 사과의 기색도 보이지 않고 늘 멋대로 관계를 차단하는 아버지를 왜 그렇게 그리워하는 것인가? 하지만 부모자식 관계는 너무도 원초적인 나머지 평범하고 자명한 논리가 통하지 않는 경우도 많다는 것을 압니다. 또 생부에 대한 작가의 집착은 '그에게 있는 나'를 발견하고픈 욕망이 크게 작용했다는 것도 이해할 수 있었습니다. 그들은 외모부터 너무도 닮았고 결국 아들도 작가가 되었으니까요(거기에 둘 다 까마귓과 새를 키운 우연까지!).

이런 집착은 자기 연민에서 비롯된 것으로 보이기도 합니다. 하지만 생부가 죽은 뒤 그가 남긴 보기 거북한 자료들을 꼼꼼히 살펴보는 용기에는 감탄하지 않을 수 없었습니다. 괴로운 것을 덮어두고 외면하면 치유는 시작되지 않는다는 것을 모두가 알지만, 직면하는 일의 어려움에 그것을 피하는 사람도 많기 때문입니다. 그리고 그것은 결국 평생토록 수수께끼만 같던 아버지의 근원을 이해하는 실마리가 됩니다. 고통스러운 신화가 해체되기 시작합니다.

이런 작가의 곁에서 까치는 자신의 리듬을 가지고 자신의 삶을 살아갑니다. 비록 인간의 반려동물이 된 특이한 까치지만 오직 까치로 살 뿐 인간의 괴로움은 안중에도 없습니다. 작가의 가족사의 곡절과 까치 양육은 다른 차원에서 진행되는 별개의 사건이지만 작가의 정신 속에서 두 가지는 자연스럽게 얽히게 됩니다. 뒤틀린 욕망과 행동 체계를 지닌 인간의 세계가 단순한 욕망과 행동 체계를 지닌 까치의 세계와 상호작용해 복잡한 무늬를 그립니다.

우리가 고통을 받을 때 우리 곁의 동물은 쉽게 우리의 투사 대상이 됩니다. 그들은 아무런 의도 없이 우리의 고통을 증폭시키기도 하고 위로해주기도 하며, 때로는 깊은 깨달음도 줍니다. 작가는 이 이질적 타래로 얽힌 이중나선을 섬세한 문장과 정교한 구성에 담아서 아주 흡입력 있게 그려 보입니다. 그 풍경은 거칠게 요약하면 '떠나버린' 아버지가 남긴 커다란 구멍을 '떠나지 않는' 까치 한 마리의 도움으로 수선하는 것이라고도 할 수 있습니다. 그런 가운데 결혼, 죽음, 출생이라는 통과의례가 굽이굽이에서 이정표처럼 작가의 성장을 알립니다. 그래서 책 마지막에 이르면 우리는 비바람을 뚫고 도착한 손님을 보는 것 같은 기쁨을 느끼게 됩니다.

우리 문화에서 까치를 친근하게 만들어주는 전승들 가운데는 '까치가 울면 반가운 손님이 온다'는 속설도 있고 '은혜 갚은 까치'라는 민담도 있습니다. 이 책의 까치는 자신이 직접 손님으로 왔고 또 나름의 방식으로 은혜를 갚았습니다. 그래서 '까치 한 마리는 슬픔'이라는 영국의 전승보다 우리의 전승이 벤젠의 이야기와 더 잘 맞는 것이 아닌가 하는 생각도 들었습니다.

번역을 하는 동안 어쩌면 당연하게도 길에서 마주치는 까치들이 그 어느 때보다 더 눈에 들어왔습니다. 그렇다고 제가 새삼스럽게 까치들과 무슨 교류를 하면서 살아가지는 않겠지만, 작가 덕분에 이 세상의 한구석에 눈이 밝아진 것에 감사하고 싶습니다. 책을 읽는 일은 언제나 이렇게 세상에 대한 감수성을 조금씩 넓히는 일입니다. 그 일을 위해 제가 작가와 독자 사이에 쓸 만한 징검다리가 되었다면 더욱 감사할 것 같습니다.

고정아

※사소한 정보 : 작가의 인스타그램(instagram.com/charliegilmour)에 접속해서 2020년 5월 7일의 게시물을 보면 벤젠이 "컴온!" 하고 말하는 모습을 볼 수 있습니다.

까치 한 마리는 기쁨

두 아버지와 나, 그리고 새

초판 1쇄 발행 2022년 6월 17일

지은이 찰리 길모어
옮긴이 고정아

펴낸이 서지원
책임편집 홍지연
디자인 형태와내용사이

펴낸곳 에포크
출판등록 2019년 1월 24일 제2019-000008호
주소 서울시 서대문구 신촌로 63, 1515호
전화 070-8870-6907
팩스 02-6280-5776
이메일 info@epoch-books.com

ISBN 979-11-970700-8-2 (03840)
한국어판 ⓒ 에포크, 2022